NOUVELLE BIBLIOTHÈQUE CHOISIE

à 1 franc le volume

LE CRIME

De Pierrefitte

PAR

ÉLIE BERTHET

PARIS

E. DENTU, LIBRAIRE-ÉDITEUR

PALAIS-ROYAL, 15-17-19, GALERIE D'ORLÉANS

LE

CRIME DE PIERREFITTE

LIBRAIRIE E. DENTU, ÉDITEUR

OUVRAGE DU MÊME AUTEUR :

Histoire des uns et des autres, 1 vol.
Le Gouffre, 1 vol.
L'Incendiaire, 1 vol.
L'Œil de diamant, 1 vol.
L'Année du grand hiver, 1 vol.
Les Oreilles du banquier, 1 vol.
Maître Bernard, 1 vol.
La famille Savigny, 1 vol.
Le Monde inconnu (illustré), 1 vol.
Le Sauvage, 1 vol.
Richard le fauconnier, 1 vol.

Orléans, imp. G. Jacob, cloître Saint-Etienne, 4.

LE CRIME

DE PIERREFITTE

PAR

ÉLIE BERTHET

PARIS

E. DENTU, ÉDITEUR

LIBRAIRE DE LA SOCIÉTÉ DES GENS DE LETTRES

PALAIS-ROYAL, 15-17-19, GALERIE D'ORLÉANS

—

1879

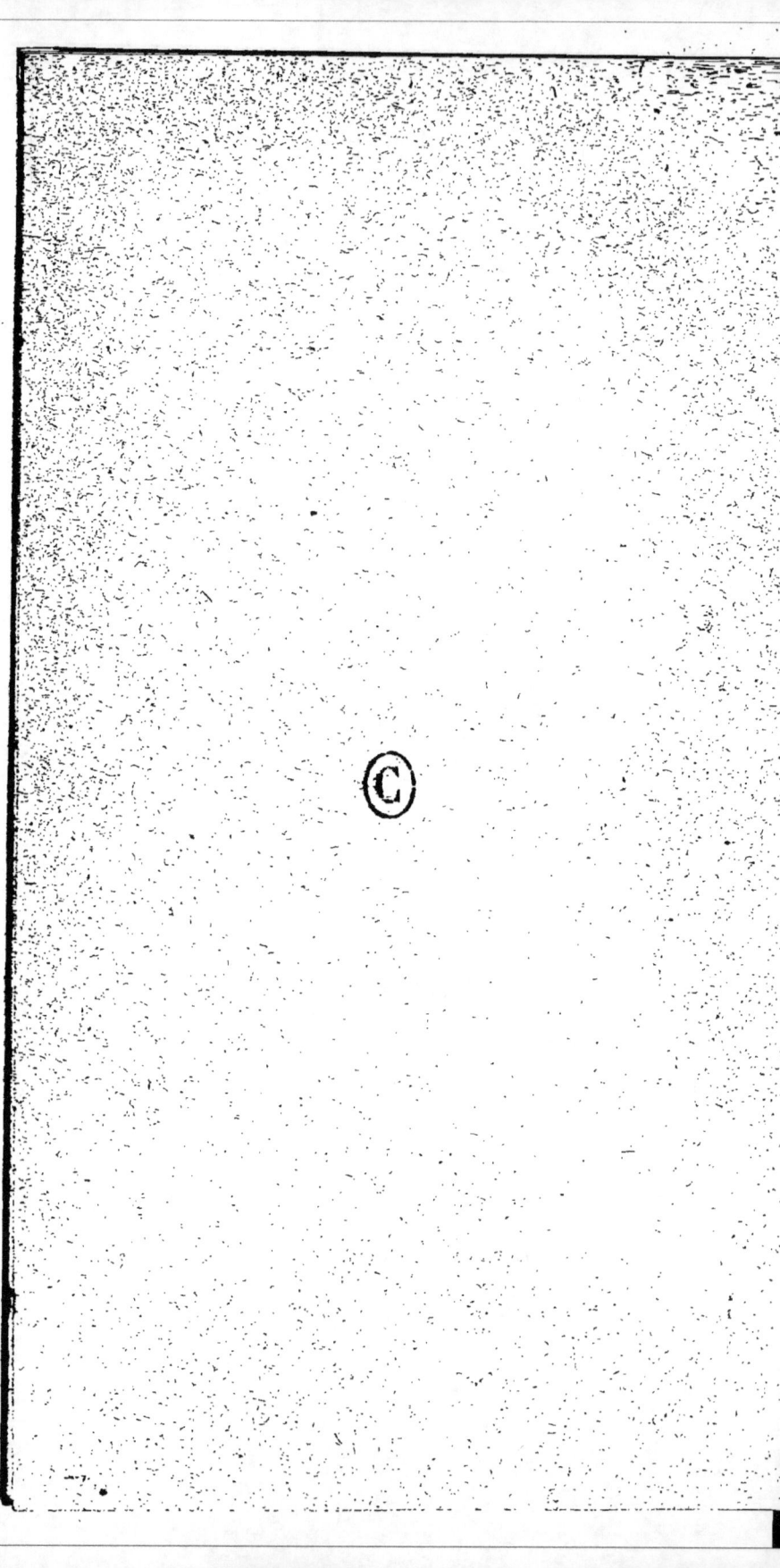

LE

CRIME DE PIERREFITTE

I

LA VIPÈRE.

Dans un département du centre s'élève, au bord de la route départementale, une vieille tour en ruines qui produit l'effet le plus pittoresque au milieu de la campagne. Cette tour, unique débris de quelque ancien château féodal, n'a laissé aucun souvenir dans l'histoire de la province, ni dans les traditions des gens du pays ; elle n'a même pas de nom, et on l'appelle *tour de Pierrefitte*, à cause du bourg de Pierrefitte, situé un quart de lieue plus loin. La partie supérieure, autrefois sans doute ornée de créneaux et de mâchicoulis, a complètement disparu, et le temps a ouvert une large brèche dans cette massive construction. On y arrive par une pente assez raide, formée par d'anciens éboulements ; mais les talus sont revêtus d'un beau gazon qui s'étend

1

jusque dans l'intérieur de la tour, où les troupeaux du voisinage viennent le brouter.

Il n'y a pas d'habitations autour de cette ruine; du reste, les habitations, dans ce pays montueux et couvert d'arbres, ne se laissent souvent apercevoir que quand on en est proche. De la brèche qui sert d'entrée à la tour, on jouit d'une vue charmante. Aussi loin que le regard peut s'étendre, ce ne sont que des prairies bien arrosées, touffes de châtaigniers, champs de blé entourés de haies vives. Au fond de la vallée serpente une petite rivière dont le cours se cache derrière des peupliers et des saules, mais qui se trahit par un murmure monotone sur les cailloux et les rochers dont son lit est parsemé.

Un jour de juillet de l'année 186., un voyageur à cheval, qui semblait venir de quelque ville voisine, avait fait halte devant la tour. Il était environ trois heures du soir, et le soleil, que pas un nuage n'avait voilé depuis le matin, conservait des ardeurs dévorantes. Peut-être le voyageur n'était-il pas pressé d'arriver à sa destination; peut-être aussi ce beau paysage avait-il pour lui un intérêt particulier. Quoi qu'il en fût, il était descendu de son cheval, qu'il avait attaché à un des arbres de la route; puis, escaladant le talus gazonné, il était venu s'asseoir sur une pierre moussue à l'entrée de la brèche. Là, il avait paru s'absorber dans sa contemplation, et une teinte de mélancolie s'était répandue peu à peu sur son visage.

L'inconnu, pourtant, ne semblait pas être d'une nature bien sentimentale. C'était un homme de quarante-cinq ans environ, dont l'extérieur annonçait un militaire en retraite, quand même sa moustache noire et la rosette d'officier de la Légion-d'Honneur qui ornait sa boutonnière n'eussent pas trahi cette qualité. Sa figure, mâle sans dureté, avait une expression de franchise et de loyauté qui attirait autant que la beauté de la jeunesse. Il était vêtu avec l'élégance qui peut convenir à un voyageur : longues bottes, redingote bien coupée, et chapeau de Panama retenu par une ganse de soie. Son cheval, attaché, comme nous l'avons dit, à un arbre du grand chemin, et sur lequel il jetait les yeux de temps en temps, était un noble animal qui n'avait rien de commun avec les paisibles montures des propriétaires du voisinage. Bien qu'il eût fait une traite de plusieurs lieues, chargé du poids de son maître et d'une lourde valise, il ne paraissait avoir rien perdu de sa prestance et de son ardeur.

L'inconnu finit par se lever et se mit en devoir de continuer son voyage. Néanmoins, en arrivant parmi les pierres et les décombres qui hérissaient le sol aux approches de la brèche, il s'arrêta de nouveau. On marchait dans un sentier qui passait au bas de la tour et qui venait rejoindre en cet endroit le grand chemin. Par un instinctif mouvement de curiosité, le voyageur se retourna.

Cette innocente curiosité fut cruellement punie. Il entendit une espèce de sifflement; quelque chose s'élança avec impétuosité d'un bloc de maçonnerie qui se trouvait à la hauteur de son visage, et il sentit une cuisante douleur à la joue.

Dans le premier moment, il ne comprenait pas bien ce qui lui arrivait; mais le doute ne lui fut plus permis quand une énorme vipère tomba, en se tortillant, à ses pieds. Le venimeux reptile était sans doute en train de se chauffer au soleil lorsqu'il avait été dérangé dans son bien-être. Il s'était détendu comme un ressort avant même qu'on eût pu soupçonner sa présence, et avait mordu au visage le malheureux inconnu.

Celui-ci, toutefois, n'était pas homme à laisser impunie une attaque aussi perfide. En reconnaissant de quoi il s'agissait, il ne perdit pas de temps pour en tirer vengeance. De la cravache qu'il tenait à la main, il frappa la hideuse bête, et pendant qu'elle se tordait, la colonne vertébrale rompue, il lui écrasa la tête sous sa botte.

Alors seulement il eut conscience du danger qu'il courait, et portant la main à son visage, il dit avec un accent de colère plutôt que de crainte:

— Que le diable t'emporte! J'ai su me soustraire au terrible léfaa des déserts africains, pour venir me faire mordre sottement par une vipère française!

Pendant qu'il épongeait le sang avec son mouchoir, le bruit de pas s'était rapproché, et quelqu'un s'arrêta devant lui en poussant une interjection de surprise. Il releva la tête et, malgré la gravité de la circonstance, il éprouva un vif étonnement à la vue de la personne qui se montrait dans ce lieu désert.

C'était une belle jeune fille, paraissant appartenir à quelque famille aisée du voisinage. Quoiqu'elle fût à peine majeure, elle avait déjà tout le développement de la femme. Brune, à l'œil noir, un léger poil follet estompait sa lèvre supérieure, ce qui n'empêchait pas ses lèvres d'être vermeilles comme du corail et de découvrir des dents de perles quand elles s'entr'ouvraient pour parler ou pour sourire. Ses traits avaient une expression de fermeté et de décision remarquables, mais en même temps un caractère de bienveillance un peu hautaine, qui trahissait une puissante et généreuse nature.

Son costume de demoiselle campagnarde consistait en une robe d'indienne de couleur claire et qui, quoique montante, dessinait merveilleusement les trésors de son corsage. Les manches, un peu échancrées selon la mode, laissaient voir le commencement de ses bras, ronds et polis. Elle avait pour coiffure un chapeau de paille à très-larges bords, par dessous lequel s'échappaient des boucles noires, un peu dérangées par la rapidité de la marche; elle tenait à la main une ombrelle qui sans doute lui servait seulement de contenance, car elle ne songeait pas à l'ouvrir.

Cette charmante personne semblait fort affairée et, comme nous l'avons dit, marchait précipitamment dans le sentier qui contournait la base de la tour, lorsque la présence de l'étranger avait attiré son attention. Son regard rencontra celui du voyageur et se baissa aussitôt. Mais alors elle remarqua la vipère, qui se tordait par terre dans les dernières convulsions de l'agonie, et elle devina la vérité.

— Grand Dieu! monsieur, s'écria-t-elle, vous venez d'être mordu par un serpent?

— Oui, mademoiselle. Cette maudite bête m'a surpris, et, vu la place de la blessure, je ne sais trop ce qu'il convient de faire.

Quelles que fussent les préoccupations de la jeune fille, elle ne paraissait plus songer maintenant qu'au danger de mort auquel le voyageur était exposé. Elle examina la plaie et put facilement reconnaître la double empreinte des crochets venimeux sur la partie inférieure de la joue.

— Les serpents sont particulièrement redoutables dans cette saison, reprit-elle. Comment vous secourir? Il est impossible d'établir une ligature pour interrompre la circulation... Si l'on pouvait laver la blessure avec de l'eau fraîche... Mais la rivière est trop loin : le venin aurait le temps d'être absorbé... Allons! il n'y a plus qu'un moyen, et on assure que c'est le meilleur de tous... Venez par ici.

Avec une douce autorité, elle entraîna le voyageur dans la tour et l'obligea de s'asseoir sur la pierre qu'il avait occupée peu d'instants auparavant.

— Que voulez-vous donc? demanda-t-il avec une sorte de timidité.

— Vous allez voir... Il n'y a pas à hésiter... Si nous tardons, vous êtes perdu.

En même temps, elle ôta vivement son chapeau, se pencha vers le voyageur et, lui posant une main sur l'épaule, appliqua ses lèvres roses sur la plaie qu'elle se mit à sucer.

On sait, en effet, que ce moyen est des plus efficaces contre les morsures du serpent, et qu'il peut être employé quelquefois sans danger par une personne saine et bien portante comme la jeune campagnarde.

Sitôt que le voyageur comprit son dessein, il essaya de la repousser.

— Non, non, mademoiselle, dit-il; c'est vous exposer vous-même... Je ne dois pas permettre...

— Ne bougez pas, interrompit la jeune fille avec impatience; vous voulez donc mourir?

Et elle appliqua de nouveau sa bouche sur la joue de l'inconnu; on eût dit qu'elle lui donnait un long baiser.

Du reste, il était impossible de mettre dans cette action plus de naïveté et d'innocence. Évidemment, la généreuse créature eût rendu le même service à toute autre personne, homme, femme, vieillard, qui se fût trouvée dans ce cas périlleux, et elle ne semblait pas avoir conscience de la grandeur de son dévoûment.

En revanche, le voyageur ne pouvait se défendre d'une douce émotion pendant qu'il subissait, presque malgré lui, ces soins délicats. La jeune fille le tenait dans ses bras, autant pour s'appuyer que pour l'empêcher de faire le moindre mouvement, et ses lèvres produisaient sur la plaie la sensation bienfaisante d'une fleur satinée et fraîchement cueillie. En même temps, le blessé respirait l'haleine suave de la belle enfant, les parfums qui s'exhalaient de ses magnifiques tresses noires. Souvent leurs yeux se rencontraient ; la jeune fille s'empressait, en rougissant, de voiler les siens sous leurs paupières aux longs cils, tandis que ceux du voyageur devenaient humides d'admiration, de reconnaissance, peut-être de tendresse.

Cette situation se prolongea près d'une minute. Chaque fois que le blessé voulait se dégager, on le serrait plus fort et on faisait entendre comme le bruit d'un baiser, en frappant le sol du pied avec colère.

Enfin la jeune demoiselle parut croire que la succion devenait inutile. Elle se redressa et essuya ses lèvres avec son mouchoir, qui se teignit de taches rouges. Puis elle remit son chapeau et dit avec embarras :

— Voilà qui suffira pour le moment... Mais des soins plus sérieux vous sont nécessaires, et il n'y a pas une minute à perdre pour vous les procurer... Où allez vous, monsieur ?

— Au village de Pierrefitte, tout près d'ici.

— Ah ! vous venez sans doute pour la vente de la propriété du Barral, qui doit avoir lieu demain ?

Le voyageur fit un signe affirmatif.

— Et où comptez-vous loger ?

— A l'auberge du Chêne-Vert, chez Pichard, si l'auberge et l'aubergiste existent encore.

Un faible sourire effleura les lèvres de la petite sœur de charité.

— Grâce au ciel, répliqua-t-elle, l'une et l'autre existent; je puis d'autant mieux vous l'assurer que je suis l'aînée des demoiselles Pichard, les filles de l'aubergiste.

Le voyageur s'inclina.

— Cela se trouve à merveille, poursuivit-elle ;
vous allez remonter sur votre cheval qui, en quelques minutes, peut vous transporter à la maison.
En arrivant, vous demanderez Marion, notre servante, qui sait la manière de vous traiter, car les
accidents de ce genre sont fréquents dans le
pays ; d'ailleurs, on appellera un médecin... Allons, partez sans retard ; il importe de ne pas
donner au venin le temps de se répandre dans
vos veines... Quant à moi, je serai à Pierrefitte
presque aussitôt que vous.

Tout en parlant, elle se dirigeait vers le grand
chemin, suivie de l'inconnu, qui tenait son mou-
·choir sur le bas de son visage.

— Mademoiselle, dit-il, peut-être feriez-vous
bien aussi de prendre quelques précautions ; je
serais au désespoir si le service que vous venez
de me rendre avait pour vous des conséquences
fâcheuses... Je ne saurais vous dire combien je
vous en suis reconnaissant, et, quoi qu'il arrive,
j'en conserverai toujours le souvenir.

Mlle Pichard, puisque tel était le nom de la jeune
fille, l'écoutait d'un air distrait. Quand on atteignit la route, elle y jeta un coup d'œil rapide, et en
apercevant à quelque distance deux personnes
qui s'avançaient, son agitation parut augmenter.

— Ne vous occupez pas de moi, reprit-elle ;
partez vite, et laissez-vous traiter par Marion...
Encore une fois, je vous rejoindrai bientôt ; mais
voici quelqu'un là-bas... il faut que je parle à...
Adieu, adieu !

Le voyageur avait détaché son cheval et s'était remis en selle. Remarquant le trouble de sa compagne, il voulut voir les personnes qui semblaient en être la cause. Mais le cheval, tout joyeux de ne plus se sentir attaché, ne lui donna pas le temps de se livrer à cet examen et prit le galop dans une direction contraire, du côté du village. Bientôt tous les deux se perdirent au milieu d'un nuage de poussière, et le cavalier disait, en cherchant à modérer l'impétuosité de sa monture :

— Sacrebleu ! cette demoiselle Pichard est une adorable fille, et si j'avais seulement vingt ans de moins... Bah ! ne pensons plus à cela... L'important, à cette heure, est de ne pas mourir d'une manière ridicule avant d'avoir accompli l'affaire qui m'amène dans ce pays... Dieu m'aidera, j'espère !

II

AINÉE ET CADETTE.

Mlle Pichard, dès que le voyageur se fut éloigné de quelques pas, sembla l'oublier complètement. Elle ne se retourna même pas pour regarder quelle contenance il avait à cheval. Debout au bord de la route, elle concentrait son attention sur les deux personnes qui approchaient et qui, elles-mêmes, en la reconnaissant, n'avaient pu retenir un mouvement d'inquiétude.

De ces deux personnes, l'une était encore une charmante jeune fille, quoique d'un type tout opposé à celui de Mlle Pichard. Elancée, presque frêle, avec de longs cheveux blonds, elle avait un teint blanc à peine rosé, mais l'œil moqueur et la bouche rieuse. Son costume, quoique peu luxueux, différait de celui de la première par une foule de petites fanfreluches, nœuds de rubans, manchettes, modestes bijoux, dont Mlle Pichard ne croyait pas avoir besoin pour relever sa grave et solide beauté. Le chapeau de la nouvelle venue était enjolivé de bluets et de coquelicots cueillis en passant dans les blés. Son voile de gaze verte flottait au vent et laissait admirer en toute liberté la figure mutine qu'il aurait dû défendre.

Or, si différentes que fussent les deux jeunes filles placées ainsi en présence l'une de l'autre, elles n'étaient pas moins sœurs. Celle des demoiselles Pichard que nous connaissons s'appelait Claudine ; la seconde, moins âgée de deux ans, s'appelait Juliette.

La personne qui accompagnait Juliette en ce moment était un jeune homme appartenant à la classe bourgeoise, et dont l'élégance de mauvais goût trahissait un « petit crevé » campagnard. Ses traits, assez insignifiants du reste, ne manquaient pas de régularité, et une barbe taillée à la mode, des cheveux lissés avec un soin extrême, témoignaient qu'il avait une haute idée de ses avantages. Sa jaquette, son gilet et son pantalon étaient d'un même petit drap de couleur claire, et son chapeau de paille étriqué penchait prétentieusement sur l'oreille. Une fleur des champs ornait sa boutonnière. D'une main il jouait avec un jonc à tête de cornaline, de l'autre avec un monocle suspendu à un cordon de soie. Ainsi fait et équipé, M. Anatole Chamusset était un modèle assez réussi de ces jeunes fats qui inspirent des passions à certaines femmes frivoles, et parfois aussi, hélas ! à des femmes de tête et de cœur, très-capables pourtant d'apprécier leur égoïsme et leur nullité.

Juliette et M. Anatole, qui suivaient le grand chemin de Pierrefitte, marchaient côte à côte. Causant et riant tout bas, ils formaient un couple gracieux, qui apparaissait dans des alternatives d'ombre et de soleil, sous les arbres de la route. Cependant, quand ils aperçurent Claudine, ils s'éloignèrent brusquement l'un de l'autre, et tandis que Juliette ramenait son voile sur son visage, M. Anatole appliquait son lorgnon à l'œil, dans l'espoir peut-être de cacher son embarras.

Claudine, immobile, les observait avec une fixité qui redoublait leur malaise. Elle fronçait les sourcils ; ses narines se gonflaient de colère. Sitôt qu'ils furent à portée, elle s'écria d'une voix dont elle essayait en vain d'adoucir le timbre irrité :

— D'où viens-tu donc, Juliette ? Tu m'avais dit que tu allais au pré des Grillons, pour surveiller nos faucheurs, et tu n'y as pas paru.

— Il faut croire, Claudine, répliqua sa sœur d'un petit ton délibéré, que j'aurai changé d'avis... Au lieu d'aller voir nos faucheurs au pré des

Grillons, je suis allée voir nos moissonneurs au champ de l'Alouette... Il n'y a pas de mal à cela, j'imagine?

— Non, sans doute; mais on pourrait croire que, si tu as changé d'avis, c'est que tu devais trouver au champ de l'Alouette une compagnie plus agréable que la mienne.

— Mon Dieu! mademoiselle Claudine, dit le bel Anatole, c'est le hasard, un pur hasard, qui m'a fait rencontrer Mlle Juliette. J'allais rendre visite à la comtesse de Châteaurocher, qui m'honore de sa bienveillance et qui me permet de chasser sur ses terres, lorsque j'ai eu le bonheur...

— Il suffit, monsieur, interrompit sèchement Claudine; vous n'avez pas d'explications à me donner, vous... Mais Juliette, qui est bien plus jeune que moi et qui, depuis que nous avons perdu notre bonne mère, se trouve, pour ainsi dire, sous ma garde...

— Je n'admettrai jamais cela, ma chère! s'écria Juliette avec vivacité; la différence d'âge entre nous est tout à fait insignifiante, et je prétends avoir autant de liberté que toi-même.

Claudine regarda sa sœur d'un air stupéfait. Juliette, outre qu'elle était d'un caractère frivole et étourdi, n'avait quitté le couvent où elle avait été élevée à la ville voisine qu'une année auparavant; et quand elle était rentrée chez son père, l'aînée dirigeait depuis longtemps la maison avec autant de zèle que d'intelligence. Aussi, jusqu'à ce moment, s'était-elle soumise à l'autorité de Claudine, et c'était seulement depuis quelques

jours qu'elle avait laissé voir des signes de la révolte qui éclatait.

— Il suffit, dit l'aînée ; notre père en décidera.

— Notre père ! répéta Juliette de plus en plus
agacée ; tu sais qu'il ne s'occupe guère de nous...
En vérité, ma chère, voilà bien du bruit parce que
j'ai rencontré M. Anatole à la promenade ! Il me
semble pourtant qu'aux termes où nous en sommes...

Elle s'arrêta ; Claudine devint pourpre.

— Aux termes où vous en êtes ? demanda-
t-elle ; que veux-tu dire ?

— Eh ! sans doute, il est clair... Mais parlez
donc, monsieur Anatole, ajouta Juliette avec impatience en se tournant vers le beau Chamusset ;
répétez-lui ce que vous me disiez si bien tout à
l'heure.

— Certainement, certainement, balbutia Anatole ; il faut que M\ue Claudine sache... Les choses
en sont venues à ce point... Ensuite, mademoiselle Juliette, vous pouvez mieux que personne lui
exposer de quoi il s'agit... Vous vous exprimez
avec tant de tact, de délicatesse !

Et Chamusset tamponnait d'un foulard son
front baigné de sueur.

Toutefois, Juliette n'avait pas, à l'égard de
son aînée, la hardiesse qu'elle affectait, et elle
semblait craindre d'aborder une explication redoutable. Comme tous les deux gardaient le silence, Claudine reprit :

— Si tu le veux bien, ma sœur, nous allons
rentrer à la maison où m'appelle une affaire pres-

sante et, chemin faisant, nous causerons... Remercie M. Chamusset d'avoir bien voulu t'accompagner un moment ; mais puisqu'il allait voir
Mᵐᵉ de Châteaurocher, nous ne devons pas le retenir davantage.

— Oui, oui, mesdemoiselles, répliqua le bel
Anatole avec empressement ; vous voilà ensemble,
et je vous demande la permission... Au revoir
donc et à bientôt !

Il salua et gagna rapidement un chemin latéral
qui s'enfonçait dans l'intérieur du pays. Néanmoins, quand il fut hors de vue, il s'arrêta et se
dit à lui-même en ricanant :

— A la bonne heure ! j'aime mieux cela.
Qu'elles s'arrangent, si elles peuvent... Du diable,
poursuivit-il en se frottant les mains, si ces jolies
filles ne vont pas « s'arracher le béguin » à cause
de moi ! Essayons de voir ; ce sera drôle peut-être.

Et le bel Anatole se glissa derrière une haie
touffue qui dominait la grand route.

Rien cependant ne sembla d'abord justifier les
suppositions du fat campagnard. Les deux sœurs
s'étaient mises paisiblement en marche et se
dirigeaient vers le bourg, qui, nous le savons,
n'était pas éloigné. Tandis que l'aînée demeurait
sombre et pensive, la cadette affectait de chantonner, en repoussant du bout de sa bottine les
cailloux qui se trouvaient sous ses pas.

Enfin, Claudine reprit avec une sorte de solennité :

— Que voulais-tu dire, Juliette, en parlant des
« termes » où tu en es avec M. Anatole ?

— Mon Dieu! ma chère, répliqua Juliette en essayant d'abattre un papillon qui passait à sa portée, cela se devine sans peine... Cela signifie que M. Anatole m'aimé, qu'il veut m'épouser et qu'il va demander ma main à notre père.

— Il t'aime et veut t'épouser?... Il te l'a dit formellement, n'est-ce pas?

— Il me le jurait encore tout à l'heure... Qu'y a-t-il de si extraordinaire là-dedans, Claudine?

— C'est que M. Anatole me jurait exactement la même chose il n'y a pas bien longtemps.

— Ah! oui, je sais... il m'a expliqué cela. C'était par pure galanterie; d'ailleurs, tu l'as rembarré si vertement...

— Je l'ai pas « rembarré; » seulement, ce jeune homme, dont les dehors sont séduisants, me semblait avoir de grands défauts, et j'hésitais à lui confier le soin de mon bonheur comme j'hésiterais à lui confier le tien.

— Que veux-tu que je te dise? Tu l'auras découragé, ou bien il a réfléchi... M'est-il interdit d'accepter ce que tu dédaignes? M. Anatole est le fils unique du maire de Pierrefitte; il est bien élevé; il a passé plusieurs années à L***, puis à Paris, où il a essayé de diverses professions dont il s'est bientôt dégoûté. Revenu ici depuis peu, il désire s'y établir, et comme ses parents lui laisseront une belle fortune, c'est un parti fort convenable. Si vous vous étiez entendus mutuellement, je n'aurais pas songé à te le disputer... Mais est-ce ma faute s'il manifeste de la préférence pour moi?

Juliette parlait d'un ton aigre, impatient, comme si cette explication eût blessé ses sentiments secrets et révolté son orgueil.

— Eh bien, ma sœur, reprit Claudine, peut-être ne nous aime-t-il ni l'une ni l'autre... J'ai conçu contre M. Anatole des préventions que sa conduite présente semble justifier. On dit que son éducation a été manquée ; qu'il a toujours été indolent, sans énergie ; que les honorables professions auxquelles il a visé successivement se sont trouvées au-dessus de ses moyens ; enfin, qu'il n'a rapporté de ses voyages que des vices et une insupportable fatuité... Tu conviendras que ces assertions étaient bien capables de m'inquiéter, et elles doivent de même te donner à réfléchir.

— Ce sont d'odieuses calomnies, s'écria Juliette ; mais je vois la cause de ton inimitié contre M. Anatole : c'est le dépit que t'inspire sa vive affection pour moi.

Claudine saisit la main de sa sœur et la secoua avec colère.

— Tais-toi, dit-elle, ne me parle pas sur ce ton, ou je serais capable...

Juliette retira vivement sa main et s'éloigna de quelques pas.

Elles marchèrent un moment en silence. Bientôt elles approchèrent d'un petit pont de bois jeté sur la rivière, et au-delà duquel on apercevait les premières maisons de Pierrefitte. Juliette paraissait bouder ; Claudine se montrait de plus en plus agitée, et toutes sortes de sentiments énergiques se reflétaient sur son visage.

— Ma sœur, reprit-elle enfin, tu consentirais donc à épouser M. Anatole, s'il se décidait à te demander en mariage ?

— Il s'y décidera, j'en suis bien sûre, puisque son père viendra voir le nôtre dès demain.

— Demain?... Ainsi, Juliette, toi, tu aimes ce jeune homme ?

— Si je l'aime?... Il me témoigne tant de tendresse! Il se multiplie sous mes pas, et quand il peut m'approcher, comme aujourd'hui, il me tient des propos si flatteurs, si passionnés...

— Tais-toi, tais-toi! interrompit Claudine en serrant les dents.

— Ah! tu le vois bien, tu es jalouse! s'écria Juliette en riant d'un rire cruel, et c'est par pure jalousie que tu parlais si mal de lui tout à l'heure!

Les yeux noirs de Claudine s'allumèrent. Comme l'on passait en ce moment sur le pont, elle poussa sa sœur contre le parapet de bois, et, l'élevant un peu entre ses bras dans un transport d'aveugle fureur, elle dit d'une voix saccadée:

— Méchante! méchante! Tu prends plaisir à me torturer, à me déchirer le cœur... Tu mériterais...

Juliette, qui voyait au-dessous d'elle les flots tumultueux de la rivière, fut prise d'une terreur subite et ne put retenir un cri aigu.

Ce cri suffit pour faire rentrer en elle-même l'impétueuse Claudine. Elle reposa Juliette à terre, l'embrassa et lui dit en fondant en larmes:

— Oh ! pardonne-moi, ma sœur ; tu m'as blessée, et je suis devenue folle... Pardonne-moi, je t'en conjure... Si tu veux épouser Anatole Chamusset, je te jure que je ne ferai rien, que je ne dirai rien pour m'y opposer... Seulement, je t'en supplie, sois plus réservée désormais, et évite de te trouver seule avec ce jeune homme... qui peut-être te reprocherait plus tard cette inconvenance.

— C'est bon, répliqua Juliette encore tremblante. Mais comme tu es violente, Claudine ! j'ai cru que tu allais me précipiter dans la rivière !

— Alors je m'y serais précipitée aussi... Encore une fois, oublie ce qui vient de se passer, ma chère Juliette. Si tu savais ! j'ai pris au sérieux ce qui n'était que galanterie frivole, à ce qu'il me semble, et en dépit de moi-même... Tiens, c'est fini ; je ne ferai désormais aucun obstacle à vos projets, je t'en donne ma parole.

Et les deux sœurs, réconciliées, entrèrent dans le bourg. Personne ne paraissait avoir vu la scène du pont ; seul le bel Anatole, caché derrière la haie, avait pu l'observer de loin.

— Du diable si je n'ai pas cru, dit-il en ricanant toujours, qu'elles allaient en venir aux mains ! C'eût été joliment flatteur pour moi !

Cette scène, qui paraissait si plaisante à M. Anatole Chamusset, devait avoir bientôt les conséquences les plus terribles.

III

L'AUBERGE DU CHÊNE-VERT.

La demeure des demoiselles Pichard était,
comme nous l'avons dit, la principale auberge de
Pierrefitte. La maison avait bonne apparence, et,
outre les gros marchands de grains et de bestiaux,
certains riches propriétaires des environs ne dé-
daignaient pas d'y loger. Du reste, Claudine et
Juliette s'occupaient fort peu de l'auberge, et leur
père lui-même, le bonhomme Baptiste, comme
on l'appelait, avait assez à faire d'inspecter les
innombrables morceaux de terre qu'il possédait
dans toutes les parties de la commune. La su-
rintendance du logis appartenait à la servante en
chef, Marion, qui était au Chêne-Vert depuis plus
de trente ans et qui, avec son mari François, le
valet d'écurie, s'entendait merveilleusement à
mener les choses.

Aussi, quand les deux demoiselles Pichard ar-
rivèrent, Juliette ne fit-elle que traverser la grande
cuisine où Marion s'agitait en compagnie d'une
fillette de quatorze ou quinze ans qui lui servait
d'aide, et elle s'empressa de monter à sa chambre.
Quant à Claudine, elle s'approcha de Marion, vo-
lumineuse commère aux joues rouges, à la poitrine largement épanouie.

— N'avez-vous pas reçu, tout à l'heure, demanda-t-elle, un voyageur à cheval?

— Celui qui a été mordu par un serpent? Oui, oui, demoiselle. C'est un homme fièrement comme il faut, et François, qui a mis le cheval à l'écurie, dit que tant vaut l'homme, tant vaut la monture.

— Alors vous avez donné des soins à ce pauvre monsieur, qui peut-être n'est pas hors de danger?

— J'ai fait ce que j'ai pu... J'ai lavé la plaie avec du *moniaque*, et je lui ai fait boire aussi du *moniaque* dans de l'eau... Mais comme ça commençait à enfler, j'ai envoyé chercher le docteur, M. Bonivet. C'est jeune, et ça ne peut pas savoir grand'chose; je l'ai vu si petit, si petit!... Enfin il est venu, et il est là-haut avec le voyageur. Tenez, justement, le voilà qui redescend, et nous allons avoir des nouvelles.

En effet, on entendait dans l'escalier une personne qui descendait d'un pas alerte. Comme Claudine allait au devant du docteur, Marion s'écria d'un ton d'indignation, en désignant sa jeune aide de cuisine :

— Regardez donc, demoiselle; j'ai toujours dit que cette Fanchette se perdrait! Elle se mire dans une de mes casseroles pour arranger ses cheveux?... L'effrontée!

Fanchette, prise en flagrant délit de coquetterie, se sauva toute confuse. Claudine sourit.

— Allons, allons! dit-elle, puisque cette pauvre Fanchette n'a pas d'autre miroir... Et puis,

Marion, cela prouve que vos casseroles sont ad-
mirablement écurées.

En ce moment, le docteur entra dans la cuisine. Il était jeune, comme nous savons ; de plus,
il était mince, blond, de petite taille, ce qui le
faisait paraître plus jeune encore. Il essayait de
suppléer par la gravité de son costume à la gravité
dont manquait sa personne. Il portait un habit
noir un peu râpé, un pantalon noir, une cravate
noire, un chapeau à larges bords. Malgré tout
cela, il n'avait pas « l'ampleur » que les malades,
et surtout les malades campagnards, exigent d'un
médecin ; et quoique le docteur Bonivet, établi
depuis quelques mois seulement dans le pays,
dont il était originaire, passât pour être fort instruit, les gens du voisinage, bourgeois et paysans,
hésitaient à lui accorder une entière confiance.

Il ne perdait pas courage pour cela, et sa
physionomie ouverte, intelligente, habituellement
gaie, inspirait la sympathie.

— Monsieur le docteur, demanda Claudine en
appuyant sur le titre de Bonivet, comment va
notre voyageur ?

— Assez bien, mademoiselle, et j'espère qu'il
en sera quitte pour un accès de fièvre... J'ai posé
une ventouse qui a produit le meilleur effet... La
cure était déjà bien commencée, ajouta le médecin plus bas ; le malade m'a conté avec quel admirable dévoûment... Et puis, il faudra continuer
les lotions ammoniacales de Marion.

— Tiens ! tiens ! dit Marion, vous vous y entendez donc un peu ?

— Un peu? répéta Bonivet avec une jovialité
qui n'était pas exempte d'amertume; ah ça,
croyez-vous donc qu'on a étudié la médecine pendant dix ans, qu'on a été interne dans les hôpi-
taux et qu'on possède un diplôme de la Faculté de
Paris, sans être en état de soigner une morsure
venimeuse?

— Je ne dis pas le contraire ; mais je vous ai vu
si enfant...

— Eh ! ne faut-il pas toujours commencer par
là?... Tenez, mère Marion, vous mériteriez d'at-
traper quelque *bonne* fièvre tierce ou quelque
bonne fluxion de poitrine, pour que j'aie occasion
de vous prouver mon savoir.

— Merci bien... Dans ce cas, je n'oserais vous
conter mes misères, et il me faudrait faire venir
le vieux M. Martin, l'officier de santé qui demeure
à la Chapelle.

Bonivet fronça le sourcil.

— Marion, dit Claudine avec vivacité, monsieur
Bonivet est aussi capable que personne de traiter
une maladie dangereuse, et, pour ma part, j'aurais en lui une confiance absolue.

— Mille grâces, mademoiselle, répliqua le docteur, qui recouvra aussitôt sa gaîté. Ah ! si j'a-
vais une charmante clientèle comme votre sœur
et vous ! mais je suis réduit à la clientèle vieille,
laide et mâle, toujours sous le prétexte que je
suis trop jeune, et cela durera... jusqu'à ce que
j'aie trouvé une belle et bonne femme qui dai-
gnera partager mon sort. Quant à vous, puisque
vous me croyez digne de votre confiance, je vous

conseille de prendre aussi des boissons ammoniacales pendant quelques jours, car on ne peut être
sûr que le venin...

— Allons donc, interrompit Claudine brusquement, il ne m'arrivera rien... D'ailleurs, ajouta-
t-elle d'un ton sombre, si je succombais ce soir,
peut-être serait-ce un grand bonheur pour les
autres et pour moi !

Bonivet et Marion elle-même furent frappés de
l'expression de désespoir qui accompagnait ces
paroles. Claudine, voulant peut-être échapper aux
observations, allait se retirer, quand le docteur
reprit :

— Pardon, mademoiselle, j'oubliais... Le voya-
heur qui est là-haut vous prie d'entrer dans sa
chambre aussitôt que vous serez de retour.

— Il suffit; j'y vais.

— Un moment! s'écria Marion ; pour qui vous
prend donc ce monsieur ? Ce n'est pas à vous
d'aller dans la chambre des voyageurs !

— Celui-ci est malade, répliqua Claudine avec
un sourire triste, et les malades ont des privi-
léges.

Quand elle eut disparu, Marion dit à Bonivet :

— Qu'est-ce qui lui prend donc ? Elle paraît
tout *chose* aujourd'hui.

— Il serait dommage qu'elle eût des chagrins;
mais c'est une maîtresse femme, et elle les domi-
nera... Allons ! adieu, Marion. Ayez soin de votre
voyageur, et s'il survenait quelque accident nouveau, ne manquez pas de m'envoyer chercher.

Claudine était montée au premier étage. Après

avoir frappé doucement, elle entra dans la chambre du voyageur ; il était couché tout habillé sur son lit, le visage enveloppé de compresses. Quoique sa bouche fût cachée, on devinait, à l'éclat de ses yeux, qu'il souriait en revoyant la gracieuse fille qui lui avait rendu un si grand service. Auprès de lui, sur une table, était sa valise ouverte dont il avait tiré différents objets, étalés au milieu des fioles et des tasses.

Claudine s'approcha timidement et lui demanda s'il se sentait mieux.

— Cela ne va pas trop mal, ma gentille demoiselle, répliqua-t-il ; j'en ai bien vu d'autres en Afrique et en Italie ! Mais j'ai la vie dure, et je m'en tirerai encore cette fois... Cependant le petit gringalet de médecin qui était là tout à l'heure prétend que si vous n'aviez pas appliqué sans retard sur ma blessure certain joli remède...

Il se mit à rire, ce qui augmenta l'embarras de Claudine. Il reprit d'un ton plus sérieux :

— Excusez-moi... Je vois que vous n'aimez pas qu'on vous rappelle votre acte de courage... Aussi bien, j'ai hâte de vous dire pourquoi je vous ai priée de venir. On assure que je ne saurais éviter un accès de fièvre, et je sens, à certains frissons, que ces prévisions ne tarderont pas à se réaliser.

— La fièvre, monsieur ! Est-il possible ?

— Bah ! bah ! la fièvre et moi, nous nous connaissons depuis longtemps... Je l'ai eue tierce, quarte, tiphoïde, pernicieuse, paludéenne, que sais-je ? une collection complète... Mais, pendant que je le peux encore, permettez-moi de vous apprendre ce que j'attends de vous... D'abord, je vous serai obligé de faire savoir sans retard à M. Briffaut, le notaire, mon arrivée à Pierrefitte et l'accident qui me retient dans cette chambre.

— Fort bien, monsieur; mais j'ignore encore...

— Mon nom? C'est juste... Le voici.

Il tira d'un élégant carnet une carte qu'il remit à Mlle Pichard. Elle y jeta les yeux et lut : CHARLES DUPLESSIS, *chef d'escadron d'état-major en retraite.*

— Quoi! monsieur, demanda-t-elle avec curiosité, appartiendriez-vous à la famille Duplessis dont les propriétés vont se vendre demain à la mairie de Pierrefitte?

— Précisément. Je ne suis pas tout à fait étranger à ce pays... J'y suis venu autrefois... il y a longtemps.

Il s'arrêta, comme s'il craignait d'en trop dire.

— Eh bien! je connais Mme Briffaut, la femme du notaire. Je vais la voir et lui transmettrai votre commission pour son mari.

— Merci... Mais ce n'est pas tout.

Le commandant Duplessis semblait éprouver un malaise croissant; ses dents claquaient déjà.

— L'accès sera fort, reprit-il, et nul ne peut en calculer les suites; il est donc sage de s'attendre à tout.

Il prit sur la table un grand portefeuille de maroquin à fermoir d'acier.

— Mademoiselle, poursuivit-il, permettez-moi de mettre ceci en dépôt entre vos mains. Ce por-

feuille contient toute ma fortune, et c'est à vous,
qui m'avez donné aujourd'hui une marque d'intérêt si touchante, que je désire le confier. Si demain le danger était passé, et si la santé m'était
revenue, je vous le réclamerais. Si, au contraire,
ma maladie tournait mal, ce qu'il faut prévoir en
définitive, je vous prie, aussitôt après mon décès,
d'en prévenir Mᵉ Blanchard, notaire à L***, et de
lui remettre ce portefeuille... M'avez-vous bien
compris?

Claudine s'effraya de la responsabilité qu'on
voulait lui imposer.

— Monsieur, balbutia-t-elle, je suis très-inex-
périmentée, et je pourrais faire quelque imprudence involontaire... Pourquoi ne chargeriez-vous
pas de ce dépôt M. Briffaut, qui est un fort honnête homme?

— Jusqu'à ce jour, je n'ai eu de rapports avec
lui que par correspondance... Allons! mademoiselle, ne me refusez pas, et songez que sans doute
je serai sur pied demain.

— Je pourrai, aussitôt que mon père rentrera,
le charger de votre portefeuille, et ce sera lui qui
aura le devoir...

— Non, non, reprit le commandant avec impatience; j'ai confiance en vous, en vous seule. Je
vous en conjure, ne repoussez pas ma prière... la
prière d'un homme qui va mourir peut-être... et
dont vous soulagerez le cœur d'un grand poids.

Ainsi pressée, Claudine n'osa résister davantage.

— Soit, reprit-elle; aussi bien, si ce portefeuille

est précieux, il ne saurait être serré avec trop d
soin dans cette maison ouverte à tous venants.

M. Duplessis fit un signe de la main pour la re
mercier de sa condescendance. Son visage s'em
pourprait; sa poitrine devenait haletante; Clau
dine s'en aperçut.

— Tranquillisez-vous, poursuivit-elle; je res
pecterai toutes vos volontés... Mais vous paraisse
souffrir; je vais vous envoyer François pour vou
aider à vous déshabiller... Puis, Marion et mo
nous veillerons à ce que rien ne vous manque.

Le pauvre commandant ne semblait déjà plu
comprendre ce qu'on lui disait, et il ne répondi
que par des paroles incohérentes.

Claudine sortit en emportant le portefeuille e
alla l'enfermer dans un meuble dont elle seul
avait la clé. Pendant le reste du jour, le voyageu
fut en proie à une fièvre accompagnée de délire
qui donnait de vives inquiétudes à ses gardes
malades.

IV

UNE VARIÉTÉ D'AVARE.

Jean-Baptiste Pichard, le père de Claudine e
de Juliette, le maître de l'auberge du *Chêne-Vert*
était un homme singulier.

Il avait la « passion de la terre, » cette mani
qui s'est tant propagée dans nos campagnes, pa
suite du morcellement excessif des propriétés.

C'est une nouvelle forme de l'avarice, forme qui n'existait pas avant 1789, où le sol n'appartenait qu'à un petit nombre de maîtres, mais qui excite aujourd'hui les convoitises et exalte les passions, comme l'amour de l'or fait chez le thésauriseur. Ainsi, Pichard, ou le « bonhomme Baptiste, » comme on l'appelait familièrement, ne cessait depuis vingt-cinq ans d'acheter des morceaux de terre dans un rayon de quelques lieues autour de Pierrefitte. Ce n'était pas qu'il eût toujours de l'argent disponible ; loin de là, il vivait dans un état de gêne, et était obligé d'emprunter à gros intérêts pour faire face à ses engagements. Mais le besoin de posséder de la terre l'emportait sur tout, et quand une propriété se vendait, le désespoir l'eût tué s'il n'en avait acquis quelque parcelle. Aussi était-il le marquis de Carabas de la contrée ; on ne pouvait demander à qui appartenait tel champ, telle prairie, telle lande des environs, sans recevoir la même et unique réponse : « Au bonhomme Baptiste. » De plus, une fois qu'il possédait un lopin de terre, on l'eût coupé en morceaux avant de le décider à s'en défaire ; il tenait à chaque broussaille, à chaque rocher stérile, comme l'avare tient à chaque écu de son coffre-fort.

Sa richesse n'était donc pas réelle, et il n'opérait de nouvelles acquisitions qu'en grevant d'hypothèques les anciennes, ce qui, grâce à la différence des revenus entre la terre et l'argent, ne pouvait manquer de le ruiner tôt ou tard. Aussi, monté sur un vieux cheval, était-il sans cesse par

voies et par chemins pour faire prendre patien(
à ses créanciers, pour trouver des fonds, arrêt(
les poursuites, laissant à ses filles le soin d'adm(
nistrer les domaines et à Marion celui de dirig(
l'auberge.

Le soir du jour où le commandant Dupless(
était descendu au Chêne-Vert, le bonhomm(
Baptiste arriva chez lui à l'heure habituelle, c'es(
à-dire au moment où la nuit commençait à tomber. A peine cavalier et monture étaient-ils entr(
dans la cour que tous les domestiques furent e
l'air. Les demoiselles Pichard elles-mêmes r
tardèrent pas à paraître, et pendant que l'aube(
giste descendait pesamment de cheval, on l(
cria sur tous les tons :

— Bonsoir, mon père... Bonsoir, notre maîtr(

D'habitude Pichard répondait brièvement à d
pareilles salutations ; mais, ce jour-là, il deva
être de la plus charmante humeur, car il r(
pliqua d'un air presque guilleret :

— Bonsoir, petites !... Bonsoir, la maison !..
François, prends le Gris et donne-lui double ra
tion de foin et de litière ; il n'en peut plus, ain(
que moi.

François s'empressa de saisir « le gris » par l
bride et se dirigeait déjà vers l'écurie, quand l
bonhomme Baptiste se ravisa :

— Un moment ! dit-il, diable !... j'oubliais.

Il retira des vieilles sacoches en cuir, suspen
dues à la selle, deux sacs d'argent dont il charge(
chacune de ses mains, et entra dans la salle (
manger. Le couvert était déjà mis, et Fanchett(

s'empressa d'allumer des flambeaux. Le bonhomme déposa ses sacs sur la nappe et s'assit en
grommelant :

— Ouf! je meurs de faim... Que l'on serve le
dîner !

Pichard pouvait avoir soixante-cinq ou soixante-
six ans, quoiqu'il fût encore vert et robuste. Sa figure maigre, bistrée, sillonnée de rides, sans barbe
ni favoris, avait une expression placide. En revanche, ses petits yeux ronds pétillaient par moments
de finesse sournoise. Son costume, demi-bour-
geois, demi-paysan, consistait en une longue redingote bleue dont les énormes poches, placées sur le
côté, étaient toujours gonflées d'un tas de choses,
en un gilet rayé qui descendait jusqu'à mi-
ventre, et un pantalon noisette. Du reste, il paraissait fort indifférent sur la mise et avait l'air
d'ignorer absolument comment il était vêtu.

À peine fut-il assis que ses deux filles lui pro-
diguèrent les soins les plus empressés. L'une
épongea son front chauve, baigné de sueur, et
alla lui chercher sa casquette de forme baroque,
suspendue à une patère. L'autre le débarrassa des
bottes massives qu'il portait par dessus sa chaussure. Il se laissait faire sans dire mot, et comme
habitué à de pareilles prévenances.

Fanchette apporta le dîner, et on commença de
manger sans rien dire. Claudine était distraite et
rêveuse. Quant à Juliette, elle n'eût pas demandé
mieux que de causer ; mais son père n'aimait pas
à être questionné, peut-être parce qu'il ne pouvait répondre à certaines questions, et elle atten-

dait le moment favorable pour donner l'essor à sa langue.

Le bonhomme Baptiste, après avoir avalé quelques bouchées et bu un coup de vin, manifesta une loquacité dont il offrait rarement des exemples.

— J'ai fait une bonne affaire aujourd'hui, dit-il en caressant du regard les deux sacs d'argent posés de chaque côté de son assiette : j'ai tiré deux mille francs à Robicholle... Ça n'a pas été commode, car Robicholle est un véritable juif!... Mais je pourrai demain, à l'adjudication des domaines du Barral, mettre aux enchères sur le Pré-d'en-Bas, dont j'ai envie depuis longtemps et qui peut-être ne montera pas au-dessus de deux cents pistoles.

Tout en parlant, Pichard jetait un coup d'œil oblique sur sa fille aînée qui, en cas pareil, ne manquait jamais de lui faire des remontrances timides sur le danger d'emprunter de l'argent pour acheter de la terre. Mais, cette fois, Claudine se tut, et elle ne semblait même pas avoir entendu ce que l'on disait.

Après une pause, le père reprit laconiquement :

— Et ici, qu'a-t-on fait depuis ce matin ? N'est-il venu personne à l'auberge ?

— Un seul voyageur à cheval, répondit Claudine ; il a eu le malheur d'être mordu par une vipère à la tour de Pierrefitte et paraît fort malade... Le docteur Bonivet l'a déjà visité deux fois aujourd'hui.

— Ah çà ! prend-on ma maison pour un
hôpital?... Et quel homme est ce voyageur,
Claudine ?

— Un homme de la plus grande distinction et
qui m'a chargée de faire savoir son arrivée à
M. Briffaut... Le notaire est accouru ici; mais le
pauvre voyageur avait une telle fièvre qu'on n'a
pu obtenir deux mots raisonnables ; M. Briffaut
a dû se retirer en recommandant qu'on eût bien
soin de lui.

Le bonhomme Baptiste avait cessé tout à coup
de manger et attachait sur sa fille ses yeux de
rat.

— Diable ! diable ! dit-il ; ce monsieur qui
nous tombe ainsi des nues la veille de l'adjudication, et qui est en rapports avec Briffaut, m'a tout
l'air... Sait-on comment il s'appelle ?

— Oui, père; c'est M. Charles Duplessis,
commandant en retraite.

— Duplessis ! Mais alors il appartient à la famille des maîtres du domaine, et compte sans
doute racheter la propriété qui va se vendre...
Que l'enfer le confonde ! Au fait, ce M. Charles
est venu autrefois au château, et il passait pour
être ennemi des autres. C'était alors un petit lieutenant sans le sou, et, si ma mémoire ne me
trompe, il y eut une vilaine affaire à cause de lui...
Mais s'il ne possédait rien dans ce temps-là, comment aurait-il aujourd'hui trois cent mille francs
pour couvrir la mise à prix de la terre du
Barral ? Ce n'est pas dans l'état d'officier qu'on
s'enrichit.

3

Claudine, malgré sa préoccupation secrète, était surprise de l'intérêt que prenait Pichard à cette affaire.

— Que vous importe tout cela? dit-elle; vous n'avez pas, que je sache, l'intention d'acheter le Barral au prix de trois cent mille francs!

— Plût au ciel! répliqua le bonhomme en poussant un soupir; mais tu ne comprends rien de rien... Il est dit dans le cahier des charges que quand demain on vendra la propriété, on commencera par mettre aux enchères divers morceaux de terre isolés, de chacun desquels on a fait un lot... Seulement, l'adjudication de ces lots ne deviendra définitive que dans le cas où l'on ne trouverait point d'acquéreur pour la totalité du domaine... Comprends-tu, à présent?

— Pas trop, mon père.

— Mais, bête, si ce monsieur vient pour acheter la propriété en bloc, je ne pourrai me faire adjuger le Pré-d'en-Bas, dont j'ai envie!

Claudine, dans la crainte d'affliger son père, n'eut garde d'avouer combien ces suppositions lui paraissaient probables. Le bonhomme, vivement agité, ne mangeait plus. Juliette, qui épiait l'occasion d'aborder un autre sujet, se disposait à prendre la parole, quand Baptiste demanda encore:

— Ne m'as-tu pas dit, Claudine, que ce M. Duplessis avait été mordu par un serpent?

— Oui, et l'accident, qui d'abord ne présentait aucune gravité, pourrait avoir des suites... Aussi, Marion et moi, comptons-nous veiller

toute la nuit auprès de ce malheureux voyageur.

— Je vous le défends !

— Pourquoi cela, mon père ?

— Il ne serait pas convenable que toi, une
jeune fille... Et Marion, après avoir passé la nuit
à veiller, ne serait plus bonne à rien demain...
Que ce voyageur vive ou meure, peu nous importe !

— Mon père, pouvez-vous parler ainsi? C'est
un cas d'humanité.

— Humanité ou non, j'entends que toi et Marion
vous restiez dans vos chambres... Il n'en mourra
point, ajouta-t-il en clignant des yeux ; que seulement il soit hors d'état de se lever demain
et de se trouver à la vente, c'est tout ce que je
demande... Après l'adjudication, il pourra dan-
ser une bourrée, s'il le veut... Les affaires sont
les affaires.

De pareils sentiments révoltaient bien un peu
Claudine ; mais Pichard passait dans sa famille
pour un être inoffensif dont les boutades n'avaient
aucune portée, et elle ne répliqua pas.

Juliette avait écouté, sans y prendre part, la
conversation précédente.

— Cher père, dit-elle à son tour, toute rose et
les yeux baissés sur son assiette, vous allez recevoir bientôt la visite du maire, M. Chamusset.

Pichard eut encore un soubresaut.

— Pourquoi donc? dit-il avec inquiétude ; je
lui dois une forte somme, et s'il exigeait le rem-
boursement, je ne serais pas en mesure...

— Ce n'est pas de cela qu'il s'agit; son fils,
M. Anatole, s'est pris de passion pour moi, et j'ai
quelques raisons de penser que le maire ne tardera pas à venir vous demander ma main.

— M. Anatole! un cadet qui n'est pas bon à
grand'chose! Ensuite ne disait-on pas que c'était
à Claudine qu'il en voulait?

— On s'était trompé, mon père, répliqua Claudine; il n'a jamais songé sérieusement à moi.

Ces mots semblaient prononcés avec une indi-
cible souffrance. Cependant Juliette remercia sa
sœur par un sourire.

— Vous l'entendez, mon père, dit-elle avec
gaîté; réellement le pauvre garçon a la tête perdue et va tourmenter ses parents, dont il est adoré,
pour qu'on vous fasse la demande avant vingt-
quatre heures.

Le bonhomme se démenait sur son siége.

— Morbleu! grommelait-il, je ne suis pas décidé du tout... Ce petit monsieur, quoique riche,
est un assez triste sire; et puis...

— Mon père, reprit la stoïque Claudine, Juliette
l'aime et se croit sûre d'être aimée de lui.

— Qu'ils s'aiment ou non, je ne m'en soucie
guère. Si l'on s'occupait de toutes les lubies des
enfants... Tenez, poursuivit l'aubergiste avec impatience, qu'on me laisse en paix; je rentre éreinté,
et l'on me rompt la cervelle... Nous verrons demain.

Les deux jeunes filles, habituées pourtant à
cette brusquerie, s'empressèrent de regagner leur
chambre. Chemin faisant, l'aînée disait à Juliette:

— Eh bien! ma chère, es-tu contente de moi?
Ai-je bien réparé mon malheureux emportement?

— Je te remercie, Claudine; tu m'as soutenue
auprès de notre père, qui n'a pas l'air favorable-
ment disposé pour ce mariage; mais Anatole ne
croit pas un refus possible... Si tu savais combien
il m'aime! Il est si bon, si attentionné!... Je serai heureuse!

— Puisse-t-il mériter ces éloges, Juliette! Seulement, je t'en supplie encore une fois, épargne-
moi le détail de vos félicités présentes et futures.

Claudine quitta précipitamment sa sœur pour
aller, malgré la défense de Pichard, aider Marion
à soigner le voyageur malade. Juliette entra seule
dans leur chambre commune.

— Pauvre Claudine! murmurait-elle; quoi
qu'elle en dise, elle est jalouse... Mais est-ce ma
faute si Anatole me trouve plus jolie?

La coquette se mira devant une vieille glace qui
décorait la cheminée, arrangea ses beaux cheveux
blonds et se mit à chantonner.

Pendant ce temps, le bonhomme Pichard, assis devant la table encore servie, se livrait à des
réflexions qui ne témoignaient pas précisément
d'une extrême tendresse pour ses filles.

— Au diable ces pécores! disait-il; elles sont
gentilles, pimpantes, et les beaux fils du pays
courent après elles... Je ne veux pourtant pas les
marier, car je devrais leur rendre le bien de leur
mère. D'après le testament de feu ma femme...
une coquine qui aurait dû tout me laisser... le
domaine de Bois-Garet appartient à l'aînée, celui

des Bordes à la cadette; quand je les marierai
l'une ou l'autre, il me faudra restituer... Mais si
je n'ai plus Bois-Garet et les Bordes, que me
restera-t-il à moi? Trente ou quarante méchants
morceaux de terre écrasés d'hypothèques... On
me tirera à quatre chevaux avant que je me décide
à cela!

Et il frappa de son pied ferré le carrelage en
briques.

— C'est que, poursuivit-il après une pause, il
ne sera peut-être pas facile de se débarrasser du
père Chamusset... Il sait que mes filles ont du bien,
et il m'en demandera une pour son nigaud de fils.
Comment répondre non? Un finaud, le père Chamusset! Et dire que c'est demain... Peste soit des
enfants! ces deux sottes causeront ma ruine! Si
je pouvais donc les cacher, les envoyer quelque
part, trouver au moins un prétexte pour gagner
du temps!... Demain... demain... que faire?

Comme il demeurait plongé dans ses réflexions,
Fanchette se glissa dans la salle et se dirigea
vers le buffet.

— Que veux-tu? demanda Pichard avec colère.

— Eh! notre maître, je viens prendre le pot à
l'eau où j'ai préparé de la limonade pour Mlle Juliette... Vous savez qu'elle en boit tous les soirs...
Il fait si chaud!

— C'est bon! va-t'en!

— Mais, notre maître, je n'ai qu'à prendre le
pot que voilà.

— Tu raisonnes? Décampe, te dis-je... Tu re-
viendras quand je serai parti.

La petite servante se sauva en riant, car, nous le répétons, les colères du bonhomme, bien qu'on ne songeât pas à leur résister, n'effrayaient personne.

Quand Fanchette revint chercher la limonade, Pichard était remonté à sa chambre.

V

LA VENTE.

La propriété du Barral, qui allait être vendue à la mairie de Pierrefitte, était située à une demi-lieue environ du bourg. Elle consistait en une ancienne maison d'habitation appelée « château » dans le voisinage, et en plusieurs fermes d'un excellent rapport.

Habitation et domaine avaient appartenu, pendant plusieurs générations, à la famille Duplessis, une des plus riches et des plus estimées du département; mais, depuis plusieurs années, la décadence de cette famille, du moins quant à la fortune, avait été rapide. Au commencement de cette période, Ferdinand Duplessis-Barral, le dernier propriétaire, avait quitté la maison natale pour aller exercer au loin des fonctions publiques. Marié à une jeune et charmante femme qui avait pris goût aux plaisirs du monde, obligé par sa charge à une certaine « représentation » (il était

préfet), ses dépenses avaient presque toujours ex-
cédé ses revenus et ses appointements. Aussi
chaque année avait-il été obligé d'emprunter sur
son bien patrimonial; insensiblement, la dette était
devenue considérable, si bien que le préfet Duplessis-Barral étant mort presque subitement, quelques mois avant le jour où commence cette histoire, ses créanciers avaient fait saisir la propriété,
et on assurait que, se vendît-elle beaucoup au delà
de sa valeur, il ne devait absolument rien rester à
la veuve et aux enfants de l'ancien propriétaire.

Cette catastrophe, nous l'avouerons, n'éveillait
pas une très-vive sympathie à Pierrefitte. On ne
connaissait plus guère cette famille qui, depuis si
longtemps, vivait à Paris ou dans des provinces
éloignées. Aussi les affiches dont tout le bourg
était placardé, et qui annonçaient le jour et l'heure
de la vente, n'excitaient-elles que la curiosité. On
discutait la valeur de ces riches domaines, et nul
ne songeait que l'héritage, qui allait passer dans
des mains étrangères, était celui de la veuve et de
l'orphelin.

Quelques instants avant l'heure fixée, un grand
nombre de personnes stationnait devant la mairie,
où devait avoir lieu l'adjudication. Parmi elles on
pouvait remarquer certains vieux paysans qui
s'observaient mutuellement avec défiance, et qui
avaient peut-être l'intention secrète de « pousser »
quelque lot de leur choix. Mais aucun d'eux ne
semblait de taille à enchérir sur l'ensemble du
domaine, et sans doute la vente allait se borner
aux lots de peu d'importance.

Baptiste apparut à son tour, le chapeau enfoncé sur le front, les mains dans ses poches, affectant un air indolent et ennuyé. Ses yeux brillèrent bien en se fixant sur quelques-uns des assistants qu'il supposait devoir lui faire concurrence dans l'acquisition projetée; mais il se hâta de les baisser et redoubla de nonchalance apparente.

Par malheur, il était trop connu pour que cette attitude donnât le change sur ses intentions. On se le montrait en ricanant, et on disait tout bas:

— Savez-vous à quel lot en veut le bonhomme Baptiste?

— Peut-être à la Vieille-Garenne.

— Plutôt à la Châtaigneraie-du-Ravin.

— Ou bien à l'Étang-des-Truites.

— Bah! demanda un loustic, voulez-vous que je vous dise sûrement, moi, quels lots il guigne?

— Dis-voir un peu, Jean-Pierre.

— Eh bien! il les guigne tous.

Pichard feignait de ne rien entendre; dans la crainte de se trahir, il se tenait à l'écart et échangeait à peine un mot avec ses connaissances les plus intimes.

Il finit néanmoins par se trouver face à face avec une personne qu'il n'osait ou ne pouvait éviter: c'était M. Chamusset, le père d'Anatole.

Chamusset, petit homme gros, au teint rouge, paraissait tout gonflé de son importance, tant comme maire de Pierrefitte que comme un des plus riches propriétaires fonciers de la commune. Cette importance ne se manifestait pas par de la morgue, mais par un franc-parler brutal, par une familiarité excessive, au moyen desquels il s'imaginait gagner de la popularité. Il était vêtu avec quelque prétention; redingote de velours gris à boutons d'argent et pantalon à la cosaque, avec un chapeau de forme impossible. Il marchait le menton encastré dans un énorme faux-col, la poitrine en avant, d'un air satisfait de lui-même.

Il arrêta sans façon l'aubergiste par le collet, et lui dit avec rondeur :

— Enchanté de vous rencontrer, papa Pichard... Ah çà, vous n'êtes pas en tournée aujourd'hui ?

— Comme vous voyez, monsieur le maire, répliqua Baptiste de son ton le plus humble; une des petites n'est pas bien ce matin et a passé une mauvaise nuit; de plus, nous avons un voyageur malade... et je suis venu me promener par ici afin de tuer le temps.

— Vous êtes un malin, mon bonhomme, et je parierais... Enfin, je suis content que vous restiez à Pierrefitte aujourd'hui; j'aurai à vous parler de choses sérieuses.

Et il se mit à rire. Baptiste ne riait pas, lui, car il savait de quoi il s'agissait. Cependant il répondit :

— Tout à votre service, monsieur le maire; nous nous reverrons après la vente.

— La vente !... Ainsi, maître Baptiste, vous convenez que vous venez pour vous rendre acquéreur... de quelque chose ?

— Moi !... non. Ensuite peut-être ai-je été chargé par un ami...

— Un ami! quel ami?... On ne vous en connaît pas... Écoutez, papa Pichard, si vous aviez
de l'argent mignon, vous en trouveriez aisément
l'emploi sans faire d'acquisitions nouvelles...
Oubliez-vous ces dix mille francs que vous me
devez et pour lesquels je n'ai pas touché un sou
d'intérêts depuis dix-huit mois?

— Je sais, je sais, répliqua Pichard avec un
malaise croissant; je vous expliquerai... vous comprendrez sans peine.... Mais laissez-moi aller,
ajouta-t-il, car voici M. Briffaut.

En effet, le notaire rentrait en ce moment dans
une salle basse de la mairie, suivi d'un clerc
qui portait d'énormes liasses de papiers, et il
examinait attentivement la foule, comme s'il eût
cherché quelqu'un qu'il s'étonnait et s'alarmait
de ne pas apercevoir.

On se précipita derrière lui dans la salle, grande
pièce nue dont les murs n'avaient d'autres ornements que des cartes de géographie. Le mobilier consistait en un vieux bureau de sapin et en
quelques bancs. Le notaire prit place au bureau
avec son clerc; celui-ci se mit à éparpiller ses
paperasses et à disposer une sorte de bougeoir
spécial pour brûler les petites bougies, appelées
feux, qui servent aux adjudications.

La salle ne tarda pas à être pleine de monde.
Outre les paysans dont nous avons parlé, certains
bourgeois campagnards étaient accourus des environs. Cependant le notaire Briffaut, de plus en
plus inquiet, ne se pressait pas de remplir son
office.

Enfin, après avoir regardé plusieurs fois à sa montre, il sentit qu'il ne pouvait attendre davantage, et annonça à haute voix que la vente allait commencer.

Aussitôt un profond silence s'établit dans l'assistance; tous les yeux s'écarquillèrent, toutes les oreilles s'ouvrirent.

Le hasard voulut que ce fût le Pré-d'en-Bas, le morceau de terre convoité par le bonhomme Baptiste, qu'on mît d'abord en adjudication. Pichard, tout en s'efforçant de montrer une grande indifférence, annonça à demi-voix une enchère de cinquante francs sur la mise à prix.

Un léger murmure courut dans l'assemblée.

— Ah! le vieux sournois! disait-on; c'était le Pré-d'en-Bas qu'il guignait!

Sans doute l'offre ne semblait pas exagérée, car un antagonisme ardent ne tarda pas à s'établir. Un autre amateur enchérit de cinquante francs, puis un troisième de pareille somme.

Les offres se multiplièrent ainsi avec rapidité, et au bout de quelques minutes, la mise à prix du Pré-d'en-Bas se trouvait plus que doublée. Dans ces conditions, le marché devenait désavantageux. Mais on voyait que le père Pichard désirait ce lot, et, soit malice, soit entêtement, ses adversaires *poussaient* avec une vigueur extraordinaire.

Baptiste, dans l'ardeur de cette lutte acharnée, ne conservait pas cet air de calme et de bonhomie qu'il affectait d'habitude. Debout, haletant, le bras tendu, il criait son enchère d'une voix fié-

vreuse, et à peine quelqu'un avait-il proposé un
prix qu'il proposait un prix supérieur.

Aussi le zèle de ses rivaux ne tarda-t-il pas à
se ralentir, et enfin le lot fut adjugé à Pichard
au prix de six mille cinq cents francs. Nous
savons qu'il n'en possédait que deux mille ;
encore cette somme lui avait-elle été prêtée à un
taux exorbitant par un usurier des environs.

Le bonhomme Baptiste, en atteignant le but de
ses désirs, ne put modérer l'explosion de sa joie.
Il sauta pesamment, battit des mains et balbutia
avec une véritable ivresse :

— Le Pré-d'en-Bas à moi !... à moi ! C'est
pour rien... un marché d'or !... Le Pré-d'en-Bas
m'appartient !

Ce premier lot adjugé, on passa aux lots sui-
vants, dont la plupart avaient beaucoup plus d'importance, et tout le monde était convaincu que
Pichard allait se borner au rôle de simple specta-
teur ; on se trompait.

Peut-être avait-il d'abord l'intention de s'en tenir à son acquisition ; mais, soit qu'il voulût se
venger de ceux qui lui avaient disputé le Pré-
d'en-Bas, soit qu'il cédât à quelque entraînement
irrésistible, il ne demeura point inactif pendant
les ventes qui suivirent.

On mit successivement aux enchères l'Étang-
des-Truites, la Châtaigneraie-du-Ravin, les pâtu-
rages de la Vieille-Garenne et de nombreux morceaux de terre. A chaque lot nouveau, Pichard
s'écriait : « C'est pour rien... un marché d'or ! »
et il se hâtait de surenchérir. Évidemment, il

n'était plus maître de lui-même. Un démon, plus fort que sa raison et que sa volonté, semblait avoir pris possession de sa personne. Le teint enflammé, la bouche sèche, il cédait à ses instincts, sans réfléchir, sans hésiter et sans craindre. Aussi, quand cette première partie de l'opération se termina, s'était-il fait adjuger à peu près tous les lots secondaires, et par suite il avait à payer sans retard une somme qui dépassait quatre-vingt mille francs.

Dans l'assistance, ces acquisitions avaient causé d'abord une sorte de stupeur, puis de la colère ou de la moquerie. Le notaire lui-même, connaissant la situation gênée du bonhomme Baptiste, s'inquiétait des énormes engagements qu'il contractait, et il lui disait à demi-voix :

— C'est fort bien, monsieur Pichard; mais enfin, comment vous procurerez-vous tant d'argent pour solder ?

— Ne vous inquiétez pas: je vendrai mon auberge... Et puis, il y a un banquier quelque part qui me fournira de l'argent tant que je voudrai... Et puis... ne vous inquiétez pas.

Enfin, on dut en venir à l'adjudication de l'ensemble, suivant les conditions déterminées. Mais tout faisait présumer qu'il ne se présenterait pas d'acquéreur pour la totalité du domaine et que les adjudications précédentes allaient devenir irrévocables. Aussi, la séance étant restée un moment suspendue, fut-ce d'un ton de découragement que le notaire reprit :

— Attention, messieurs !... Je vais procéder à

la vente en bloc de la propriété du Barral... Y a-
t-il marchand ?

— Il y a marchand, répliqua une voix ferme
du côté de la porte.

Et le commandant Duplessis, le bas du visage
caché par un léger bandeau, entra dans la salle.
Il s'appuyait sur le bras de Claudine, qui, enve-
loppée dans une sorte de mantelet, paraissait
confuse en présence de tant de monde.

Quand Pichard aperçut sa fille et le voyageur,
il se laissa tomber anéanti sur un siége, en poussant un gémissement douloureux.

VI

LA FIN DU RÊVE.

L'entrée du commandant Duplessis et de sa
gracieuse compagne causa une certaine agitation
dans l'assemblée. Le notaire quitta sa place et
alla toucher la main au nouveau venu.

— Je commençais à désespérer de vous voir,
monsieur, dit-il avec déférence, et j'ai été dans
l'obligation...

— Il n'est pas trop tard, pourtant !

— Non, non... Seulement, à raison des adjudications partielles, vous paierez la propriété quelques milliers de francs plus cher.

Duplessis fit un geste d'insouciance et ajouta :

— C'est que la fièvre a été diablement, maître Briffaut ; sans les bons soins de l'excellente demoiselle qui, la nuit dernière, partagée entre moi et sa jeune sœur gravement indisposée...

— Voyez-vous ça ! gronda Pichard, qui écoutait.

— Enfin, poursuivit le commandant, il n'y a plus aucun danger ce matin, quoique les jambes ne soient pas très-solides encore... et me voilà... Monsieur le notaire, je suis à vos ordres.

Briffaut s'inclina et reprit sa place derrière le bureau.

Pichard se démenait comme un possédé dans le coin sombre où il avait cherché un refuge.

— Dire que c'est ma propre fille qui me joue ce tour-là ! murmurait-il entre ses dents. N'eût-elle pas mieux fait de laisser crever comme un chien ce roquentin d'officier ?... C'est qu'il est capable de tout me reprendre... même le Pré-d'en-Bas !

Claudine n'avait pas l'air de soupçonner la colère de son père ; triste et abattue, plongée dans de sombres rêveries, elle semblait ignorer ce qu'elle faisait, où elle était et pourquoi elle se trouvait là.

Cependant la séance étant reprise, Briffaut annonça, au milieu d'un profond silence, la mise à prix de l'ensemble de la propriété.

— Cent francs de surenchère ! s'écria le commandant.

On alluma les feux, et le notaire fit les appels

d'usage. Mais il ne se présenta pas de nouvel en-
chérisseur, et la dernière bougie étant consumée,
le domaine du Barral fut adjugé au commandant
Charles Duplessis.

Cette adjudication, comme nous l'avons dit,
annulait toutes les autres, et l'assemblée se leva
en tumulte. Pichard, désespéré, se prenait la tête
dans les deux mains et trépignait.

— Je sais, monsieur, dit Briffaut au commandant, que j'ai affaire à un galant homme, à un
membre de l'honorable famille Duplessis ; mais
mon devoir m'oblige à vous demander des garan-
ties, afin d'établir que vous êtes en mesure de remplir vos engagements.

— Oui, oui, s'écria tout à coup le bonhomme
Baptiste en se glissant à travers les spectateurs ;
ce n'est pas le tout de venir ainsi râfler de su-
perbes morceaux de terre au nez et à la barbe des
bonnes gens ; il faut encore être en état de
payer, et vite, ou sinon... J'aurais payé, moi, et
le Pré-d'en-Bas, et la Châtaignerie, et l'Étang...
et tout... si vous n'aviez agi d'une manière si indigne.

Duplessis ne fit que sourire des défiances dont
il était l'objet.

— Vous avez raison, monsieur le notaire, dit-
il, et vos fonctions vous obligent à vous montrer
rigoureux... Il est facile de tout arranger... Mademoiselle, poursuivit-il en se tournant vers Claudine, voulez-vous bien me remettre ce que je
vous ai prié d'apporter ?

Claudine sortit machinalement de dessous son

mantelet le volumineux portefeuille que le commandant lui avait confié la veille. Duplessis l'ouvrit et en tira plusieurs grosses liasses de billets
de banque.

— Voilà la somme entière, dit-il.

Les campagnards ouvraient de grands yeux.

— Elle ! elle encore ! murmurait le bonhomme
Baptiste, en regardant sa fille avec indignation.

Il songeait à se retirer, pour cacher sa honte et
son chagrin. Chamusset père, les pouces passés
dans son gilet, l'aborda en ricanant.

— Hein ! maître Pichard, dit-il, ce monsieur
Duplessis vous a tiré une fière épine du pied ! Où
diable auriez-vous trouvé les quatre-vingt mille
francs, si vos acquisitions étaient devenues défini-
tives ?

— Encore une fois, je les aurais trouvés.

— En ce cas, il vous sera bien plus facile de
trouver les dix mille francs que vous me devez...
avec les intérêts depuis bientôt deux ans !

— C'est bon, c'est bon... Nous parlerons de
cela un autre jour.

— Il faut pourtant, mon vieux, réprit Chamusset en baissant la voix et en glissant son
bras sous celui de l'aubergiste, que nous parlions
aujourd'hui même de... quelque chose. Je gage
que vous savez déjà de quoi il retourne ?

Pichard promena autour de lui un regard d'angoisse, comme s'il eût cherché un moyen d'échapper à cette nouvelle torture. Mais on l'entraîna
sur une place qui s'étendait devant la mairie, et
où certains gros bonnets du pays s'étaient arrêtés

à causer en gesticulant. Là il tenta encore un effort afin d'échapper au tyrannique officier municipal.

— Monsieur le maire, dit-il, je n'ai pas l'esprit tranquille en ce moment, et je ne saurais causer de rien... Ce qui vient d'arriver m'a bouleversé. Penser que je pourrais être propriétaire du Pré-d'en-Bas et... et du reste !

En même temps, il voulait se dégager ; mais Chamusset tenait ferme, car il venait d'apercevoir à quelque distance le bel Anatole, qui lui adressait un signe à la fois suppliant et impérieux. Or, nous savons que M. le maire, si familier et si hardi avec tout le monde, était d'une extrême faiblesse pour son fils unique. Aussi dit-il d'un ton rogue, qu'il croyait majestueux :

— Il me semble, monsieur Baptiste Pichard, que vous ne songez pas à qui vous parlez ! Je suis le premier magistrat de cette commune, et quand je condescends à vous adresser la parole, je vous fais beaucoup d'honneur... D'autre part, il ne vous est pas permis d'oublier que vous me devez une forte somme et que, si la fantaisie me prenait de vous envoyer du papier timbré...

A ce seul mot de « papier timbré, » Baptiste frissonna.

— Voyons, voyons, il ne faut pas vous fâcher. Je vous ai dit que j'avais du chagrin rapport au Pré-d'en-Bas... Mais, puisque vous y tenez, causons d'amitié... de bonne amitié, monsieur le maire.

— C'est justement ce que je demande, dit Chamussst radouci.

Ils gagnèrent la route qui servait de prome-
menade aux habitants de Pierrefitte. L'un et
l'autre avaient l'air si affairés, qu'aucun passant
n'osait les aborder, et on se contentait de les
saluer de loin. Alors Chamusset demanda à
Pichard la main de Juliette pour son fils Anatole, et cela d'un ton détaché, protecteur, en
homme qui non seulement n'admettait pas un
refus, mais qui encore était persuadé qu'on devait
écouter sa proposition avec respect et reconnaissance.

Baptiste, cependant, ne montra nul enthou-
siasme. Comme il tardait à répondre et cherchait
peut-être de quelle manière il adoucirait un refus, Chamusset dit en lui frappant sur le ventre :

— Allons ! père Pichard, je vois où le bât vous
blesse... Vous n'avez pas d'argent comptant pour
donner une dot à votre fille, n'est-il pas vrai ? et
vous tenez à votre terre. Eh bien ! on ne vous demande ni terre, ni argent ; vous garderez tout,
et après vous, il y aura ce qu'il y aura... Seulement vous rendrez à la petite le bien de sa mère.
C'est le domaine des Bordes qui lui revient,
d'après les partages, n'est-ce pas ? tandis que le
Bois-Garet revient à sa sœur.... Il faudra donc
se contenter des Bordes... pour le moment.

— Les Bordes ! répéta Pichard, c'est celle de
mes propriétés à laquelle je tiens le plus.

Pichard eût dit exactement la même chose de
n'importe quelle autre terre dont on lui eût parlé
de se séparer.

— Mais, diable d'homme, pensez donc que les

Bordes et le Bois-Garet ne vous appartiennent pas, que vous avez dû prévoir ce qui arrive aujourd'hui et qui devait arriver tôt ou tard... Écoutez encore, mon vieux Baptiste : Anatole aura toute ma fortune un jour, et vous savez que j'ai de quoi... De plus, cette créance de dix mille francs, qui vous gêne si fort, je la remettrai à nos enfants, et c'est à eux que vous paierez désormais l'intérêt et le principal. Vous ne les trouverez pas trop durs envers vous, j'imagine... Voyons, est-ce dit ? Frappez là.

Et M. le maire tendit la main, comme s'il se fût agi de tôper pour un marché de grains ou de bestiaux.

Pichard feignit de ne pas voir ce geste.

— J'avais l'intention, balbutia-t-il, de ne marier la plus jeune qu'après l'aînée ; d'ailleurs, Juliette est malade, et on ne sait jamais comment tourneront les maladies.

— Malade ! allons donc ! Hier encore, elle se promenait en riant et en chantant, selon son habitude.

— Ça l'a prise la nuit dernière... Ces jeunes filles commettent tant d'imprudences !

— Elle ne peut manquer de se rétablir bientôt... Finissons-en, père Pichard ; nous allons nous arranger à l'instant même, et nous marierons nos jeunes gens dans le plus bref délai, ou j'enverrai dès ce soir à un huissier certain papier qui porte votre signature.

Baptiste, tout frémissant et contenant sa colère, dut accorder son consentement.

— Hum ! j'étais sûr que nous nous entendrions !
reprit Chamusset : je reçois votre parole... Ce
soir ou demain, Anatole et moi nous irons voir
votre jolie malade, et si ce que l'on me dit est
vrai, notre visite ne peut manquer de la guérir,
je vous l'affirme.

Puis Chamusset, qui voyait son fils rôder toujours à quelque distance, se hata de le rejoindre.

Il était temps pour le bonhomme Pichard que
cette scène de torture se terminât. Il se dirigea
vers sa demeure en chancelant comme un homme
ivre.

— Tout est perdu, pensait-il. Le Pré-d'en-
Bas, la Châtaignerie, l'Étang... plus rien !... Et
maintenant c'est le domaine des Bordes qu'ils
veulent m'arracher... Qu'on prépare ma fosse...
C'est fini, je le sens... si je n'y mets bon ordre !

VII

LES DEUX MÉDECINS.

Rentré à l'auberge du Chêne-Vert, le commandant Duplessis se ressentait à peine de la morsure
de serpent qui avait failli lui être si funeste ; il
s'était débarrassé de toutes ses compresses, et,
sauf une cicatrice presque imperceptible à la joue,
rien ne rappelait plus le terrible accident.

Maintenant il paraissait occupé de graves intérêts. Après avoir pris connaissance d'une lettre arrivée par l'intermédiaire du notaire Briffaut, il s'empressa d'écrire lui-même plusieurs lettres, qu'il envoya à la poste, et il expédia au plus prochain bureau télégraphique un homme à cheval pour porter une dépêche dont il reçut aussitôt la réponse.

S'étant acquitté de ces soins divers, il s'habillait pour sortir, quand il entendit parler avec véhémence dans le corridor qui précédait la chambre des demoiselles Pichard ; on eût dit d'une violente discussion. Une grosse voix, aux intonations enrouées, voix de campagnard ivrogne, dominait les autres et disait avec un accent irrité :

— Je vous répète, monsieur le docteur, si docteur vous êtes, que je ne souffrirai pas que vous alliez sur mes brisées et que je ne vous permettrai pas d'entrer dans la chambre de mes malades. Je ne suis qu'un simple officier de santé de la Faculté de Montpellier, mais je sais aussi bien que personne comment il faut traiter la petite Juliette Pichard. Je connais son tempérament beaucoup mieux que vous, qui voyez le sujet pour la première fois, et il s'agit d'une indisposition sans importance dont je viendrai facilement à bout.

— Et moi, répliqua-t-on avec ironie, je prendrai la liberté, monsieur l'officier de santé de la Faculté de Montpellier, de n'être nullement de votre avis. J'ai constaté, au contraire, dans la maladie de Mlle Juliette certains symptômes étranges, inexplicables, qui méritent la plus sérieuse attention.

— Inexplicables... pour vous, qui n'avez appris la médecine que dans les livres et non pas au lit des malades. Encore une fois, « j'ai l'habitude » de cette petite... Elle aura « mangé de travers » quelque licherie ; voilà tout... Laissez-nous donc tranquilles ; on n'a pas besoin de vous ici. On est venu me chercher de la part du père, le bonhomme Baptiste, et je n'entends pas qu'on essaie de me contrecarrer.

— Moi, j'ai été mandé par M{{lle}} Claudine, qui était fort alarmée de l'état de sa sœur, répliqua le docteur Bonivet, et j'ai pu m'assurer que malheureusement ces alarmes étaient fondées. Prenez garde, monsieur, que, par ignorance ou par excès de confiance, vous ne fassiez quelque bévue dont vous serez responsable, je vous en avertis.

Une voix douce, qui ne pouvait être que celle de Claudine, adressa des observations conciliantes aux deux médecins ; mais Martin, l'officier de santé, n'en tint aucun compte.

— C'est une indignité ! s'écria-t-il ; vous savez pourtant, Claudine, que depuis trente ans personne n'est mort dans cette maison sans avoir été traité par moi ! Votre mère elle-même... Mais il suffit ; puisque l'on n'a plus confiance dans mon savoir, je ne reviendrai jamais ici... jamais... jamais.

Il se démenait, frappait du pied.

— Monsieur, dit le docteur Bonivet, vous faites bien du bruit près de la chambre d'une malade... et d'une malade qui est en danger. En toute autre circonstance, je vous céderais volontiers la place ; mais puisque j'ai été appelé, je considère comme un devoir de m'assurer que vous ne vous trompez pas sur le cas présent.

— Fort bien, monsieur, s'écria Martin en trépignant de plus belle ; vous avez l'air de penser que je me trompe ! Pourquoi ne pas dire tout de suite que je suis « un âne, un boucher, » comme, vous autres docteurs, vous appelez les pauvres officiers de santé ?... Mais vous avez de qui tenir ! Déjà votre père, qui était docteur aussi, ne se gênait pas pour vomir des horreurs contre moi et pour me souffler la belle clientèle du pays... Je ne m'attendais pas pourtant à ce que vous viendriez me relancer jusque chez le bonhomme Baptiste.... mon client depuis un temps immémorial, mon débiteur, mon ami !

— Ah çà, interrompit tout à coup avec rudesse quelqu'un qui sortait d'une pièce voisine, qui donc s'avise de molester cet excellent M. Martin ? Est-ce vous, jeune homme ? Je ne veux pas médire de votre science, voyez-vous ; mais je ne me soucie pas que mes filles consultent un blanc-bec. J'aime mieux qu'elles aient affaire au bon papa Martin, qui les connaît depuis leur naissance, qui sait ce qu'il leur faut... Je ne vous ai pas mandé, que je sache !

— Mon père, dit Claudine avec timidité, voyant ma sœur en proie à de cruelles souffrances, j'ai pensé que peut-être...

— De quoi te mêles-tu ? Je ne suis pas mort encore pour qu'on donne des ordres ici sans me consulter !

La pauvre Claudine garda le silence.

— Eh bien ! monsieur le docteur, s'écria Martin triomphant, vous savez à présent de quoi il retourne. Vous ne vous frotterez plus à venir chez le bonhomme Baptiste !

— Fort bien, monsieur, je me retire ; mais mon devoir d'honnête homme et de médecin m'oblige à prévenir M. Pichard que l'on fait fausse route, et que l'état de Mlle Juliette est grave, très-grave, presque désespéré...

— Mon Dieu ! monsieur Bonivet, s'écria Claudine avec épouvante, serait-il possible que ma sœur...

— Bah ! jalousie de métier ! interrompit sèchement l'aubergiste. Allez ! allez ! mon petit monsieur, le papa Martin connaît son affaire, et il traitait déjà des malades avant que vous fussiez né... Je gage que Juliette guérira bientôt ! Oui, elle guérira et pourra épouser le fils Chamusset, qui raffole d'elle et qui est venu tout à l'heure s'informer de sa santé... Ça touche le cœur de voir ces deux enfants si amoureux l'un de l'autre !... Aussi ne veux-je pas que rien retarde le mariage ; Chamusset accorde de gros avantages à son fils, et Juliette aura pour dot les Bordes, qui lui appartiennent du chef de sa mère. Vous sentez bien que je ne songe pas à les lui retenir ! je l'aime trop pour cela ; d'ailleurs, ça serait contraire au code... Il faut donc que Juliette se rétablisse bien vite pour accomplir ce beau mariage, pour me donner des petits enfants qui hériteront de tous mes morceaux de terre... quand je mourrai !

Sans doute il y avait dans les paroles de Pichard quelque chose qui blessait particulièrement Claudine, car elle rentra avec précipitation chez la malade.

Malgré l'avanie qui lui était faite, le jeune médecin paraissait retenu par un sentiment supérieur à son amour-propre professionnel et hésitait à s'éloigner. Martin crut devoir abuser de ses avantages.

— Ah ça, monsieur, reprit-il brutalement, comment vous dira-t-on les choses pour vous faire comprendre que vous êtes de trop ici ? Attendez-vous donc que je vous cède la place ?

— Et moi, monsieur, pensez-vous que je me laisserai mettre à la porte comme un valet ? Vous voudriez sans doute pouvoir conter partout que, grâce à votre influence, j'ai été chassé de cette maison ; mais, de par tous les diables, je ne souffrirai pas...

— Alors, cela regarde mon compère Baptiste ; si cela me regardait...

— Oseriez-vous portez la main sur moi ?

— Tout de même... vous ne me faites pas peur !

— Allons, allons, messieurs, interrompit l'aubergiste, ne nous fâchons pas... Comme le plus jeune, monsieur Bonivet, c'est à vous de déguerpir.

— Du diable si je n'ai pas envie...

Nul ne sait comment cette scène se fût terminée, quand le commandant, qui n'en avait pas perdu un mot et qui désirait épargner au docteur quelque nouvel affront de ces deux butors, ouvrit brusquement sa porte.

Sa présence subite imposa à tous. Bonivet s'inclina en rougissant, car il était honteux d'être vu dans cette position fausse et humiliante par un homme tel que le commandant Duplessis. Pichard prit la mine souriante et obséquieuse d'un aubergiste devant un bon client. Quant à Martin, il avait l'air effaré d'un paysan à la vue d'une personne inconnue qui lui inspire défiance et respect.

L'officier de santé, en effet, n'était guère autre chose qu'un paysan, avec sa face vulgaire et hâlée, ses yeux rouges et son nez « trognonant, » qui annonçait des habitudes d'ivrognerie. Il avait pris les manières grossières des gens qu'il fréquentait, et son costume était à l'avenant. Aussi avait-il plutôt l'apparence d'un maquignon ou d'un marchand de bœufs que d'un membre de la docte Faculté.

Le commandant lui jeta un regard qui manquait absolument de bienveillance et tendit la main à Bonivet.

— Enchanté de vous voir, monsieur, dit-il très-haut, et je vous prie d'entrer chez moi... Vous m'avez déjà sauvé d'un grand danger, mon cher docteur, et je compte recourir souvent à vous... Entrez donc; je serai heureux de passer quelques instants en votre compagnie.

Bonivet comprit l'intention délicate du commandant, et se laissa conduire en balbutiant des paroles de politesse. Duplessis ajouta :

— Monsieur Pichard, faites-nous servir une bouteille de madère et des biscuits... Le doc-

teur acceptera, j'espère, quelques rafraîchisse-
ments.

Et il referma la porte sans cérémonie.

Pichard et l'officier de santé restèrent tout in-
terdits dans le corridor.

— Ah çà, qui est donc ce monsieur décoré? demanda Martin à demi-voix.

— Un voyageur qui fait chez moi beaucoup de
dépense... le commandant Duplessis.

— Miséricorde ! le nouveau maître du Barral!
dit Martin.

Et il s'empressa d'ôter son chapeau, bien que
l'on ne pût plus le voir et que la porte demeurât
close.

Duplessis et le docteur se trouvaient dans une
chambre, qui était la plus belle et la plus confortable de l'auberge. Le commandant offrit un
fauteuil à son hôte qui, d'abord un peu embarrassé, finit par prendre son parti en brave.

— Ma foi! commandant, dit-il, je vous dois des
remercîments. Avec autant de tact que de bonté,
vous m'avez tiré d'une situation fort ridicule.

— J'ai admiré, mon cher petit docteur, avec
quelle patience vous supportiez les injures d'un
pareil malotru. A votre âge, je n'aurais pas eu
cette longanimité, je vous jure.

— Bah ! ne nous occupons plus de cet homme,
contre lequel mon père a montré jadis trop d'indulgence... Ce qui me désole, c'est que je ne
puis donner des soins à M\ue Juliette, et je crains
fort que ce vieil imbécile ne commette quelque
sottise irréparable.

— Ah çà! qu'a donc la pauvre enfant? demanda Duplessis avec distraction.

— Je l'ignore; mais dans la courte visite que je viens de lui faire, j'ai constaté divers symptômes de mauvais augure. Ce mal venu tout à coup, sans cause apparente, a un caractère bizarre qui confond toutes mes idées. En vérité, si Mlle Juliette n'était pas entourée d'une famille qui la chérit, de serviteurs qui lui sont dévoués, je pourrais croire...

Le docteur n'acheva pas sa pensée et secoua la tête.

— Que voulez-vous dire, monsieur Bonivet? demanda Duplessis avec étonnement.

Avant que le médecin eût eu le temps de répondre, Fanchette, la petite servante, entra, portant sur un plateau une assiette de biscuits, des verres et une bouteille qu'elle déposa sur la table.

— Fanchette, demanda Bonivet, comment va Mlle Juliette à présent?

— Toujours bien mal, monsieur; on croit que ça la quitte, et puis aussitôt ça la reprend plus fort... Mlle Claudine se tient à côté de son lit, et c'est elle qui la fait boire; mais tant plus la pauvre demoiselle boit, tant plus elle a mal au cœur.

En même temps, Fanchette donnait à son fichu sale un tour plus galant sur ses épaules.

— Et M. Pichard, comment s'arrange-t-il au milieu de tout cela?

— Ah! il aime joliment sa fille, allez! Il

entre à chaque instant dans la chambre, et dit
de bonnes paroles à Mlle Juliette, histoire de la
consoler, et il lui parle de M. Anatole, qui doit
soi-disant l'épouser bientôt... On n'aurait jamais cru qu'il l'aimât autant que ça !

— Et vous, Fanchette, demanda le docteur,
l'aimez-vous bien, Mlle Juliette ?

— Si je l'aime, la chère demoiselle ! Il n'y a pas
encore huit jours qu'elle m'a donné un de ses
vieux corsets, et il me va !... Je voudrais que vous
vissiez un peu comme il me va bien !

Bonivet la congédia du geste et parut réfléchir.

— Ah ça, docteur, demanda le commandant à
voix basse en emplissant les verres, que disiez-
vous donc tout à l'heure au sujet de cette mala-
ladie ? Soupçonneriez-vous qu'une main criminelle...

— Moi ! répliqua Bonivet avec empressement,
je ne soupçonne personne... Qui pourrais-je soupçonner ici ? A la vérité, je ne comprends rien à
l'affection dont Mlle Juliette est atteinte, mais
c'est par ignorance peut-être... Je suis jeune ; j'ai
beaucoup à apprendre... et tous les ânes ne s'appellent pas Martin !

Cette saillie ramena un peu de gaîté. On but
du madère, on fuma des cigares, et on causa ami-
calement pendant quelques instants. Bientôt Bonivet se leva.

— A présent, reprit-il, que Martin est parti
sans doute et que j'ai bivouaqué sur le champ de
bataille, je vous demande la permission de me
retirer. Je dois veiller à ce que l'officier de santé

aura pu dire de moi à Pierrefitte... D'ailleurs,
vous vous disposiez, je crois, à sortir aussi ?

— En effet, il faut que je me rende au Barral... Je pense que j'aurai assez de force pour
faire cette promenade à pied ?

— Certainement... Et je m'explique votre impatience de visiter votre nouvelle acquisition...
Vous comptez vous y installer, sans doute ?

— Je... je ne sais pas... Peut-être plus tard...
Ah ! la vue du Barral ne peut éveiller en moi aucun agréable souvenir !

Il soupira, mais il reprit presque aussitôt avec
un rire un peu forcé :

— Allons, docteur, je veux vous accompagner
jusqu'à la porte de l'auberge, au vu de tous les
gens de la maison, afin qu'il soit bien constaté
que vous êtes sorti d'ici le dernier, avec les honneurs de la guerre.

Il prit le bras de Bonivet. Comme ils traversaient le corridor, une porte s'ouvrit, et Claudine,
out en larmes, accourut vers eux.

— Quoi ! monsieur Bonivet, dit-elle en san-
glotant, allez-vous abandonner ainsi ma pauvre
Juliette ? Ne vous inquiétez pas des boutades de
mon père... Il doit de l'argent à M. Martin et ne
pouvait, en sa présence... Mais moi, je n'ai de-
confiance qu'en vous... Si vous saviez comme
elle souffre ! Ses crises, ses spasmes d'estomac ne
cessent pas d'un instant ! Tenez, écoutez encore !

En effet, malgré la distance et malgré la porte
close, on entendait des plaintes douloureuses,
parfois des cris aigus.

— Mon Dieu! mademoiselle Claudine, que voulez-vous que je fasse? répliqua le docteur. Votre père est le maître ici, et il m'a congédié assez vilainement... Eh bien, veillez à remplir mes prescriptions secrètes... Ce soir, si M. le commandant le permet, je reviendrai le voir, et pendant que je serai chez lui, vous pourrez me rendre compte de l'état de votre sœur... Je ne saurais m'exposer à une nouvelle insulte de votre père !

— Je rentrerai de bonne heure, dit Duplessis, et vous resterez auprès de moi autant qu'il vous plaira.

Claudine le remercia par un regard, puis elle prit la main de Bonivet et la serra dans les siennes.

— Je compte sur vous, dit-elle avec effusion ; revenez ce soir... Oh ! vous la sauverez, n'est-ce pas? Promettez-moi de la sauver !

Comme les cris devenaient plus déchirants, elle fit rapidement un signe d'adieu et disparut.

— Quel ange! disait Duplessis avec admiration.

Le docteur était pensif.

VIII

LE CHATEAU DU BARRAL.

Peu d'instants plus tard, le commandant Duplessis se dirigeait à pas lents vers le Barral.

Quoique la campagne fût fort belle, Duplessis, à mesure qu'il avançait, devenait mélancolique. De temps en temps, il s'arrêtait et comparait un souvenir lointain à la réalité présente; on eût dit que chaque pas réveillait en lui un monde de pensées.

Cette agitation s'accrut encore quand il atteignit un endroit d'où l'on apercevait le château du Barral, et il s'arrêta de nouveau. L'habitation était un vieux bâtiment, très-vaste, mais très-bas, qui avait un aspect monacal. Autrefois, en effet, il avait servi de maison de retraite à une abbaye de bénédictins, située dans un bourg du voisinage. Les murs en granit étaient tout noirs, percés de longues fenêtres et de portes monumentales. Le toit, en tuiles courbes et presque plat, était revêtu de mousse verdâtre. Cette demeure avait un air triste, refrogné, qui ne donnait nullement le désir d'y passer sa vie, et on s'expliquait que ses anciens propriétaires l'eussent laissée longtemps inhabitée.

En revanche, comme nous l'avons dit, les alentours étaient pittoresques et riants. La rivière, avec ses méandres gracieux, n'en passait guère à plus de cent pas. En face du Barral s'élevait un moulin dont le barrage avait peut-être, par corruption, donné son nom au château. Le sol était onduleux, boisé, couvert de champs de blé noir, de châtaigneraies, de prairies, et un paysagiste y eût trouvé de nombreux sujets de tableaux.

Les yeux de Duplessis s'étaient fixés longuement sur la vieille habitation et avaient fini par se remplir de larmes. Mais il ne tarda pas à réagir contre cette faiblesse involontaire.

— Tonnerre! que je suis bête! murmura-t-il; avançons!... Aussi bien je suis curieux de savoir comment Mme Florence va me recevoir.

Et il pressa sa marche, afin peut-être de ne plus retomber dans un attendrissement dont il rougissait.

L'aspect du château n'était pas plus séduisant de près que de loin. On y pénétrait par une lourde porte cintrée à deux battants; mais évidemment elle ne s'ouvrait jamais, ou du moins elle n'avait pas été ouverte depuis bien des années, et ce fut vers une petite porte basse et modeste, située à l'angle du bâtiment, que se dirigea Duplessis.

Au-dessus de celle-là était écrit en gros caractères le mot *Régie*, et le commandant, qui connaissait fort bien les êtres de la maison, ayant frappé doucement, entra dans une pièce du rez-de-chaussée dont les fenêtres étaient protégées par des barreaux de fer.

Cette pièce, boisée en châtaignier vermoulu,

dont la peinture jadis rougeâtre était toute cra-
quelée, avait un mobilier fort simple, presque
pauvre, consistant en un casier et un bureau de
bois noirci, en quelques chaises de paille et un
antique fauteuil de cuir. Le fauteuil, à demeure
derrière le bureau, était occupé en ce moment
par une dame qui, à l'arrivée de Duplessis, se
leva avec une émotion visible. Cette dame, qui
gérait la propriété du Barral, était Mme Florence,
dont le nouveau propriétaire semblait redouter
l'accueil.

Veuve de l'ancien régisseur, qui s'était tué à
la chasse une quinzaine d'années auparavant,
Mme Florence avait conservé les fonctions de son
mari et s'en acquittait avec autant de probité que
d'intelligence. Elle était parvenue, par sa sage
gestion, à doubler presque le produit du domaine.
Elle avait accompli des miracles afin de répondre
aux incessantes demandes d'argent du défunt
préfet, et ce n'était pas sa faute si, dans les dernières années, les affaires de ses maîtres avaient
pris une si fâcheuse tournure.

Florence Grimont était une petite femme maigre, noire, aux yeux de feu, aux allures viriles.
Peut-être n'avait-elle jamais été jolie, quoique
sa figure exprimât la franchise et l'honnêteté.
On n'eût pu dire non plus quel était son âge, car
ses traits accentués, anguleux, annonçaient aussi
bien vingt-cinq ans que cinquante; néanmoins,
quelques filets blancs, qui commençaient à traverser sa rude chevelure, permettaient de supposer
qu'elle avait déjà dépassé l'âge de la maturité. Elle

était vêtue d'une robe de laine de couleur sombre, montant jusqu'au col et dessinant des épaules osseuses. Quand elle devait voyager à cheval, elle ajoutait à ce costume un pantalon d'homme, des souliers à éperons, et se coiffait d'un chapeau de feutre muni d'un petit voile vert. Ainsi équipée, elle était connue à dix lieues à la ronde, et l'étrangeté de son costume ou de ses manières ne nuisait nullement à la considération qu'elle inspirait.

La présence du commandant semblait lui enlever son assurance habituelle. Sans songer à le saluer, elle l'examinait avec un mélange de surprise, de crainte et de colère. Enfin, elle s'inclina et dit d'une voix altérée :

— Vous... vous, monsieur Charles ! Ah ! je ne m'attendais pas à vous revoir jamais ici !

— Cependant, chère madame Florence, vous devez connaître déjà...

— Oui, oui... Vous êtes maintenant seul maître dans cette maison, monsieur Charles, et ma tâche à moi est finie... Aussi, après vous avoir mis en possession de votre bien, saurai-je ce qu'il me reste à faire.

— Auriez-vous la pensée de quitter le Barral ? J'espère qu'il n'en est rien.

En même temps, Duplessis invita du geste Mᵐᵉ Florence à reprendre sa place, tandis que lui-même s'asseyait sur une chaise. Elle obéit en silence ; mais on jugeait, au froncement de ses sourcils, qu'elle avait pris une détermination dont il serait difficile de la faire démordre.

Le commandant, de son côté, ne se pressait pas de parler. Le front penché, l'œil fixe, il était retombé dans une douloureuse rêverie.

— Je pensais, monsieur, reprit enfin la gérante, que vous voudriez voir en quel état se trouve le château.

— Rien ne presse, répliqua Duplessis ; je sais que vous avez dû maintenir ici le meilleur ordre... Avant que nous fassions ensemble dans la maison une visite indispensable, permettez-moi de me remettre et d'attendre que je me sente assez fort pour subir cette épreuve.

— Il est vrai, la vue de cette vieille demeure doit éveiller en vous de cruels souvenirs et... des remords !

— Des remords... peut-être, mais certainement de poignants souvenirs. Quant à vous, madame Florence, vous n'avez connu sans doute qu'imparfaitement les détails de ce drame de famille.

— J'en conviens, il a laissé dans mon esprit bien des obscurités et des incertitudes. Cependant, l'opinion de mon pauvre Grimont et la mienne a toujours été que les torts les plus graves venaient de vous.

— Pas tous, madame Florence, et je peux aujourd'hui vous révéler, à vous la vieille amie des Duplessis, sinon la vérité entière, du moins les circonstances principales de cet événement. Vous jugerez si j'ai mérité tant de colère et tant de haine.

Mme Florence se rapprocha du commandant avec

curiosité. Tout ce qui touchait à ses anciens maîtres l'intéressait fort, et d'ailleurs, comme elle l'avait laissé entrevoir, elle tenait à éclaircir certains points sur lesquels s'était exercée souvent son imagination dans la solitude où elle vivait.

— Vous savez, reprit Charles Duplessis après une pause, comment mon cousin Ferdinand Duplessis, qui avait pris le nom de Duplessis-Barral, épousa Ernestine de Champfleur quelque temps avant la catastrophe où je jouai un rôle si fâcheux. Ernestine avait peu de fortune ; mais elle était charmante, très-instruite, et portait un nom des plus honorables. Ce mariage n'avait donc rien de désassorti ; Ferdinand rêvait les honneurs, les grandes charges publiques, et il avait dû désirer pour compagne une belle et spirituelle personne, qui annonçait déjà une reine de salons, une femme du monde accomplie. Le mariage se conclut, en apparence, à la satisfaction commune et avec l'approbation publique.

« Mais ce que l'on ne savait pas, madame Florence, c'était que, moi aussi, j'aimais Ernestine et qu'il existait déjà un engagement sérieux entre elle et moi.

« Mme de Champfleur, la mère d'Ernestine, habitait la ville de L***, à quelques lieues d'ici. J'allais chaque année, avec mon cousin Ferdinand, passer quelques jours à L***, et nous étions reçus chez Mme de Champfleur comme les enfants de la maison. J'aimai Ernestine, et, grâce à l'intimité presque fraternelle qui régnait entre nous, il ne me fut pas difficile de lui faire partager cette affection. Par malheur, comme je l'ai dit, elle n'avait qu'une fortune très-modeste, et moi, alors simple lieutenant, je ne possédais rien. Force nous était donc d'attendre qu'une circonstance nouvelle, dont nous ne pouvions pourtant préciser la nature, me permit de demander à Mme de Champfleur la main de sa fille, avec l'espoir de l'obtenir.

« Sur ces entrefaites, et pendant que j'étais en garnison dans une ville du Midi, Ferdinand qui, comme moi, était bien accueilli dans la maison de Champfleur, s'éprit à son tour d'Ernestine. Mon cousin, vous le savez, avait une nature froide, posée, réfléchie, en apparence peu susceptible d'une passion de ce genre ; sans doute il voyait dans Mlle de Champfleur certaines qualités éminentes dont il comptait tirer parti pour la réalisation de ses vues ambitieuses. Quoiqu'il fût âgé seulement de quelques années de plus que moi, sa position administrative était déjà fort belle, et il jouissait d'une fortune convenable. Ces avantages tentèrent peut-être Ernestine qui, elle-même, était de caractère à les apprécier ; elle en fut éblouie et ne songea pas à l'absent.

« Du reste, ce mariage semble avoir été surtout l'œuvre de Mme de Champfleur. Vous ne pouvez avoir oublié, madame Florence, combien elle était tenace dans ses volontés, hautaine, impérieuse d'habitude et pourtant rusée au besoin... »

— Oui, oui, monsieur Charles, répliqua la gérante. C'était une femme altière, et il ne fallait pas essayer de lui tenir tête !

— Comment la pauvre Ernestine eût-elle résisté aux obsessions, à une influence toute-puissante ? Néanmoins, dans la famille de Champ-fleur et dans la nôtre, on n'ignorait pas sans doute les engagements qui existaient entre la jeune fille et moi, car on me fit mystère de ce mariage. Malgré notre proche parenté, Ferdinand, ni aucun des siens, ne jugèrent à propos de me l'annoncer quand il était encore en projet, et je n'en eus connaissance que plusieurs mois après sa conclusion.

« Lorsque j'appris la vérité, je faillis devenir fou de colère et de douleur. Je ne savais si je devais plus m'indigner de l'abandon insultant d'Ernestine que des procédés odieux de mon cousin. Je demandai un congé au ministre de la guerre, et, sans prévenir personne, j'accourus ici, où j'étais sûr de trouver les nouveaux mariés.

« Quel était mon projet? Je serais fort embarrassé de le dire aujourd'hui, car les idées les plus monstrueuses, les plus extravagantes, bouillonnaient dans mon cerveau. Je ne saurais dire non plus comment s'accomplit mon long voyage; je me souviens seulement qu'après m'être arrêté pendant quelques minutes à l'auberge de Pierre-fitte, j'arrivai ici comme un ouragan.

« Je ne rencontrai personne pour m'introduire; mais j'étais un ancien familier du château, et je me dirigeai sans hésitation vers la grande salle à manger, que l'on appelle la salle d'armes, à cause des trophées de vieilles épées et de vieilles armures qui la décorent.

« C'était à l'issue du déjeûner. Ernestine se trouvait seule et lisait une revue des modes qu'on venait d'apporter. Sa mère était au jardin, et Ferdinand faisait sa correspondance dans son cabinet. Ma figure bouleversée devait être terrible, car Ernestine, en m'apercevant, poussa un cri d'effroi et se leva convulsivement. Je l'accablai des plus sanglants reproches ; je rugissais, j'écumais. Après avoir essayé vainement de m'apaiser, de m'imposer silence, elle voulut s'enfuir ; j'eus l'audace de la retenir par la main, et la frayeur lui arracha de nouveaux cris.

« Ferdinand apparut à la porte de son cabinet. Quand il me reconnut, ses traits reflétèrent cette colère froide et profonde des hommes bilieux. Il fit quelques pas et me dit :

« — Quoi ! monsieur, est-ce là la conduite d'un parent, d'un militaire, d'un homme d'honneur ?

« Ces reproches, que je sentais mérités, redoublèrent ma rage, et elle retomba tout entière sur mon cousin. Je l'accusai d'avoir détruit mon bonheur, d'avoir employé le mensonge et la duplicité pour surprendre le consentement d'Ernestine. Je le traitai de lâche, de misérable, et je marchai sur lui d'un air menaçant.

« Soit qu'il crût être dans la nécessité de se défendre, soit que mes insultes l'eussent poussé à bout, il courut à un des trophées du salon et s'empara d'une vieille épée.

« — Ah ! m'écriai-je, tu consens donc à nous battre ? Tant mieux !

« A mon tour, je saisis une épée, la première qui me tomba sous la main. Puis je me mis en garde devant Ferdinand, et nous croisâmes nos fers... »

— Vous ne l'avez donc pas assassiné, comme on le disait? interrompit Mme Florence, qui écoutait ce récit toute haletante.

— Assassiné! qui a pu laisser croire... Non, madame; si grandes, si impardonnables qu'aient été mes fautes, je ne commis pas celle-là. Nous nous battîmes aussi loyalement que le permettaient les circonstances. Je pouvais d'autant moins éprouver de scrupules à cet égard que j'avais fait souvent des armes avec Ferdinand et qu'il était très-habile à l'escrime. Aussi est-ce un miracle que la victoire, une victoire funeste et que je déplore, me soit restée...

— Ernestine n'essaya-t-elle pas d'empêcher ce duel abominable?

— Elle fit tout ce qui dépendait d'elle, se jeta entre nous et cherchait à nous désarmer... Mais ses forces trahirent son courage; terrifiée par le cliquetis des épées, elle tomba évanouie. D'ailleurs, le combat dura une minute à peine. Sans que je puisse comprendre comment, ma lame rencontra la poitrine de Ferdinand, et il tomba, à son tour, auprès d'Ernestine.

« Alors seulement l'espèce de frénésie qui s'était emparée de moi commença à se calmer. Je contemplai avec épouvante mes deux victimes, et j'eus la pensée de tourner contre moi-même l'arme qui venait de frapper mon cousin. Cependant, la présence de Mme de Champfleur, qui entrait en ce moment et que je considérais comme la cause première de tous mes malheurs, raviva ma colère.

« — Voilà votre ouvrage! lui dis-je.

« Je jetai mon épée à ses pieds, et je sortis du château en courant comme un insensé.

« Pendant le reste de la journée, j'errai dans la campagne. Je n'osais revenir à cette maison où j'avais répandu le deuil, et je ne pouvais m'en éloigner. La fièvre me dévorait; j'avais seulement pour soutenir mes forces l'eau des ruisseaux, que je puisais avec mes mains et que je buvais avec avidité.

« Vers le soir, pourtant, je voulus à tout prix sortir de ma mortelle anxiété, et je me rapprochai du Barral pour tâcher d'avoir des nouvelles. Sur le grand chemin, j'aperçus un voyageur à cheval, qui semblait venir lui-même du château, et qu'à son équipement caractéristique je reconnus pour un médecin campagnard. Je résolus de m'adresser à lui, et je l'abordai avec timidité. Je n'eus même pas besoin de l'interroger; en me voyant, il s'arrêta: sans doute ma pâleur, mon trouble, comme aussi la tunique militaire dont j'étais revêtu, me décelaient suffisamment. Il me salua et me dit :

« — Vous êtes certainement le lieutenant Duplessis; c'est vous qui avez eu le malheur de blesser votre cousin, sans le vouloir, dans un assaut d'armes et qui, à la suite de cet accident, avez perdu la tête... Allons, rassurez-vous, mon

pauvre garçon; votre parent n'en mourra pas,
quoiqu'il ait reçu un vilain coup... Je ne vous
conseille pas de rentrer au château, où votre
présence sans doute ne serait agréable à personne;
mais vous pouvez avoir l'esprit tranquille sur les
suites de l'accident. Quant à vous, on craignait
que, dans votre désespoir, vous n'eussiez attenté
à vos jours, et, avec votre permission, je vais
retourner là-bas pour annoncer que je vous ai
vu sain et sauf.

« Je ne saurais vous exprimer, madame Florence, avec quel ravissement j'écoutais ce brave
homme. Ainsi donc, non seulement Ferdinand ne
devait pas mourir de sa blessure, mais encore on
m'épargnait, par un habile mensonge, la honte
de ma mauvaise action. J'aurais voulu serrer
dans mes bras cet honnête médecin, et je le re-
merciai avec chaleur... »

— C'était, reprit la gérante, le vieux docteur
Bonivet, qui habitait alors le village de la Mo-
raine, et dont le fils, encore plus savant que lui,
est établi à Pierrefitte.

— En ce cas, ces Bonivet, père et fils, ont
droit tous les deux à ma reconnaissance, car le
jeune m'a donné hier des soins efficaces à la suite
d'un accident... Toujours est-il que, la nuit
même, je pus quitter le pays, après avoir reçu
encore une fois l'assurance que mon cousin était
hors de danger.

— C'était vrai, monsieur Charles; mais la
vieille Mme de Champfleur ne se remit jamais
de la révolution que lui avait causée cette terrible

scène. A partir de ce moment, elle ne fit plus
que languir et, deux mois plus tard, elle expirai
entre les bras de ses enfants.

— Oh! pour celle-là, s'écria le commandan
avec impétuosité, elle a mérité son sort; si vous
saviez...

Mme Florence attendait, bouche béante; mais
Charles Duplessis n'acheva pas. Après une pause
il reprit :

— Depuis cette époque, déjà si éloignée, je n'a
plus eu de relations directes avec Ferdinand e
sa famille. Les devoirs de ma profession militaire
me conduisirent en Afrique, où je passai un
temps assez long, et j'ai pris part à toutes les
guerres de la France pendant les quinze dernières
années. Toutefois, la position de Ferdinand étai
trop éminente pour qu'il ne fût pas facile de me
renseigner à son égard, soit par les journaux, soit
par des amis communs. Je sus ainsi qu'il avait
été nommé sous-préfet, puis préfet; qu'Ernestine
était une femme d'un mérite supérieur; que son
salon était renommé par les grâces, le tact mer-
veilleux dont elle y faisait preuve, et que souvent
elle avait sagement conseillé son mari au milieu
des difficultés de la carrière politique. J'avais appris déjà, en temps et lieu, la naissance de leurs
deux enfants, de leur fils Victor, qui a aujour-
d'hui près de dix-huit ans et qui est interne dans
un lycée de Paris, où il se prépare pour l'école
militaire de Saint-Cyr, puis d'une fille âgée maintenant de quatorze ans et qui est pensionnaire au
couvent du Sacré-Cœur... Oui, je n'ai rien ignoré

de leurs prospérités passées, et Dieu m'en est témoin, chère madame, je m'en suis réjoui dans mon cœur, malgré les souvenirs amers qu'elles devaient y réveiller.

« Mais ces prospérités ont eu récemment un terme, vous le savez. Ferdinand, jeune encore, est mort il y a quelques mois, et les journaux de tous les partis n'ont pu lui refuser leurs éloges. Ernestine reste veuve, avec ses deux enfants dont l'éducation est encore incomplète, et, pour comble de malheur, la vie administrative, les exigences des hautes positions exercées par mon cousin ont absorbé la fortune des deux époux. Lorsque le chef de famille a eu disparu, les créanciers se sont montrés impitoyables... et c'est ainsi que le domaine du Barral s'est vendu ce matin par autorité de justice.

« Quant à moi, au contraire, j'ai été favorisé par la fortune ces dernières années. Mon oncle maternel, M. de Pontefract, qui, de son vivant, me laissait vivre modestement de ma solde, m'a nommé, au dernier moment, son légataire universel. Je me suis donc trouvé riche tout à coup, et comme j'étais las du service militaire, j'ai donné ma démission d'officier. Je me demandais où je pourrais trouver une paisible retraite pour passer mes derniers jours, quand j'ai appris successivement la mort de Ferdinand, puis la vente prochaine de son bien patrimonial. L'idée m'est venue que ce vieux domaine ne devait pas sortir de la famille. Je me suis donc mis en rapport avec les gens de loi chargés de la vente ; j'ai réa-

lisé des sommes suffisantes, et je viens de me
rendre acquéreur du Barral.

« A présent, madame Florence, vous savez
ce qu'il vous importe de savoir... Consentez-vous
à rester au château et à continuer d'y exercer des
fonctions dont vous vous êtes acquittée jusqu'à ce
jour, à la satisfaction de tout ce qui porte le nom
de Duplessis? »

Cette proposition, si nettement formulée, sembla causer une vive agitation à la gérante.

Elle passa plusieurs fois la main sur son front.
Enfin elle dit d'un ton ferme et décidé :

— Je vous dois des remercîments, monsieur Charles, car votre intention est bonne. Il
me sera dur, bien dur de quitter le Barral, où j'ai
mes affections et mes habitudes; cependant, ma
conscience me l'ordonne : aussitôt que je vous aurai mis en possession de cette maison dont la
garde m'est confiée, je la quitterai pour toujours.

— Pourquoi cela, madame Florence? Ne suis-
je pas aussi un Duplessis?

— Vous êtes le mauvais génie de cette famille
dont, les miens et moi, nous avons si longtemps
mangé le pain. Je m'en rapporte à vos propres
aveux : votre conduite n'a-t-elle pas été des plus
coupables envers votre cousin, envers celle que
vous appelez Ernestine, envers la pauvre Mme de
Champfleur ? Le temps ne peut atténuer la gravité de vos torts, et, excusez ma franchise, je ne
saurais servir un nouveau maître qui a laissé ici
de si fâcheux souvenirs.

— Je ne vous ai pas tout dit, madame Florence;

d'ailleurs, votre présence au Barral sera peut-être plus utile que vous ne croyez aux personnes qui ont mérité votre affection.

Mme Florence se tut; mais son regard interrogeait.

— Avez-vous entendu dire, reprit le commandant, que Mme Ernestine Duplessis-Barral, après avoir joué un rôle si brillant, n'avait d'autre ressource qu'une maigre, très-maigre pension que l'État lui accorde, et vous êtes-vous demandé ce qu'elle allait devenir avec ses enfants?

Des larmes coulèrent sur les joues anguleuses de Mme Florence.

— J'y ai pensé, répliqua-t-elle, et je prendrai la liberté d'envoyer à ma chère maîtresse les modestes économies que j'ai pu faire pendant que j'étais à son service.

— Sacrebleu! voilà une brave femme! s'écria le commandant avec explosion, et il y a plus de cœur sous ce vieux corsage de laine que sous bien des corsages de soie... Mais là, voyons, bonne maman Florence, croyez-vous que la veuve et les enfants du préfet Duplessis puissent aller bien loin avec vos économies, si fortes que je les suppose?

— Hélas! je sais que non... et je regrette de n'être pas plus riche.

— Eh bien! moi, je le suis par le hasard des événements, et vous comprendrez sans peine que ma parente, ainsi que son fils et sa fille, aient tous les droits possibles à ma sympathie, à ma protection. J'ose donc espérer que Mme Duplessis

viendra s'établir au Barral pour y vivre paisiblement, et c'est dans cet espoir que j'ai racheté la
propriété.

— Bon Dieu ! que me dites-vous là, monsieur
Charles ? N'avez-vous pas l'intention de vous établir ici vous-même ?

— Un jour peut-être, mais pas immédiatement,
à moins que je n'y sois invité. En attendant, je
résiderai dans le voisinage, et Ernestine... Mme Duplessis, sera reine et maîtresse dans cette maison,
comme autrefois. Elle pourra y faire venir Victor et sa sœur, et ils disposeront du Barral comme
s'il leur appartenait.

La veuve du régisseur réfléchit profondément.

— Ainsi, demanda-t-elle, vous comptez qu'un
jour... Non, non, ce serait impossible, odieux
même, après ce qui s'est passé... Mme Duplessis,
ma maîtresse, ne consentira jamais à demeurer
chez vous, quand même vous vous engageriez à
ne pas approcher du château de plus d'une lieue.

— En êtes-vous sûre ?

— J'en suis sûre... Madame a une âme noble,
pleine de délicatesse, et elle est surtout esclave des
convenances. D'ailleurs, son fils, M. Victor, passe
pour très-fier, très-bouillant, et il ne manquerait
pas de s'opposer à cet arrangement.

— Victor est encore bien jeune pour avoir une
volonté, et c'est précisément à cause de ses enfants qu'Ernestine... Quant à sa volonté à elle,
poursuivit-il en souriant, lisez la dépêche télégraphique que je viens de recevoir.

Et il tira de sa poche un papier qu'il remit à
Mme Florence.

La gérante le parcourut avidement ; il contenait
ce peu de mots :

« J'accepte ; merci. Dans deux jours, je serai
au Barral.

                          « ERNESTINE DUPLESSIS. »

Mme Florence, avec sa défiance professionnelle,
s'assura que la dépêche portait tous les timbres et
toutes les dates qui en garantissaient l'authenti-
cité. Enfin elle rendit le papier au commandant,
en disant d'un air stupéfait :

— J'aurais cru que le ciel tomberait sur la
terre avant de supposer ma maîtresse capable...

Elle s'interrompit et secoua la tête.

— Eh bien ! demanda Charles Duplessis, voulez-
vous encore quitter le Barral ?

— Non, répliqua Mme Florence sans hésiter ; à
quelque titre que ma maîtresse vienne ici, je con-
tinuerai à la servir.

— A la bonne heure, reprit Duplessis ; maintenant, madame, nous allons visiter le château et
nous assurer qu'il est digne de recevoir celle qui
en a été si longtemps, qui en est encore la châ-
telaine.

Aussitôt Florence se leva et, prenant dans
un tiroir un énorme trousseau de clés, elle se
mit à précéder Charles Duplessis de chambre en
chambre.

Le mobilier, autrefois magnifique, était fané et
passé de mode ; mais, grâce aux soins minutieux

de la gérante et d'une fille de campagne à ses
ordres, tout était tenu dans un ordre admirable,
et il n'y avait que peu de dépenses à faire pour
mettre l'habitation en état de loger une famille
accoutumée au bien-être.

Aussi, quand on fut revenu à la salle basse,
le commandant exprima-t-il sa satisfaction, et
il remit à Mme Florence plusieurs billets de
banque.

— Voici, dit-il, de quoi suppléer à ce qui
manque encore ici. Je m'en rapporte à vous pour
que Mme Duplessis trouve chez elle tout ce qui
pourra lui être utile ou agréable. Elle viendra
seule; mais hâtez-vous, car vous voyez, elle va
arriver d'un moment à l'autre. Quant à moi, je
vous l'ai dit, je ne me présenterai guère au Barral que lorsque j'y serai appelé. Je compte
habiter l'auberge du Chêne-Vert, à Pierrefitte, en
attendant que j'aie trouvé un logement plus convenable... Au revoir donc, madame Florence.

Restée seule, la gérante retourna longuement
entre ses doigts osseux les billets de banque.

— Enfin, dit-elle, ce sera Mme Duplessis, ma
maîtresse, que je servirai... Qu'ai-je besoin d'en
savoir davantage ?

Quelques minutes plus tard, elle parcourait la
vieille demeure et commençait activement les
préparatifs de la réception.

En arrivant au Chêne-Vert, le commandant
apprit de Marion que Juliette Pichard était à toute
extrémité.

IX

LES DERNIÈRES PAROLES.

Quoique bien fatigué de sa promenade et encore affaibli de son accident de la veille, Charles Duplessis s'était mis à écrire dans sa chambre. Comme la nuit tombait, le docteur arriva et demanda des nouvelles de la malade. Ces nouvelles, nous l'avons dit, étaient fort affligeantes. Cependant, Bonivet ne pouvait être introduit furtivement chez Juliette, car Martin et Pichard s'y trouvaient, ainsi que le maire Chamusset et son fils Anatole qui, à force d'instances, étaient parvenus à se faire admettre auprès de la jeune fille. Il fallait donc attendre un moment plus favorable, et le docteur engagea distraitement la conversation avec Duplessis qui, bien qu'il l'eût à peine entrevue, prenait un vif intérêt à la pauvre Juliette. Une chose rassurait un peu Bonivet : c'est que, malgré le calme profond de la maison à cette heure de la soirée, on n'entendait plus ces cris d'angoisse, ces gémissements douloureux qui avaient causé tant d'alarmes pendant la journée précédente.

Il espérait qu'une occasion allait se présenter de pénétrer, à son tour, dans la chambre de la malade, quand tout à coup une espèce de rumeur,

quoique contenue, s'éleva de cette pièce. On distinguait plusieurs voix, parmi lesquelles celle de
l'officier de santé Martin, et par dessus tout les
pleurs et les lamentations de Claudine.

— Mon Dieu ! que se passe-t-il ? demanda Bonivet.

Quelqu'un courut à pas précipités dans le corridor, puis la porte du commandant s'ouvrit;
Claudine, pâle et tremblante, parut sur le seuil.

— Monsieur Bonivet, demanda-t-elle, êtes-
vous là ?

— Me voici, mademoiselle. Qu'y a-t-il ?

— Venez vite... ma sœur a été prise d'une faiblesse inquiétante... Tout le monde perd la tête,
même M. Martin, qui commence à comprendre
qu'il eût mieux fait d'écouter vos avis... Oh ! venez, je vous en conjure... vous soulagerez Juliette
sans doute.

— Mademoiselle, après ce qui s'est passé ce
matin, je ne peux sans une invitation formelle...

— M. Martin, en apprenant que vous étiez
peut-être dans la maison, a demandé qu'on vous
fît entrer sur le champ, et mon père, si iras-
cible qu'il soit, vous sera très-reconnaissant si
vous parvenez à ranimer ma sœur... Mais hâtez-
vous, je vous en prie... Ma chère petite Juliette !... J'ai peur... Oh ! si vous saviez comme
j'ai peur !

— Allons! je ne dois pas me montrer trop
pointilleux sur une question d'amour-propre...
Je vous suis... Un mot pourtant, mademoiselle
Claudine. Avez-vous fait prendre à votre sœur du

lait en abondance, ainsi que je vous l'avais recommandé?

— Je l'ai essayé, monsieur le docteur ; mais
mon père s'en est aperçu, et il a bien fallu avouer
que c'était d'après vos conseils que je donnais du
lait à Juliette ; alors il s'est mis en colère et m'a
défendu de continuer... Depuis ce moment, c'est
lui seul qui prépare les boissons et les présente à
la malade.

Le docteur fronça le sourcil.

— Conduisez-moi, dit-il.

L'aînée des demoiselles Pichard précéda aussitôt Bonivet pour montrer la route. Le commandant lui-même, une bougie à la main, les accompagna, sauf à se retirer s'il ne pouvait être admis. Mais il régnait en ce moment dans la chambre
un tel trouble, une telle confusion, que personne
ne remarqua sa présence, et qu'après avoir déposé son bougeoir sur la table, il put assister à
une scène de désolation.

Une lumière éclairait déjà cette chambre, qui
était grande et aérée, suivant l'ordinaire à la campagne. Des deux lits jumeaux destinés aux deux
sœurs, l'un demeurait caché sous ses draperies
de calicot blanc ; l'autre avait ses rideaux largement écartés : c'était celui de la jeune malade. On
apercevait dans la pénombre sa figure livide, immobile, aux yeux fermés. Ses beaux cheveux,
qui s'étaient dénoués au milieu de crises terribles,
roulaient en boucles blondes sur l'oreiller. On
l'eût crue morte, si de faibles spasmes n'avaient
de temps en temps soulevé sa poitrine, tandis que

ses mains délicates, qui reposaient sur le drap, se fermaient convulsivement par intervalles.

Martin était assis à son chevet et l'observait avec attention ; mais évidemment il songeait plutôt à sauvegarder sa responsabilité qu'à soulager la malheureuse Juliette. Pichard, debout à quelques pas, ferme sur ses gros souliers ferrés, la regardait aussi sans rien dire ; ses traits durs et bruns avaient une indéfinissable expression de surprise, de crainte et comme d'hébétement. Il faisait parfois un geste de désespoir, quoique son œil restât sec. Le maire Chamusset et Anatole occupaient des chaises au pied du lit. Le père, en présence de ce lugubre tableau, montrait plus de curiosité que de tristesse. Quant au fils, il pouvait avoir le cœur déchiré ; mais il détournait les yeux de cette belle enfant mourante qu'il avait vue si vive et si gaie, comme si le spectacle de la souffrance lui eût causé une sensation importune.

Lorsque Bonivet entra, avec Claudine et le commandant, Martin s'empressa de se lever et vint au-devant de lui.

— Mon cher collègue, dit-il d'un ton mielleux fort différent de l'arrogance qu'il avait montrée le matin, quoique la digne famille Pichard appartienne à ma clientèle depuis bien des années, j'ai demandé qu'on vous appelât en consultation. Le cas de cette chère petite est embarrassant, épineux, et j'ai désiré avoir votre avis...

— Il suffit, monsieur, interrompit Bonivet ; laissez-moi examiner la malade.

Il s'approcha de Juliette qui, comme nous l'a-

vons dit, donnait à peine quelques signes d'existence, et il prit doucement la main qui reposait
inerte sur les couvertures. Cette main était moite,
déjà glacée ; la même sueur froide perlait sur le
front de la jeune fille, et un souffle pénible s'é-
chappait de ses lèvres.

Au contact du docteur, Juliette avait entr'ouvert ses yeux, dont l'azur ne conservait plus aucun éclat ; mais elle les referma aussitôt, comme
si ses paupières violacées retombaient par leur
propre poids.

L'examen de Bonivet ne dura pas longtemps. Au
bout de quelques minutes, il fit un geste de désespoir et s'éloigna du lit.

— Monsieur, dit-il à Martin, d'une voix basse
et solennelle, vous êtes praticien comme moi, et
vous ne pouvez vous méprendre à certains symptômes... Tous les médicaments deviennent inu-
tiles... Il est trop tard !

Cette affirmation produisit une vive impression
sur les assistants. Claudine poussa un cri aussitôt étouffé et se cacha le visage dans ses mains.
Baptiste ne prononça pas une parole, mais ses
traits se contractèrent ; on eût dit qu'il venait de
recevoir un choc violent. Quant aux deux Chamusset, ils avaient tressailli, et le bel Anatole,
pour la première fois, parut entrevoir la cruelle
vérité.

En revanche, Martin, poursuivant son idée,
reprit, sans s'inquiéter s'il était entendu de la
mourante :

— Ce n'est pas ma faute, monsieur le docteur ;

vous rendrez témoignage que je n'ai prescrit aucun médicament de nature à produire un effet
fâcheux... Je me suis borné à la médecine ex-
pectante... Comment suivre une autre marche
dans une maladie à laquelle on ne comprend
rien?...

— Et que peut-être il ne faut pas chercher à
comprendre, murmura Bonivet.

Il y eut un court silence ; enfin, le docteur
s'avança vers Claudine et lui dit quelques mots.

— Un prêtre ! répéta Claudine tout haut. Oh
ciel ! en sommes-nous là ?

Le bonhomme Baptiste sortit de sa torpeur.

— Ne l'écoute pas ! dit-il d'un ton bourru ; il
veut faire l'important et exagère les choses....
Justement, la petite commence à se ranimer.

En effet, Juliette s'agitait avec effort et venait
de rouvrir les yeux.

Elle promena autour d'elle un regard lent, qui
s'arrêta successivement sur chacune des personnes
présentes ; quand il tomba sur le jeune Chamus-
sel, il prit un éclat extraordinaire :

— Anatole... mon cher Anatole ! murmura la
mourante.

Le jeune homme se leva et s'approcha du lit.
Peut-être y avait-il encore quelque bon sentiment
dans son âme égoïste et frivole, car deux larmes
coulaient sur ses joues.

Il voulut adresser à sa fiancée des paroles encourageantes ; mais elle l'interrompit, et, fixant
sur lui ce regard où un reste de vie semblait
briller comme une étincelle qui va s'éteindre :

— Anatole, balbutia-t-elle, j'aurais été si heureuse!... Nous ne nous marierons jamais!

Chamusset, avec gaucherie, mais entraîné par le pathétique de la situation, essaya encore de la rassurer. La mourante l'interrompit de nouveau, comme si elle craignait de ne pouvoir achever ce qu'elle avait à dire.

— Mon ami, reprit-elle d'une voix de plus en plus faible, on m'a fait *prendre quelque chose...* Vengez-moi... et... et n'épousez jamais Claudine.

Puis ses yeux se refermèrent; un spasme souleva sa poitrine, et un souffle léger s'échappa de ses lèvres.

Tout le monde avait pu entendre ses paroles. Claudine fit un geste d'étonnement et de douleur.

— Voyez-vous, reprit le père, la pauvre créature a le délire et ne sait plus ce qu'elle dit... Qui donc aurait pu lui faire « prendre quelque chose? »

On se taisait. Claudine, revenue de l'émotion qu'elle avait éprouvée en entendant Juliette prononcer son nom, finit par remarquer la complète immobilité de sa sœur.

— Monsieur le docteur, demanda-t-elle avec épouvante, elle a encore perdu connaissance... Mon Dieu! faut-il vraiment aller chercher le curé?

— C'est inutile à présent, répliqua Bonivet d'une voix sourde; tout est fini.

Claudine se jeta à genoux en pleurant.

— Juliette!... ma sœur!... ma pauvre sœur! s'écria-t-elle.

Une explosion de sanglots se fit dans la chambre et au dehors. Par la porte restée entr'ouverte, on voyait tous les gens de la maison qui, agenouillés sur le palier, assistaient à cette scène lugubre.

Pichard, dont la rude organisation ne semblait pas susceptible de larmes, était agité par un tremblement nerveux. Il se pencha vers la morte et dit avec égarement :

— C'est-il Dieu possible? En si peu de temps!... Juliette, ma petiote, réponds donc : ça va-t-il mieux?... Tonnerre! est-ce que tu ne veux pas épouser le fils au père Chamusset? A présent, ça ne dépend plus que de toi, tu sais bien!

Ne recevant pas de réponse, il recula à pas lents.

— C'est bien vrai, murmurait-il; la jolie petite Juliette... l'enfant chérie de sa mère... elle est morte... morte... morte!

Et il alla tomber sur un siége, où il resta plongé dans un sombre accablement.

Quelques instants plus tard, Duplessis et Bonivet, laissant la famille Pichard à son affliction, avaient regagné la chambre du commandant. Le docteur était bouleversé, bien qu'il dût être habitué de longue date au spectacle de la mort. Duplessis lui dit :

— Cette jeune fille m'a paru être une belle et joyeuse enfant; néanmoins je ne crois pas qu'elle eût les qualités supérieures de l'aînée... Et puis, ce n'est pas vous, mon cher docteur, qui devez porter la responsabilité de cette catastrophe.

— J'ai encouru une responsabilité plus lourde

que vous ne pouvez le croire, commandant; je
viens d'être témoin d'un crime, et je ne l'ai pas
empêché!

— Docteur, vous avez déjà fait allusion ce matin à des soupçons de ce genre; est-ce que décidément vous penseriez...

— Ne comprenez-vous pas, poursuivit Bonivet
en baissant la voix, que ces symptômes inexplicables, cette mort si subite et si foudroyante sont
le résultat d'une œuvre criminelle?

— En avez-vous la preuve?

— Une preuve nette et décisive, non ; mais j'ai
des présomptions qui équivalent à la certitude.
Pour acquérir une preuve indubitable, je devrais
me livrer à des investigations, faire des expé-
riences qui causeraient grand scandale. Cependant, je me demande si mon devoir n'exige pas
que je communique mes soupçons à la justice.

— Connaissez-vous la personne qui aurait été
capable...

— Non... je ne veux pas... je n'ose permettre
à ma pensée de s'arrêter sur aucun de ceux qui
entouraient cette malheureuse jeune fille... Moi,
je n'y vois que des personnes chères, affectionnées,
dévouées. Mais certainement un magistrat saurait
bientôt s'il y a crime et, dans ce cas, par qui le
crime a été commis.

Le commandant réfléchit.

— Songez à ce que vous allez faire, docteur,
dit-il enfin. Vous n'avez que des soupçons et, sur
un simple doute, vous voulez provoquer un éclat
qui pourra déshonorer une famille déjà cruelle-

ment éprouvée... Quand même le crime sera
réel, à quoi servirait maintenant d'en recherche
l'auteur? La mort n'a-t-elle pas assez d'une vic
time? pourquoi lui en jeter une seconde?

Bonivet réfléchit à son tour.

— Je crois que vous avez raison, commandan
reprit-il; il n'y a aucune nécessité à ce que
prenne l'initiative dans cette affaire où tout e
obscurité... Laissons donc aller les choses;
ne donnerai pas l'éveil, et j'attendrai les événe
ments... Peut-être vaudrait-il mieux qu'un éter
nel oubli étendît son voile sur ce qui vient de s
passer !

X

L'ÉMEUTE DES FEMMES.

Les funérailles de Juliette Pichard n'eurent lie
que le surlendemain. Dans la journée qui précéd
celle de la cérémonie, des rumeurs sinistres s
répandirent à Pierrefitte au sujet de cette mor
imprévue. Bien que les gens de la maison se fus
sent montrés d'une discrétion extrême, bien qu
les médecins n'eussent soufflé mot des causes d
la maladie dont Martin, du reste, ne semblai
avoir aucune idée, bien enfin que Pichard et Clau
dine demeurassent enfermés chez eux, on parlai
avec persistance d'empoisonnement. Sans doute
les deux Chamusset n'étaient pas étrangers à ce

bruits, le fils surtout, qui répétait volontiers les
dernières paroles échappées à la mourante, et qui
trouvait là une occasion de se poser en héros de
roman. De ces sommets de la société pierrefittoise,
les soupçons étaient descendus dans les rangs les
plus infimes. Aussi y avait-il, tant à Pierrefitte
que dans les villages environnants, bon nombre
de commères qui juraient que jamais action aussi
abominable ne s'était produite dans le pays, et qui
appelaient sur elle la vengeance du ciel et des
hommes.

Quant à désigner l'auteur du crime, on hésita
d'abord entre tous ceux qui avaient approché Juliette durant sa courte maladie ; mais bientôt les
hésitations cessèrent, et les soupçons se fixèrent
sur une même personne.

La famille Pichard, comme nous l'avons dit,
semblait ignorer cette accusation, et les gens de
l'auberge l'avaient repoussée avec chaleur, sans
oser la communiquer à ceux qu'elle intéressait.
Le docteur était venu au Chêne-Vert pour en
conférer avec Duplessis ; mais le commandant,
tout occupé de l'arrivée prochaine de sa parente,
était absent et ne quittait presque pas le château
du Barral.

Cependant il s'était informé de l'heure des funérailles et n'eut garde de manquer à la cérémonie. Lorsque le corps, porté par quatre hommes
et suivi de six jeunes filles vêtues de blanc, se dirigea vers l'église du bourg, le commandant vint
prendre place dans le cortège que conduisait Pichard, et où se trouvaient déjà les deux Chamus-

set, ainsi que le docteur. Les femmes formaient
une troupe à part, selon l'habitude du pays, et
marchaient derrière les hommes, sous la conduite
de Claudine qui, vêtue de deuil, le visage couvert
d'un voile, donnait les signes de la plus sincère
douleur.

Les obsèques eurent lieu avec toute la pompe
que comportait une modeste église de campagne,
car le bonhomme Baptiste, si parcimonieux d'ordinaire, avait voulu qu'aucun honneur ne fût
épargné aux restes de sa plus jeune fille. Quant
à lui, sauf un gilet de drap noir, qui avait rem-
placé son gilet rayé, et un crêpe rougi par de
longs services dont il avait entouré son chapeau,
il portait ses vêtements habituels. En revanche,
tout le monde remarqua la profonde altération de
ses traits; il paraissait avoir veilli de dix ans depuis quelques heures. Quoi que l'on pût dire ou
faire, nul ne parvint à lui arracher une parole,
et c'était seulement par signes qu'il exprimait sa
volonté. Cette taciturnité morne impressionna
plus encore les assistants que la douleur de Claudine, dont les sanglots s'entendaient au loin.

Rien ne troubla la cérémonie religieuse; sans
doute la sainteté du lieu empêchait toute manifes-
tation de la pensée commune.

Après l'absoute, le cortége se reforma, afin
d'accompagner le corps au cimetière, situé à un
bon quart de lieue du bourg. Cette fois, malgré la
présence de la croix qui précédait le convoi et
celle des prêtres en surplis, une certaine fermentation se trahit parmi les gens de tout sexe et de

tout âge qui composaient une longue procession
sous les arbres du chemin. On ne parlait qu'à
voix basse et à la dérobée ; mais les visages pre-
naient une expression dure ; des gestes menaçants
témoignaient que l'indignation pouvait ne pas tarder à éclater.

C'était une de ces journées fraîches et pluvieu-
ses, comme on en voit souvent dans nos climats,
même à la fin de l'été. Le ciel, bas et sombre,
semblait toucher le sommet des collines environnantes. Un calme profond régnait dans la campagne et donnait un caractère plus triste aux
chants religieux.

Le convoi pénétra dans le cimetière, où une
fosse avait été préparée, et on y descendit le cer-
cueil de Juliette. Le clergé se retira après les dernières prières, et les fossoyeurs se mirent en devoir de terminer leur besogne.

Pichard demeurait, la tête découverte, devant
la fosse, tandis que Claudine redoublait de lamentations et de sanglots, en murmurant :

— Ma bien-aimée sœur... ma chère Juliette...
Je ne te reverrai donc plus ! Pardonne-moi...
oh ! pardonne-moi les chagrins que j'ai pu te
causer !

Enfin le travail s'acheva, et on entraîna Claudine, qui se débattait et poussait des cris de désespoir. Quant au bonhomme Baptiste, il fallut le
prévenir que tout était fini, et, après un moment
d'hésitation, il s'éloigna d'un air machinal, comme
s'il obéissait à l'impulsion reçue plutôt qu'à sa
propre volonté.

7

On se dispersait déjà, et on se préparait à retourner au bourg, quand Duplessis sentit un bras se glisser sous le sien, et Bonivet lui dit à l'oreille :

— Ah ! commandant, la tombe vient de se refermer sur une charmante fille ! mais ce ne sera pas pour longtemps.

— Que voulez-vous encore faire entendre, docteur ? demanda Duplessis.

Ils précédèrent à pas rapides la foule qui reprenait le chemin de Pierrefitte et continuèrent à causer bas.

D'autre part, aussitôt qu'on fut sorti du cimetière, l'agitation sourde qui jusque-là avait régné parmi les gens du convoi devint plus visible. On se réunit en groupes, dans chacun desquels on chuchotait, on gesticulait, et des regards enflammés semblaient chercher une personne qui demeurait en arrière.

C'était surtout dans un groupe dont le maire et son fils formaient le centre que l'animation paraissait la plus grande. Anatole, qui avait jugé à propos de s'habiller complètement de noir pour la cérémonie, affectait des manières solennelles.

— Je ne me consolerai jamais de cette perte, disait-il en passant la main sur ses yeux comme pour essuyer une larme absente ; j'adorais Juliette, et aucune autre femme ne pourra me la faire oublier. D'ailleurs, c'est à cause de moi qu'elle est morte prématurément, et cela est si vrai, qu'elle m'a chargé du soin de la venger. Je ne faillirai pas à cette tâche, et mon père m'aidera à l'accomplir.

— Je crois bien, mon garçon, s'écria Chamusset ; n'aie pas peur... Je ne suis pas pour rien le
premier magistrat de la commune !

— Il ne sera pas difficile de trouver qui a
donné un « bouillon d'onze heures » à cette petite, dit une vieille dame qui avait été la gouvernante d'un huissier décédé depuis peu ; certaine
demoiselle pleure bien haut là-bas ; mais nul
n'ignore qu'elle était jalouse de l'autre, et M. Anatole doit savoir à quoi s'en tenir.

— Je n'oserais me prononcer en pareille affaire,
répondit le jeune Chamusset d'un ton modeste.
Peut-être, en effet, y a-t-il eu quelque grabuge
entre les deux sœurs à mon sujet... Oh ! ce n'est
pas ma faute, et je regrette bien d'être parfois la
cause de certaines querelles...

— Oui, oui, dit le père avec complaisance, tu
fais des ravages parmi les personnes du sexe...
Mais jamais, jusqu'ici, tu n'avais été l'occasion
de choses aussi graves.

— J'en suis bien chagrin, mon père ; cependant,
pour répondre à la question de Mme Girot, je
dois convenir que j'ai été témoin de certaines dis-
cussions entre les deux sœurs... Il y a trois jours,
par exemple, là, sur le pont de bois, l'aînée et la
cadette, après m'avoir quitté, se sont prises de
querelle, et j'ai cru un moment que l'aînée allait
jeter la pauvre Juliette dans la rivière...

— Et dès le soir même, dit Mme Girot, la maladie a commencé.

— C'est vrai... De plus, les recommandations
que Juliette m'a faites à son lit de mort...

— La chose est sûre ! s'écria l'ancienne gouvernante ; on hésitait, on tournait autour du pot ; à présent, il n'y a plus le moindre doute... C'est Claudine Pichard.

— C'est elle certainement, répéta-t-on de tous côtés.

— Un instant, vous autres, interrompit le maire d'un ton doctoral ; il ne faut accuser personne avant l'enquête qui va sans doute s'ouvrir.

— Eh ! monsieur, reprit la Girot, si ce n'était pas Claudine, cette mijaurée qui lève tant la crête, avec ses robes de soie et ses chapeaux à rubans, qui donc serait-ce, je vous prie ? Vous ne voudriez pas donner à penser que c'est le père Pichard, le bonhomme Baptiste, comme on l'appelle ? Il est braillard souvent, mais incapable de faire du mal à une mouche, et il aboie plus qu'il ne mord.

— On sait, dit le maître d'école, que papa Baptiste se monte facilement ; mais pourvu qu'on lui laisse acheter de la terre, c'est la crème des braves gens.

— Le pauvre vieux en tombera malade, reprit Mme Girot ; Marion, la servante du Chêne-Vert, assure qu'il n'a ni bu ni mangé depuis deux jours ! C'est la perle des hommes... et l'homme du pays qui a fait gagner le plus d'argent aux huissiers !

Il est bon de savoir que Mme Girot était légataire universelle de l'huissier défunt.

— Quant à Claudine, dit d'un ton pincé une vieille demoiselle vêtue de blanc, qui était la doyenne des filles à marier de Pierrefitte, il n'est

pas étonnant qu'elle ait voulu prendre le pré-
tendu de sa sœur ; elle se croit plus belle que
tout le monde.

— Oui, oui, elle est coquette... Quel malheur
pour le pays d'avoir produit un pareil monstre !

Il se forma un concert de malédictions et de
menaces contre Claudine. Chamusset père éleva
la main pour imposer silence.

— Assez ! mesdames et messieurs, dit-il ; je
ne saurais encourager par ma présence une accusation dénuée de preuves. Encore une fois, attendez que la justice ait prononcé... Et nous, partons,
mon fils.

Il salua circulairement et prit les devants avec
Anatole.

Après leur départ, il n'y eut plus de bornes à
l'exaspération. La foule, à cette heure, se compo-
sait surtout de femmes, jeunes et vieilles, qui
s'exaltaient mutuellement par le récit de faits réels
ou supposés. On n'avançait plus qu'avec lenteur,
et les regards continuaient de se porter vers le cimetière, où Pichard et Claudine s'étaient attardés
avec les gens de leur maison.

Enfin, on les vit sortir à leur tour et s'engager
sur le grand chemin. Le père et la fille marchaient
côte à côte, mais ils ne se donnaient pas le bras.
Quoique Claudine semblât écrasée de fatigue et
que son voile tout trempé de larmes ballotât contre son visage, Pichard ne faisait aucune attention
à elle. Derrière eux venaient Marion et Fauchette.
Marion avait l'air très-abattu, tandis que la fille
de cuisine était plus occupée d'une robe noire

qu'on lui avait donnée pour la circonstance que
de la cérémonie elle-même.

Quand le père et la fille rejoignirent le gros de
la troupe, elle n'était plus qu'à une courte distance du pont. A leur approche, on s'était tû
brusquement, comme si un accès subit de timidité se fût emparé de ceux qui se montraient si
indignés naguère. Claudine ne remarqua pas la
présence de tout ce monde ; mais le bonhomme
Baptiste sembla vouloir se concilier la sympathie
des voisins et voisines.

— Un triste jour, mes amis, dit-il. Oui, un
bien triste jour... et je vous remercie d'être venus
à la cérémonie... Quelle belle et brave fille j'ai
perdue !

— Pauvre père Pichard ! murmurait-on.

Nul n'osait faire allusion à la préoccupation
terrible qui pesait sur l'assistance ; la Girot seule
eut le courage d'exprimer le sentiment commun.

— C'était, en effet, une jolie petite, répliqua-t-
elle d'un ton doucereux ; et dire qu'elle est morte
à la fleur de l'âge, sans qu'on sache comment !...
ou plutôt on le sait fort bien « comment.... » et il
y a quelqu'un dont la conscience ne doit pas être
tranquille !

Le bonhomme Baptiste tressaillit.

— De qui parlez-vous, madame Girot ? demanda-t-il. Voulez-vous faire entendre que j'aurais
été assez méchant...

— Vous, monsieur Pichard ! Qui songe à cela,
bon Dieu ? Cependant, si l'on cherchait autour de
vous, on ne serait pas embarrassé peut-être de

trouver l'odieuse créature qui, par haine et par jalousie, a fait mourir la pauvre Juliette.

En même temps, son regard s'attachait sur Claudine.

— Alors, contre qui en avez-vous donc, madame Girot? poursuivit Pichard ; quelqu'un aurait-il pu vraiment donner de « mauvaises choses » à cette enfant?

— Pardieu! ne l'a-t-elle pas dit au fils Chamusset? Pour moi, je ne suis pas seule à le croire... Tous ceux qui sont ici présents le croient comme moi.

Un murmure sourd, mais général, confirma les assertions de la Girot.

— En ce cas, il faut qu'on me nomme... Tonnerre! si l'on m'a tué ma fille, je n'irai pas par quatre chemins, et j'avertirai la gendarmerie.

Le bonhomme se redressait d'un air menaçant.

— Encore une fois, il ne sera pas nécessaire de chercher très-loin, père Pichard... Personne n'ignore qu'il y a une « demoiselle Caïn » près de vous, comme il y avait un « monsieur Caïn » dans l'ancien temps.

— Oui, oui, « mademoiselle Caïn! » dit-on de toutes parts ; c'est bien cela!

Claudine paraissait toujours ne rien voir et ne rien entendre. L'aubergiste marcha vers elle et la secoua par le bras.

— Ah çà! es-tu sourde? dit-il durement. Ça serait-il toi, par hasard, qui aurais fait prendre « quelque chose » à ta sœur? Il est bien vrai que vous vous chamailliez un peu, ces derniers temps,

rapport au petit Chamusset! Mais si cela était
prouvé...

Claudine sortit enfin de sa morne atonie. Elle
s'arrêta et remarqua l'attitude hostile de tous ceux
qui l'entouraient. Levant son voile, elle montra
son visage pâle, décomposé par la souffrance, mais
magnifique de fierté et de colère. Ses yeux rouges
s'étaient séchés brusquement; ses narines se
gonflaient, et elle dit d'une voix qui avait recouvré tout à coup son timbre sonore :

— Que me veut-on? qui oserait m'accuser
d'un crime aussi noir? Mon père... mon père, serait-ce vous?

— Je ne sais pas, moi; les autres soutiennent...
Je t'ai toujours connue pour une bonne fille, pas
trop dépensière, surveillant bien la maison... Cependant, si tu avais eu une mauvaise idée...

— C'est une infamie, un exécrable mensonge!
s'écria Claudine. Moi, attenter aux jours de cette
enfant à laquelle j'ai presque servi de mère! Que
Dieu punisse ceux qui ont conçu cette abominable
pensée! Une fois, il y a quelques jours, une querelle que je déplore a éclaté entre nous; mais je
lui en avais témoigné mes regrets, je lui avais demandé pardon d'un mouvement irréfléchi, et j'a-
vais cédé à son désir, quoique j'eusse le cœur
déchiré... Moi, souhaiter la mort de ma sœur, lui
verser encore du poison quand je la voyais si
cruellement souffrir! J'aurais plutôt donné ma
vie pour racheter la sienne; je la donnerais encore pour que Juliette, bien portante et gaie, fût
au comble de ses vœux!

Claudine parlait avec une véhémence entraî-
nante, avec un accent de vérité qui eussent désarmé les soupçons, si les assistants n'avaient été
violemment prévenus. Mais les faits qui l'accu-
saient étaient nombreux, clairs en apparence, et
on ne voyait dans ces protestations qu'une détes-
table hypocrisie.

Aussi l'exaspération ne fit-elle que s'accroître.

— L'entendez-vous? s'écria la Girot. Ne dirait-
on pas d'un petit ange qui va s'envoler au ciel avec
des ailes de chérubin?... Allez! mademoiselle,
nous savons ce que nous savons.

— J'aimais cette pauvre Juliette, moi, dit la
doyenne des filles vêtues de blanc; elle était un
peu évaporée, mais du moins elle n'était pas sournoise.

— Pourquoi ne la vengerions-nous pas? s'é-
cria une grosse femme appelée Mᵐᵉ Carteron, qui
était cabaretière à Pierrefitte et se montrait très-
jalouse de la prospérité du Chêne-Vert; ne serait-
ce pas à nous autres de faire justice?... Je n'ai
pas confiance dans ces juges de la ville, moi... et
si l'on m'en croyait, nous jetterions cette empoisonneuse par-dessus le pont où elle voulait jeter
Juliette!

— Oui, oui, à l'eau! répétèrent plusieurs voix.

On était arrivé, comme nous l'avons dit, à ce
pont long et étroit, théâtre de la récente querelle
entre les deux sœurs. Claudine s'arrêta et s'appuya contre le garde-fou.

— Si j'avais commis l'action infâme qu'on me
reproche, s'écria-t-elle, je mériterais bien plus

que la mort... Mais peut-être, parmi ceux qui m'accusent, se trouve le véritable coupable... que la punition divine atteindra tôt ou tard !

— L'entendez-vous ? reprit la Girot ; l'effrontée ! comme si un autre qu'elle avait pu martyriser son innocente sœur !

— C'est elle ! c'est bien elle ! s'écria la cabaretière. A l'eau ! vous dis-je... Si l'on veut, je me chargerai de la besogne.

Et elle posa sa large main rouge sur le bras de Claudine.

Cette première voie de fait enhardit les assistants, ou plutôt les assistantes, car, nous le répétons, il n'y avait plus guère là que des femmes. D'autres mains se posèrent avec tant de brutalité sur Claudine que, malgré son énergie, elle ne put retenir un cri d'angoisse.

Ce cri fit surmonter certaines irrésolutions à Pichard, qui s'avança vivement.

— Voyons, voyons! dit-il; la chose n'est pas prouvée... Martin assure que la petite est morte de sa belle mort... Ne faut pas, comme ça, malmener le monde sans savoir!

— Ah! vous la défendez donc? demanda la Girot furieuse! Peut-être l'avez-vous aidée, car on assure que vous héritez du bien de sa mère.

— Ma foi! dit la Carteron, il ne serait pas impossible que le père et la fille aînée se fussent entendus...

Le bonhomme Baptiste recula avec précipitation.

— Je ne la soutiens pas, balbutia-t-il; elle

me cause autant d'horreur qu'à vous et... je la renie.

Un nouveau défenseur surgit pour Claudine: c'était Marion, la principale servante de l'auberge. Elle approcha, les poings sur les hanches :

— Ah ça! mame Girot, et toi, la Carteron, dit-elle, allez-vous bientôt rentrer vos langues de serpent? Notre demoiselle est au-dessus de vos propos, et vous mériteriez...

— Ouais! interrompit l'ancienne gouvernante de l'huissier; cette bonne chambrière-là serait-elle aussi dans l'affaire? On prétend que la Claudine n'a pu opérer son coup toute seule...

— C'est très-possible, dit la cabaretière; cette Marion est l'âme damnée des gens du Chêne-Vert, et elle les défend *mordicus*.

Marion ne passait pas pour être d'humeur commode; mais cette terrible accusation de complicité ne manqua pas de produire son effet sur elle, comme sur Pichard. Effrayée à son tour, la servante ne put que dire tout bas à Claudine :

— Sauvez-vous, demoiselle... Les coquines vont vous écharper !

Claudine, prise d'un vertige subit, suivit le conseil qu'on lui donnait. Elle se dégagea par un mouvement brusque et se mit à fuir dans une direction opposée au bourg.

Alors les démonstrations hostiles devinrent générales. Parmi les femmes présentes, plusieurs, dont l'attitude jusque-là avait été passive et silencieuse, crurent voir dans cette fuite une preuve de la culpabilité de Claudine.

— A l'eau, l'empoisonneuse ! s'écria-t-on. Ne la laissons plus rentrer à Pierrefitte !... Jetons-lui des pierres !

Les unes s'emparèrent de cailloux disposés en tas symétriques au bord de la route et les lancèrent sur la malheureuse, tandis que d'autres s'efforçaient de l'atteindre à la course.

En temps ordinaire, Claudine, qui était non moins leste que vigoureuse, n'aurait pas eu de peine à se dérober aux poursuites de ces mégères ; mais elle était épuisée par trois jours et trois nuits de veilles, d'émotions et de souffrances. Aussi, après quelques instants, sa course commença-t-elle à se ralentir, et haletante, éperdue, elle s'arrêta de nouveau sous un arbre, au bord du chemin, comme une biche aux abois.

La troupe féroce fondait sur elle, en dépit de Marion, qui se plaça devant les plus acharnées pour les retarder, et qui dit tout bas à Fanchette :

— Aide-moi ! Tu vois bien qu'elles veulent tuer Mlle Claudine.

— Non pas, grognait la fillette ; elles me déchireraient ma robe neuve !... Et puis, je suis trop serrée dans mon corset.

Claudine semblait donc ne pouvoir compter sur aucune assistance, et elle attendait son sort avec une sorte de résignation forcée. Déjà plusieurs pierres étaient tombées autour d'elle ; déjà les harpies s'approchaient, les ongles tendus, en vociférant toujours, quand des claquements de fouet retentirent, et on cria impérieusement :

— Gare ! gare donc... les enragées !

En même temps une voiture de voyage, que nous appellerions une chaise de poste, s'il existait encore des chaises de poste à notre époque de chemins de fer, s'avança au galop et mit la bande dans l'obligation de se ranger sur les deux côtés de la route.

D'ailleurs, la curiosité devait contribuer pour beaucoup à ce mouvement. La voiture ne ressemblait pas à celles que l'on voyait d'habitude dans les environs. C'était une berline de forme ancienne, qui paraissait magnifique à ces campagnardes. De plus, elle était conduite par un postillon revêtu de l'uniforme traditionnel, et faisant claquer son fouet avec une fierté magistrale.

La plupart des persécutrices de Claudine firent donc halte pour regarder la voiture, bouche béante. Cependant, quelques-unes, parmi lesquelles était la Girot, la cabaretière Carteron et la demoiselle vêtue de blanc, ne se laissèrent pas détourner de leur implacable dessein. Les mains pleines de cailloux, elles continuèrent de marcher, en redoublant de cris, sur Claudine Pichard, qui, appuyée contre l'arbre, n'avait plus la force de fuir. Comme elles allaient l'atteindre, une voix de femme s'éleva de l'intérieur de la voiture :

— Arrêtez, postillon, disait-on avec autorité. Mon Dieu ! que se passe-t-il ici ?

Une dame vêtue de noir, avec toute l'élégance que comportait le deuil, se pencha à la portière. Quoiqu'elle dût approcher de la quarantaine, elle était encore fort belle, de cette beauté grave et majestueuse qui convient à la maturité. La pâleur de son teint, la mélancolie de ses yeux bleus témoignaient d'un chagrin récent, qu'une grande intelligence faisait supporter avec courage. Il y avait dans son extérieur un charme, une dignité qui attiraient et imposaient à la fois.

Le postillon avait retenu ses chevaux et arrêté la voiture à quelques pas seulement de Claudine. La dame reprit, en s'adressant aux mégères à peine intimidées par son intervention ;

— Pour Dieu ! mes braves femmes, que voulez-vous à cette pauvre créature ?

La Girot se chargea de répondre :

— Ne vous occupez pas d'elle, madame, dit-elle brusquement, et passez votre chemin... Elle ne mérite aucune compassion... C'est une empoisonneuse : elle a empoisonné sa sœur, que nous venons d'enterrer, et nous ne permettrons pas qu'une pareille scélérate revienne parmi nous. Nous voulons la chasser du pays, et si elle s'obstine à rester, il lui en cuira !

La dame inconnue parut stupéfaite de la gravité du cas. Cependant, elle attacha son regard, qui ne manquait pas de pénétration, sur la jeune fille, et dit avec un accent de bonté :

— Elle semble bien jeune pour avoir commis un tel crime, et je me refuse à croire... N'est-ce pas, mon enfant, poursuivit-elle en s'adressant à Claudine, que vous êtes incapable d'une action aussi horrible ?

La sympathie évidente de la voyageuse changea les sentiments de Mlle Pichard. L'expression de

défi empreinte sur son visage disparut tout à coup,
et ses larmes recommencèrent à couler.

— Que Dieu vous récompense, madame, répondit-elle, pour votre intervention en faveur
d'une personne que vous ne connaissez pas... On
se trompe, et jamais l'idée de semblables horreurs
ne s'est présentée à mon esprit... J'avais pour ma
sœur l'affection la plus tendre, et jusqu'à la fin
de mes jours, je regretterai sa perte.

La dame de la voiture fut émue de ces touchantes paroles.

— Vous l'entendez? reprit-elle; cette jeune demoiselle a un ton de vérité qui ne saurait abuser... Laissez-la donc en paix; je la prends sous
ma protection.

— De quoi vous mêlez-vous? dit la cabaretière
avec brutalité; cela ne vous regarde pas... Nous
sommes toutes d'honnêtes femmes ici, et on ne
fera pas la loi, parce qu'on est en char et que
nous sommes à pied.

— Eh! mais, la grosse mère, répliqua la voyageuse, vous ne semblez pas plus polie que com-
patissante.

Marion, écartant les femmes qui se pressaient
autour de la berline, dit à demi-voix :

— De grâce, madame, ayez pitié de notre pauvre
demoiselle, et ne l'abandonnez pas... Personne
n'ose la protéger, et si vous ne venez à son aide,
il arrivera malheur à Mlle Claudine Pichard.

— Claudine Pichard! s'écria l'inconnue; serait-ce la fille de cette Mme Pichard qui tenait autrefois l'auberge du Chêne-Vert?

Marion fit un signe affirmatif.

— En ce cas-là, montez vite, mon enfant, reprit l'inconnue en ouvrant la portière ; j'ai conservé un bon souvenir de votre mère défunte ; vous ne pouvez demeurer exposée ici à des insultes et à des violences... Montez, vous dis-je... vos amis et votre famille vous retrouveront au château du Barral, où je vais en ce moment.

Claudine ne bougeait pas.

— Montez, demoiselle, ajouta Marion en se glissant derrière elle ; c'est bien, comme je l'avais deviné, Mme Duplessis-Barral, la veuve du préfet... une excellente dame et qui a le bras long, à ce qu'on prétend... Partez avec elle... J'irai vous voir là-bas, et je vous dirai quand il faudra revenir... Dépêchez-vous, car ces furies sont capables de vous mettre en pièces !

Claudine hésitait toujours ; mais la voyageuse lui tendit la main et lui adressa un sourire engageant. Elle s'élança dans la voiture.

— Madame, balbutia-t-elle, c'est Dieu qui vous envoie pour me sauver... Soyez bénie !

Peut-être les impitoyables commères ne se fussent-elles pas laissé ravir leur proie si Marion ne s'était placée devant elles et n'avait vivement refermé la portière ; puis elle fit signe au postillon. Celui-ci, comprenant de quoi il s'agissait, secoua les rênes, et les chevaux partirent grand train.

Une explosion de cris furieux et de huées s'éleva dans la troupe. Quelques-unes des femmes les plus opiniâtres essayèrent de suivre la voiture ;

mais elles durent bientôt y renoncer, et quand la
berline disparut dans un nuage de poussière, la
Girot s'écria en tendant le poing de ce côté :

— N'importe ! si *elle* revient jamais à Pierrefitte,
nous la retrouverons... Et l'on verra si les belles
dames à falbalas nous font peur !

XI

L'ARRIVÉE.

A la même heure, dans la petite pièce appelée
la « régie » au château du Barral, Mᵐᵉ Florence,
la gérante du domaine, se disposait à recevoir sa
maîtresse. Après avoir donné un dernier coup
d'œil à la maison, elle était venue s'asseoir dans
le fauteuil de cuir, sa place ordinaire, et comme
l'isolement où elle vivait l'avait habituée aux soli-
loques, elle murmurait :

— Combien, en toute autre circonstance, j'aurais été heureuse de revoir madame ici ! Mais j'ai
beau faire, il y a dans ce retour quelque chose
qui me bouleverse... Le domaine ne lui appartient
plus ; il appartient à M. Charles, ce parent qui
était le mortel ennemi de son mari... Ah çà,
madame et lui se sont donc réconciliés ? Ils
s'entendent donc ? Que veulent-ils, et que va-t-il
se passer ?

8

Elle s'interrompit, et, prise d'une sorte de colère contre elle-même, elle ajouta :

— De quoi te mêles-tu, paysanne ? Peux-tu
comprendre quelque chose aux affaires de ces
gens du monde ? Ernestine Duplessis sait se conduire, peut-être... Quant à toi, ne songe qu'à
vendre tes blés et tes foins.

Malgré la réprimande qu'elle venait de s'adresser, la pauvre femme n'avait pas l'esprit plus tranquille, quand un bruit de roues, des claquements
de fouet se firent entendre, et une voiture s'arrêta devant l'habitation.

Aussitôt Mᵐᵉ Florence fut sur pied et s'élança
dehors. En même temps, de chaque côté de la
porte monumentale, ouverte pour cette solennité,
apparurent un jeune paysan et une jeune paysanne qu'on avait improvisés valet de chambre et
cuisinière du logis, lui fier et superbe dans sa
livrée neuve, elle timide et respectueuse avec son
tablier blanc et sa coiffe empesée.

Mᵐᵉ Duplessis n'eut pas l'air de remarquer les
splendeurs de cette réception. Elle avait sauté légèrement à bas de la voiture.

— Bonjour, ma chère Florence ! s'écria-t-elle
les bras ouverts.

La réserve et les défiances de la gérante ne tin-
rent pas devant cette cordialité.

— Madame... ma chère maîtresse ! balbutia-t-
elle.

Et elles s'embrassèrent en pleurant.

Toutefois, elles se séparèrent bientôt et se re-
gardèrent. Elles ne s'étaient pas vues depuis long-

temps, et on pouvait croire qu'elles voulaient
s'assurer du changement opéré dans chacune
d'elles par les années. Il n'en était sans doute pas
ainsi, car Mᵐᵉ Duplessis détourna la tête d'un air
de malaise.

— Vous me blâmez, Florence? murmura-t-elle;
je ne fais pourtant que remplir un devoir... Il y a
un secret que vous ignorez encore, que vous sau-
rez peut-être un jour... Jusque-là, ne vous hâtez
pas de me juger...

— Je ne suis pas votre juge, madame; mais
pourquoi n'avez-vous pas amené vos enfants avec
vous? M. Victor est déjà un homme, et sa présence
eût été une garantie...

— Non, non, interrompit Ernestine avec une
sorte d'effroi; Victor ne doit rien savoir... Tenez,
Florence, ne m'interrogez pas; nous causerons à
un autre moment.

Pour échapper peut-être à son mortel embarras, Mᵐᵉ Duplessis se retourna vers Claudine,
qui descendait à son tour de la voiture et qui
se montrait inquiète et effarée, comme si elle
était encore poursuivie par des clameurs mena-
çantes.

— Madame Florence, reprit la voyageuse, je
vous amène quelqu'un que vous connaissez sans
doute.

La gérante témoigna une extrême surprise en
apercevant Claudine.

— Toi ici, petite? demanda-t-elle; je te croyais
aux funérailles de ta pauvre sœur, et il a fallu une
affaire aussi importante que l'arrivée de ma maî-

tresse pour m'empêcher de m'y rendre moi-
même. Aussi je ne m'explique guère...

— Cette digne dame, répliqua Claudine, m'a
sauvée d'un danger... Mais comment cela s'est
fait, je ne saurais le dire, car il me semble que
je rêve.

—Mlle Pichard, reprit Ernestine, est victime
d'une odieuse calomnie... Allons! venez avec
nous, mademoiselle; on va vous préparer une
chambre.

Puis, tandis que les domestiques déchargeaient
les malles et procédaient à l'installation, elle se
dirigea, avec sa protégée et Florence, vers une
grande pièce du rez-de-chaussée, qui était le salon du château.

Ce salon, malgré les efforts tentés pour le
rendre confortable, gardait l'aspect lugubre qu'a-
vait tout le reste du vieil édifice monacal. Le jour
ne l'éclairait qu'avec peine à travers les pro-
fondes fenêtres aux rideaux de damas. Il y régnait
une indélébile odeur de moisi, et quand on y entrait, un manteau de glace semblait tomber sur les
épaules du visiteur.

Mme Duplessis, bien qu'elle connût de longue
date le salon du Barral, ne put se défendre d'une
impression pénible; la gérante s'en aperçut.

— N'est-ce pas, madame, lui dit-elle, que cette
maison est bien triste et bien sombre? Comment
pourrez-vous vous y plaire, après avoir habité si
longtemps les magnifiques palais de la préfecture
à L*** et à M***?

Mme Duplessis lui répondit à voix basse, et elles

continuèrent de causer, tandis que Claudine s'asseyait à l'écart. Peu à peu elles s'animèrent, et
bientôt Ernestine dit avec vivacité :

— Non, non, Florence ; j'accepte provisoire-
ment l'hospitalité au Barral, mais je n'ai pas aliéné
ma liberté... Je verrai, j'aviserai... M. Charles
Duplessis m'a promis qu'il ne viendrait au château que sur mon appel ; ainsi, par exemple,
quoiqu'il ne puisse ignorer mon arrivée, il n'est
pas venu aujourd'hui, et il ne viendra pas...

En ce moment, la porte s'ouvrit.

— Monsieur le commandant Duplessis ! annonça
le valet.

Et Charles Duplessis entra dans le salon.

Il paraissait bouleversé. Quoiqu'il eût fait le
trajet à cheval, il n'avait ni bottes, ni éperons, et
était parti sans doute à l'improviste, pour obéir à
quelque pressante nécessité.

La vue de sa parente sembla pourtant éveiller
en lui certains souvenirs, car il marcha vers elle
en balbutiant avec émotion.

— Ernestine !... chère Ernestine !

Mme Duplessis l'arrêta par un geste plein de
dignité :

— Je vous salue, mon cousin, dit-elle froide-
ment ; mais je ne comptais guère sur votre visite
aujourd'hui.

Le commandant recula d'un pas, et alors son
regard tomba sur Mlle Pichard, qui demeurait
morne et indifférente dans son coin.

Après quelques secondes d'hésitation, il dit
en s'inclinant :

— Excusez-moi, madame; ceci, en effet, est contraire à nos conventions... Mais tout à l'heure j'ai
appris à quel péril vous vous êtes généreusement
exposée. Vous avez bravé la canaille des environs,
afin de protéger cette honnête jeune fille. Voulant
m'assurer par moi-même que, l'une et l'autre,
vous aviez heureusement échappé à ces furieux,
je suis accouru en toute hâte.

Peut-être Mme Duplessis considéra-t-elle
comme un prétexte la raison alléguée; cependant
elle répliqua avec un sourire :

— Merci, commandant, pour cette sollicitude.
Comme vous voyez, nous sommes saines et sauves,
moi et cette pauvre fille qui, j'en suis sûre, ne
mérite pas la réprobation dont elle est l'objet.

— Vous avez raison, madame; aussi la défen-
drai-je énergiquement, pour ma part, contre la
calomnie et l'injustice. Sans elle, peut-être, il
m'eût été impossible d'accomplir la mission qui
m'amenait dans ce pays.

Il raconta l'aventure de la tour de Pierrefitte et
rappela avec quelle admirable abnégation Claudine l'avait guéri de la morsure d'une vipère.

— Cela est beau... très-beau! reprit Mme Duplessis; et je comprends que la reconnaissance ait
fait oublier à mon cousin certains engagements...
Quant à moi, je suis ravie d'avoir pu rendre service à cette demoiselle.

— Malheureusement, votre tâche n'est pas terminée, madame, et Mlle Pichard aura besoin
encore d'amis vigilants. Il faut qu'elle s'établisse
chez vous jusqu'à nouvel ordre; et je vous con-

jure, je conjure Mme Florence de bien veiller sur
elle... Je vous préviendrai quand le danger sera
passé... s'il doit passer... Jusque-là, qu'elle se
tienne cachée, et qu'elle ne sorte sous aucun prétexte.

Claudine se leva tout à coup et s'approcha.

— Je vous remercie, monsieur, et je remercie
ces dames, dit-elle avec résolution ; mais je ne
saurais rester ici plus longtemps. Je désire retourner à Pierrefitte... Il n'y a plus rien à craindre
maintenant que ces méchantes femmes sont ren-
trées chez elles.

— Eh ! que feriez-vous à Pierrefitte ? s'écria
Charles Duplessis ; tout le monde est contre vous.
Votre père lui-même, j'ai regret de le dire, ne
montre pas la sollicitude et l'affection que vous
seriez en droit de réclamer. D'ailleurs, ce soir
même, un nouveau danger se révèle, et il importe
que vous attendiez la fin de la crise...

— Quelle crise ? De quoi s'agit-il, monsieur ?

— De grâce, mademoiselle, suivez nos conseils.
Vous êtes dans cette maison sous la sauvegarde
de Mme Duplessis-Barral, et vous ne sauriez trouver une plus honorable protection.

— Soit, dit Claudine ; puisqu'on le veut, je
resterai ici jusqu'à demain... Au fait, qu'importe,
à présent que ma vie, partout où j'irai, ne sera
plus qu'un supplice ?

Elle se rassit et se couvrit le visage de son
voile.

Le commandant parut vouloir encore lui adresser quelques paroles ; mais, comme Ernestine

l'observait curieusement, il s'arrêta et dit avec
embarras à sa parente :

— Je crains, madame, que ma présence ne vous
soit importune, et je me retire... Mais je vous de-
manderai bientôt la faveur d'un entretien.

— En effet, monsieur Charles Duplessis, un
entretien est devenu nécessaire pour vous et pour
moi... Seulement, accordez-moi un peu de temps
pour me remettre de tant de secousses et de fatigues.

— A vos ordres, madame.

Il s'inclina et sortit. Florence l'avait suivi, et,
en détachant la bride de son cheval qu'il avait en-
roulée à un anneau de fer dans la cour, il dit à la
gérante :

— Faites bonne garde autour de Mlle Claudine.
Si l'on songeait à l'inquiéter, ajouta-t-il en baissant la voix, cachez-la dans quelque coin de la
maison, ou bien donnez-lui les moyens de trouver
une autre retraite dans le voisinage.

— Que me dites-vous là ?

— Sur un rapport adressé par le maire de
Pierrefitte au parquet de L***, un magistrat est
arrivé ce soir au bourg, et on a nommé une
commission d'experts dont fait partie le docteur
Bonivet. De leur décision va dépendre le sort de
Mlle Pichard.

— Quel événement, mon Dieu ! Pour moi, je
connais cette petite depuis son enfance, et je met-
trais ma main au feu...

— Et moi aussi, Florence, quoique l'on parle
de mésintelligence entre elle et sa sœur, de ja-

lousie amoureuse, que sais-je?... Mais il faut que
je retourne là-bas... Adieu; je compte sur vous.

Et, rendant la bride à son cheval, il reprit le
chemin de Pierrefitte.

Pendant ce temps, Ernestine, qui était restée
dans le salon, réfléchissait profondément.

— Après tant de protestations chaleureuses,
pensait-elle, j'attendais autre chose de lui... Il
s'est occupé uniquement de cette fille que j'ai ra-
massée sur le chemin!

Et de son côté, Mme Florence se disait à elle-
même :

— S'aiment-ils? se détestent-ils? Quels sont
leurs projets? Je m'y perds... Qui vivra verra!

XII

LE LYCÉEN,

Le même soir, le temps était devenu mauvais,
et la nuit s'annonçait comme devant être froide et
obscure. Cependant, on eût pu voir des groupes
d'hommes et de femmes rôder autour du Chêne-
Vert. Ils n'avaient plus la turbulence de ceux du
matin ; mais, tout entiers à leurs mystérieuses
causeries, les curieux ne remarquaient même pas
que le brouillard commençait à se résoudre en
pluie abondante sur leurs têtes.

La maison avait un aspect insolite, presque sinistre. Au lieu de ce feu énorme qui flamboyait habituellement dans la cuisine, au lieu de ces lumières qui couraient derrière les fenêtres, au lieu de ce bruit, de cette agitation qui régnaient sans cesse dans l'auberge, tout était sombre et silencieux. Une seule fenêtre, située à l'angle du bâtiment, et que l'on savait être celle des deux sœurs, était éclairée ; c'était vers elle que convergeaient tous les yeux. Quelques moments auparavant, quatre hommes portant sur un brancard un objet lourd et de forme oblongue s'étaient dirigés vers cette partie de l'auberge et y avaient pénétré par une porte bâtarde qui s'était aussitôt refermée sur eux. Les curieux eussent bien voulu se glisser dans la cour ; mais Marion, par ordre supérieur, avait fermé la grande grille de bois, qui d'ordinaire restait ouverte jour et nuit. De plus, un gendarme se montrait par intervalles, prêt à réprimer les tentatives trop indiscrètes.

Cependant une espèce de patache, qui formait la correspondance du chemin de fer entre la ville voisine et Pierrefite, arrivait chaque soir au Chêne-Vert et pouvait amener des voyageurs. On savait qu'aucune circonstance d'intérêt privé ne devait interrompre ce service, car la patache était chargée aussi du transport des dépêches. Comme la nuit venait de tomber, on entendit au loin, sur la grande route, un cornet qui écorchait l'air du *Postillon de Lonjumeau*.

— Voici le courrier ! se dit-on ; nous verrons bien si on le laissera à la porte, lui !

Bientôt apparurent, au milieu de torrents

d'eau, deux lanternes rouges bien connues des assistants. Marion et son mari se hâtèrent d'ouvrir la grille, et la patache entra dans la cour avec un bruit de sonnettes et un grincement de fers sur le pavé. Mais, dès qu'elle eut passé, on referma la barrière, et l'accès de l'auberge devint aussi difficile qu'auparavant.

Le courrier, ne trouvant pas sans doute les choses dans l'état accoutumé, était descendu de son siége et jurait d'une manière abominable. Néanmoins, François lui dit quelques mots à l'oreille, et il s'apaisa ; puis l'un et l'autre, pendant qu'ils dételaient les chevaux et plaçaient la patache sous la remise, continuèrent de causer à voix basse avec vivacité.

La voiture contenait un seul voyageur, étranger à Pierrefitte, et qu'elle avait pris à la gare, après le passage d'un train arrivant de Paris. C'était un jeune homme mince, à figure presque imberbe, enveloppé d'une espèce de caban dont il avait relevé le capuchon par dessus sa tête, afin de se préserver de la pluie. Il restait ahuri au milieu de la cour, ne sachant de quel côté tourner et à qui s'adresser.

— Ah çà, tonnerre ! s'écria-t-il en grossissant sa voix le plus qu'il pouvait, ce n'est donc pas un hôtel ici ? On ne voit rien ni personne... Hé ! la maison !... la fille !... Sacrebleu ! je suis déjà trempé jusqu'aux os !

Ces appels et ces doléances laissèrent impassibles François et le courrier ; mais les servantes, qui causaient dans la cuisine, à la lueur d'une

petite lampe de ferblanc, finirent par s'en émouvoir. Marion s'avança sur le seuil de la porte.

— Ah çà ! demanda-t-elle, est-ce qu'il y a des
voyageurs ?

— Il y en a un certainement, répliqua l'inconnu,
et un voyageur qui meurt de faim, de soif et de
fatigue... Il lui faut donc une chambre et un souper bien vite.

En même temps, il repoussa Marion et s'intro-
duisit d'un pas délibéré dans la cuisine.

La servante principale avait les yeux rouges de
larmes.

— Vraiment, monsieur, reprit-elle, vous feriez
bien de chercher un gîte ailleurs. Cette maison
est aujourd'hui dans le chagrin et dans le deuil...
Je ne sais même pas si l'on nous permettra...

— Cette maison est pourtant une auberge, et
la seule du pays, à ce que je crois... Le temps est
trop affreux pour que je pousse jusqu'au Barral.

— Vous allez au Barral ? demanda Marion,
chez qui la douleur faisait déjà place à la curiosité ; vous y êtes attendu peut-être ?

— Pas précisément; toutefois, si je pouvais
trouver une voiture pour m'y conduire...

— Vous n'en trouverez pas à cette heure
avancée.

— Je ne saurais pourtant m'y rendre seul et à
pied par cette nuit noire... Allons ! bonne femme,
arrangez-vous pour me recevoir. La première
chambre venue me conviendra, et quant à la
nourriture, je ne suis pas difficile, quoique j'aie
bon appétit.

Le jeune homme avait pris un ton cajoleur qui produisit quelque impression sur la servante. Comme elle réfléchissait, Fanchette lui dit tout bas :

— Oh ! ne le renvoyez pas, Marion ! Il est tout plein gentil... Et puis, voyez donc ! sous sa cape, il est habillé comme un petit soldat !

Le voyageur, en effet, avait distraitement entr'ouvert son caban, et on pouvait s'assurer qu'il portait par dessous une tunique et un pantalon de drap bleu bordés d'un mince liseré rouge. Ce que Fanchette appelait l'uniforme « d'un petit soldat » était tout bonnement celui d'un lycéen.

La grosse Marion n'en savait guère plus long que sa compagne à cet égard ; mais l'écolier était fort joli garçon, et sa figure mutine, ses manières décidées, une distinction native qui, malgré sa jeunesse, se trahissait dans toute sa personne, touchèrent la surintendante du Chêne-Vert.

— Vraiment, reprit-elle, le temps est horrible, et puis, si l'on voyait au Barral... Eh bien ! pourquoi ne mettrions-nous pas ce voyageur dans la chambre verte, à côté de celle du commandant Duplessis ? Sans doute les *autres* ne s'en apercevraient pas.

— Oui, reprit la jeune servante, et il faudrait lui donner pour souper ce poulet froid auquel le commandant n'a pas touché... car, depuis deux jours, il ne mange plus, le commandant.

Ces paroles n'avaient pas été prononcées si bas que le lycéen au caban n'en eût entendu quelque chose.

— De qui parlez-vous donc, mes braves filles ?
demanda-t-il avec intérêt ; est-ce que le commandant Duplessis demeurerait chez vous ?

— Oui, monsieur, répliqua Fanchette.

— Quoi ! il n'habite pas le Barral ? On m'avait
dit... Il y va souvent, du moins ?

— Presque tous les jours, et aujourd'hui encore
que la *préfète* vient d'arriver...

— Ah ! la préfète n'est arrivée qu'aujourd'hui ?...

Marion lança à sa subordonnée un regard de
colère.

— N'écoutez pas cette bavarde, monsieur, dit-
elle ; on fera selon votre désir, puisque vous y tenez tant... Si vous saviez ce qui se passe dans
cette maison, vous ne seriez peut-être pas si pressé
d'y demeurer !... Allons ! sotte créature, poursuivit-elle en s'adressant à Fanchette, donne-moi de
la lumière ! Je vais conduire ce voyageur à la
chambre verte... Où sont vos bagages, monsieur ?

— Mes bagages ?... Hum !... ils arriveront plus
tard. Je suis parti à l'improviste, et je n'ai pas eu
le temps...

— Alors, venez, dit Marion en précédant l'écolier, un bougeoir à la main ; surtout pas de bruit,
car, si l'on vous rencontrait, vous m'attireriez des
désagréments... Du reste, vous êtes arrivé par la
diligence, et c'est le service qui commande, en
définitive !

La maison était vaste, traversée par de longues
galeries sur lesquelles s'ouvraient de nombreuses
chambres. On monta un escalier en bois qui,
malgré toutes les précautions, criait sous les pas.

Des courants d'air humide, qui se faisaient sentir çà et là, obligèrent Marion d'abriter avec la main la flamme de sa bougie pour l'empêcher de s'éteindre.

Au premier étage, on put s'assurer que l'habitation n'était ni aussi vide ni aussi silencieuse qu'on avait lieu de le supposer d'en bas. La lumière filtrait à travers les fentes des cloisons; on entendait par intervalles un murmure de voix. En même temps, on sentait une odeur âcre et forte, semblable à celle qui s'exhale d'un laboratoire de chimie.

Le lycéen ne donnait pas à ces détails beaucoup d'attention. Mais comme on allait passer devant un corridor latéral, Marion lui fit signe de redoubler de prudence; elle-même glissa sur le plancher en se courbant, comme si elle eût essayé de dissimuler leur marche.

Le jeune voyageur, assez surpris d'un semblable accueil dans une hôtellerie, imita machinalement son guide. Il ne put pourtant s'empêcher de jeter un coup d'œil dans ce corridor au sujet duquel on semblait éprouver tant d'appréhensions.

Juste à ce moment, une porte venait de s'ouvrir pour laisser passer quelqu'un, et il fut possible de plonger un regard rapide dans la pièce du fond.

A la lueur d'un feu qui brûlait dans la cheminée, on apercevait sur un lit aux rideaux flottants un objet de forme étrange. Sur la table étaient étalés de grands bocaux, des tubes et des

cornues de verre. Au milieu de cet appareil
allaient et venaient quelques hommes vêtus de
blanc, semblables à des spectres. Une fumée
épaisse remplissait la chambre et produisait cette
odeur pénétrante qui se répandait dans la maison.
Tout cela s'évanouit comme un éclair dès que la
porte se fut refermée. Le jeune voyageur demeurait interdit par la bizarrerie lugubre de ce
tableau. Marion le saisit par le bras et l'entraîna.

— Venez, venez! murmura-t-elle d'une voix
étouffée.

— Ah çà, ma chère, que se passe-t-il ici?

— N'y songez pas... ne vous en occupez pas!...
Des choses bien tristes... S'il faut absolument que
vous le sachiez, il y a un mort chez nous.

— Un mort! répliqua le lycéen avec un mouvement d'effroi; qui donc est mort?

Marion laissa échapper un sanglot et, sans répondre autrement, continua d'avancer. Quelques
secondes plus tard, on s'arrêta devant une porte
numérotée, et, la servante ayant tourné une clé,
on pénétra dans la chambre verte.

Cette chambre avait l'aspect banal des pièces de
ce genre. Elle devait son nom à un affreux papier
vert, décoloré par le temps. Quant au mobilier,
c'étaient le même lit et la même commode en mé-
risier, les mêmes rideaux en calicot à franges de
coton; sur la cheminée peinte en marbre, les
mêmes petits vases de fleurs artificielles, et la
même pendule en zinc doré, que l'on a pu voir
cent fois, pour peu qu'on ait voyagé au nord
comme au midi de la France.

Lorsque l'on entra, le coup d'œil exercé de Marion lui fit distinguer d'abord dans cette pièce certains objets qui n'appartenaient pas au mobilier habituel et qui semblaient avoir été apportés là dans un moment de trouble et de presse. Elle murmura des paroles inintelligibles et se hâta d'enfermer ces objets dans un placard de la boiserie; néanmoins, le voyageur avait eu le temps de remarquer qu'il s'agissait d'effets de femme et d'une photographie de grande dimension, un portrait sans doute.

Après avoir tourné un moment dans la chambre, Marion sortit; mais elle ne tarda pas à revenir, et cette fois accompagnée de Fanchette. L'une et l'autre étaient chargées de paniers contenant de la vaisselle, du pain, du vin et des viandes froides. Elles mirent un modeste couvert sur un bout de table, et quand elles eurent terminé silencieusement leur besogne, Marion dit avec embarras :

— Vous ne nous reverrez plus sans doute de ce soir, monsieur le voyageur ; mais j'espère que vous ne manquerez de rien... Si j'ai un conseil à vous donner, ne sortez pas de votre chambre.

Et elle partit avec Fanchette.

Alors le lycéen jeta sur une chaise son caban mouillé et regarda autour de lui. En dépit de ses manières hardies, il ne paraissait pas avoir plus de dix-sept à dix-huit ans, et, à cet âge, les faiblesses de l'enfance s'allient encore à certaines velléités juvéniles.

— Voilà une drôle de maison, dit-il ; mais que m'importe à moi, qui la quitterai demain ?

Ne songeons plus qu'à atteindre le but de mon
voyage... N'est-ce pas un heureux hasard qui
m'a conduit dans la demeure même de Charles
Duplessis ? Je le verrai avant d'aller au Barral,
et s'il ne me donne pas des explications com-
plètes et satisfaisantes... Je suis le chef de la famille à présent !

Il passa la main sur sa lèvre supérieure, comme
pour caresser une moustache absente ; puis, le
cours de ses idées ayant changé, il s'assit à table
et se mit à manger avec un appétit que ni la
lassitude ni les soucis ne semblaient pouvoir
altérer.

Comme il était près d'achever son repas, il entendit dans la galerie voisine un pas lent et lourd
qui se rapprochait. La porte s'ouvrit, et Baptiste
Pichard parut, une lumière à la main.

Ses vêtements étaient débraillés, en désordre,
comme ceux d'un insensé. Cependant il affectait
un air grave, presque majestueux, qui contrastait
avec le trouble évident de ses idées. Il se décou-
vrit, et posant son bougeoir sur la table, il dit
d'une voix caverneuse :

— Je suis le maître du Chêne-Vert, monsieur le
voyageur, et je viens vous saluer, comme j'ai l'habitude de le faire pour mes pratiques, quand je
me trouve à la maison... J'entends qu'on vous
traite bien chez moi.

Le lycéen, tout interdit, balbutia quelques mots
pour protester de sa complète satisfaction. Pichard
ne sembla pas l'avoir entendu.

— On me croit bouleversé de ce qui arrive,

poursuivit-il; mais je suis tranquille... très-tran-
quille, comme vous voyez! D'ordinaire, je ne
m'occupe pas de l'auberge; je suis très-souvent en
tournée, et ce qui se passse ici en mon absence,
je ne le sais pas toujours. J'avais deux filles,
qui en agissaient à peu près à leur fantaisie; l'une
est morte, et l'autre...

Il se tut tout à coup; après une courte pause,
il reprit avec vivacité :

— Croyez-vous qu'ils trouveront quelque
chose? Non, n'est-ce pas? Quoique ces savants
et ces experts fassent les entendus, il n'y a rien
de vrai dans leurs manigances. Ils ne veulent pas
que j'entre; mais M. Martin est plus malin qu'eux
tous, et il assure qu'ils ne trouveront rien...
parce qu'ils ne peuvent rien trouver... Vous
n'avez jamais vu ma fille Juliette? Tiens! où
donc est son portrait? Son portrait devait être ici...
Quelle charmante fille! Alerte, toujours bien
pomponnée, toujours souriant et chantant...

Il s'interrompit de nouveau; ses traits durs
étaient contractés. Bientôt il envisagea le lycéen
et partit d'un éclat de rire.

— Ah çà, qu'est-ce que je dis donc là? reprit-
il; vous venez ici pour la première fois, je suppose; et puis vous êtes bien jeune... si jeune qu'on
se demande comment votre papa vous permet de
voyager seul. Si vous aviez vu Juliette, vous au-
riez été capable d'en devenir amoureux comme
les autres, mon gaillard!... Mais, vraiment, je
suis impayable, moi!... Un enfant, un véritable
enfant! Bonsoir donc, mon petit ami. Suffit que

je vous aie... S'il en est besoin, vous témoigne-
rez que le papa Pichard est aussi calme aujour-
d'hui qu'à l'ordinaire, n'est-il pas vrai?

Il salua et partit de son pas automatique.

— Que diable signifie tout cela? se demanda
le lycéen quand il fut seul; les gens d'ici sont-ils
devenus fous? Ce vieil aubergiste, quoi qu'il en
dise, n'a pas les idées bien nettes... Ensuite, peut-
être a-t-il un coup de vin de trop... J'en serais
d'autant moins surpris que son vin est très-préfé-
rable à notre « abondance » du collége.

Et il acheva une bouteille d'un vin très-fort et
très-capiteux qu'on lui avait servie.

XIII

HALLUCINATIONS ET RÉALITÉS.

Sans doute par l'effet des modestes libations
auxquelles il venait de se livrer à la suite d'une
journée de fatigue, le lycéen éprouva une sorte de
surexcitation fiévreuse. S'étant levé de table, il
avait le teint rouge; ses oreilles bourdonnaient,
et il ne se sentait pas bien solide sur ses jambes.

Comme il ne pouvait rester en place, il se
mit à se promener dans la chambre. Machinalement, il souleva le rideau de la fénêtre qui
donnait sur la cour; mais la nuit était très-noire
au dehors, et la pluie fouettait contre les vitres.

Il essaya d'ouvrir la porte ; le vent s'engouffrait avec force dans le corridor, et il fallut la refermer aussitôt.

Obéissant toujours à un irrésistible besoin de mouvement, il se remit à rôder dans la chambre. Le hasard le conduisit vers l'armoire de la boiserie où Marion avait caché précipitamment certains objets. Il eut une idée qui le fit sourire.

— Voyons donc, dit-il, le portrait de cette jeune fille dont le bonhomme de père craint tant que je devienne amoureux !

Il ouvrit le placard, en tira la photographie et s'assit pour l'examiner à loisir.

C'était, en effet, le portrait d'une belle jeune fille, élégante, à la bouche rieuse, dont les cheveux blonds flottaient par dessous un chapeau de paille.

Le lycéen, dont la nature paraissait un peu romanesque, le contempla avec admiration et ne pouvait en détourner les yeux.

— Ce doit être là, pensait-il, cette Juliette dont on parlait tout à l'heure... Oui, mais l'aubergiste avait deux filles ; celle-ci est-elle la morte ou la vivante?... C'est la vivante ; on ne saurait mourir quand on est si sémillante et si fraîche ! Ah ! le père avait raison de penser que si je la voyais, je deviendrais amoureux d'elle !... Amoureux ! je le suis déjà !

Et il déposa un baiser sur le verre qui recouvrait la délicieuse image.

Dans son exaltation maladive, il allait vite en besogne, comme l'on voit ; mais quoique puéril

et passager, ce sentiment était très-vif en ce moment. Le lycéen posa le portrait devant lui sur
la table et continua de le regarder avec amour.

Il tomba peu à peu dans une rêverie qui finit
par devenir une sorte de somnolence, puis un léger sommeil. Il n'avait pas complètement perdu
la conscience de la réalité, mais il éprouvait de
charmantes hallucinations. Il lui semblait qu'il se
promenait dans une pittoresque campagne, côte à
côte avec la jolie fille au chapeau de paille, aux
cheveux bouclés. Il la tenait par la main, et on
riait en marchant ; on échangeait de douces paroles. La nature autour d'eux souriait aussi. Il y
avait du soleil, du feuillage, des fleurs et des
chants d'oiseaux. L'écolier avait bien une vague
idée que ces belles choses étaient des chimères ;
mais il se complaisait dans cet agréable état et
s'efforçait de le prolonger.

Il ignorait lui-même depuis combien de temps
il s'abandonnait à sa brillante vision, quand un
bruit soudain l'éveilla en sursaut. Il se redressa
et promena les yeux autour de lui. Il était dans
une obscurité complète. Un coup de vent venait
d'ouvrir la fenêtre mal assujettie et avait éteint la
lumière, en entraînant des tourbillons de pluie
glacée.

Le lycéen se leva, et quoique ses idées fussent
encore très-confuses, il parvint à refermer la
fenêtre ; mais alors les ténèbres étaient si épaisses,
qu'il ne savait de quel côté se diriger. Il demeura
immobile un moment, pour essayer de reprendre
ses esprits. Chose étrange ! bien qu'il se crût tout

à fait éveillé, il voyait encore devant lui la forme élégante et svelte de la jeune fille aux cheveux bouclés, se détachant dans la nuit comme un ange de lumière.

Il sentait la nécessité de rallumer sa bougie ; mais, à supposer qu'on eût laissé des allumettes à sa disposition, comment les trouver? Il marcha quelques instants au hasard; ses mains ne rencontraient toujours que le vide. Il commençait à se dépiter et s'agitait comme on s'agite pendant un cauchemar, quand un bruit de voix et de pas s'éleva dans le corridor voisin, en même temps qu'un rayon rougeâtre se glissait par les fissures de la porte.

Cette circonstance, bien positive pour le coup, lui rendit quelque sang-froid. Il appela ; mais, bien qu'il y eût mis toute sa vigueur, il fut étonné de la faiblesse de sa voix. D'ailleurs, au moment où il avait appelé, une rafale de pluie et de vent s'était abattue sur la maison, et ses cris avaient, selon toute apparence, été couverts par le grondement de la tempête extérieure.

On passa donc, et la lumière disparut. Avec une soudaineté de décision due sans doute à l'ébranlement de ses nerfs, le jeune homme s'élança vers la porte pour l'ouvrir. Il n'y réussit pas d'abord, et, quand il fut parvenu à faire jouer le pêne, le corridor était redevenu ténébreux ; c'était à peine si, à l'une de ses extrémités, on apercevait le reflet d'un flambeau qui s'éloignait.

Cependant il n'hésita pas à s'engager dans la galerie. L'obscurité lui était insupportable et lui faisait peur. La pensée ne lui vint pas d'appeler de nouveau, et peut-être n'en eût-il pas eu la force. Il marchait les bras en avant, une sueur glacée au front, les cheveux hérissés, comme on croit marcher dans un mauvais rêve.

Plusieurs fois il se heurta contre les murs. La nuit était tellement épaisse, qu'il ne distinguait même pas l'emplacement des fenêtres qui, le jour, éclairaient cette galerie. La pluie et le vent continuaient de mugir autour de la maison. Au milieu de cette espèce de chaos où le jeune halluciné s'imaginait s'enfoncer, il ne cessait de voir flotter devant lui la blanche et poétique apparition, souriant dans son auréole.

Enfin il entendit un murmure de voix à quelque distance, et, au détour de la galerie, il aperçut une porte entre-bâillée, d'où s'échappait une vive lumière. Il se dirigea vers ce point, et la réflexion, qui survivait au trouble de ses facultés, lui faisait se demander ce qu'il allait trouver au terme de sa course.

— Ce doit être la chambre du commandant, pensait-il. Eh bien! tant mieux; quoique je ne me sente pas disposé pour le quart d'heure à entrer en discussion avec lui, il ne refusera pas de me fournir les indications dont j'ai besoin.

Il s'avança donc de toute sa vitesse. Peu à peu la raison lui revenait, chassant les illusions de la nuit, du silence et de la fièvre. Néanmoins, avant d'entrer, il s'arrêta et plongea un regard curieux dans la chambre par l'ouverture de la porte.

Il revit alors, avec tous ses détails, la scène
qui l'avait tant frappé à son rapide passage pendant la soirée précédente : le grand feu brûlant
dans la cheminée, les tubes de verre, les flacons
et les cornues qui encombraient les meubles;
puis, au milieu de ces objets singuliers, les
hommes vêtus de blanc, qui s'agitaient d'un air
grave, dans une fumée nauséabonde, comme
celle d'une cuisine infernale.

Au milieu de la chambre, sur une espèce de
couche, était étendue une forme humaine, enve-
loppée dans des draperies blanches. De cette
forme, il n'y avait de découvert que le visage, qui
était pâle, immobile, mais d'une beauté idéale.
Les yeux grands ouverts semblaient se fixer sur
l'observateur caché; on eût dit que la bouche
décolorée lui souriait. Des flots de cheveux
blonds et bouclés entouraient cette tête poétique :
c'était la jeune fille dont la séduisante image semblait poursuivre le lycéen depuis quelques heures.

Il demeura fasciné, pétrifié, incapable de
parler. Le corps penché en avant, la poitrine
oppressée, il contemplait cette figure suave qui
semblait toujours lui rendre son regard et lui
sourire. Rêvait-il encore? La fille de l'aubergiste était-elle vivante ou était-elle morte? Une
sueur froide inondait le front du malheureux
jeune homme; un tremblement convulsif parcourait ses membres. Ses pieds demeuraient collés
au sol, et la voix expirait dans sa gorge, qu'une
main de fer semblait comprimer.

Une minute d'effroyables souffrances se passa

ainsi. Enfin, un des hommes vêtus de blanc dit
quelques mots, dans une langue inintelligible,
à l'un de ses compagnons. Celui-ci, qui tenait
à la main un long couteau, déjà marqué de
taches rouges, s'avança et écarta brusquement les
linges qui enveloppaient le corps.

Horrreur !

Cette fois le charme se rompit. Le pauvre
lycéen recouvra tout à coup la liberté de se mou-
voir. Il laissa échapper un cri terrible et s'é-
lança dans la chambre en hurlant :

— Assassins !... bourreaux !... démons !...

Il agitait le bras avec menace ; mais bientôt il
tomba à la renverse et resta évanoui. . . . .

.   .   .   .

Quand il revint à lui-même, il crut sortir d'un
profond sommeil ; et, en effet, à la suite de son
évanouissement, comme il arrive après les fortes
crises nerveuses, un sommeil réparateur avait
rétabli l'équilibre dans ses facultés.

Il était grand jour, et la tempête avait cessé au
dehors, ainsi qu'on en jugeait à un rayon de
soleil qui frappait sur la fenêtre. Le lycéen se
trouvait dans la chambre verte, et il était couché
à demi-vêtu sur le lit. Aucun soin ne lui avait
manqué sans doute, et quelques flacons, étalés
sur la table, témoignaient qu'on avait dû recourir aux boissons éthérisées pour lui faire reprendre ses sens.

Il promena autour de lui un regard hébété.
Evidemment, il ne s'expliquait pas sa présence
dans ce lieu inconnu et cherchait à rassembler

ses souvenirs. Comme il essayait de se soulever, une personne, qui était assise derrière le rideau et qu'il n'avait pas aperçue encore, se pencha vers lui et demanda d'un ton amical :

— Vous voilà donc éveillé, mon garçon? Comment êtes-vous à présent?

Le lycéen se tourna avec curiosité vers celui qui venait de parler: c'était le commandant Duplessis, en négligé de maison, tout pâle et fatigué lui-même, après une nuit d'insomnie. Sans doute il n'était pas connu du jeune homme, car celui-ci répliqua distraitement :

— Assez bien, quoique je ressente une lassitude extrême... Ah çà, monsieur, pourriez-vous me dire qui vous êtes et ce qui m'est arrivé?

— Vous avez éprouvé une cruelle secousse, mon enfant. Aussi, quelle imprudence de vouloir, à votre âge, être témoin... Je connais quelqu'un dont pourtant les nerfs sont solides, qui n'eût pu supporter ce spectacle.

— Que dites-vous? Je ne comprends pas... Il me semble que j'ai eu cette nuit un affreux cauchemar...

— Laissons cela, interrompit le commandant un peu alarmé; tranquillisez-vous, et ces horribles images s'effaceront. Ah! mon cher Victor, poursuivit-il d'un ton différent, vous eussiez peut-être mieux fait de ne pas vous enfuir de votre lycée à Paris, ce qui va certainement affliger votre mère!

Celui qu'il avait appelé Victor se redressa vivement :

— Vous savez mon nom ? s'écria-t-il.

— Oui, et j'ai réclamé la faveur de vous donner des soins dans cette maison où tout est sens dessus dessous pour le quart d'heure.

— Alors, vous, monsieur, vous êtes le commandant Charles Duplessis ?

— Il est vrai, et j'ai l'honneur d'être votre parent.

— On m'assure cependant que vous avez été le mortel ennemi de mon père, qui faillit mourir de votre main...

— Vous ne connaissez pas encore le fond des choses, Victor, et je ne suis pas aussi coupable que vous le croyez. En ce moment surtout, j'ai certains projets...

— C'est justement sur ces projets, commandant Duplessis, reprit Victor avec emphase, que je désire obtenir de vous des explications. A Paris, j'en ai entendu dire quelques mots par mon correspondant qui, ainsi que vous le savez peut-être, est un ancien ami de ma famille. Alors, j'ai pris une certaine détermination, et comme on refusait de me laisser sortir, j'ai trouvé moyen de m'échapper du lycée. Avec mes petites économies personnelles et une modeste somme que j'ai empruntée à un camarade, j'ai payé mon voyage en chemin de fer, et je suis arrivé ici hier au soir. Je comptais poursuivre ma route jusqu'au Barral, où ma mère est installée maintenant, je ne sais à quel titre ; mais le mauvais temps m'a retenu dans cette auberge. D'ailleurs, j'ai appris que vous l'habitiez, et je tenais particulièrement à me rencontrer avec vous.

Malgré le ton fier, presque provoquant, avec
lequel l'écolier fugitif avait prononcé ces paroles,
Charles Duplessis ne parut en ressentir aucune
colère.

— Eh ! mais, dit-il en souriant, quoique cette
jeune tête soit passablement chaude, il y a dedans
de l'énergie et de nobles susceptibilités... Mais
avez-vous songé, monsieur Victor, combien votre
démarche actuelle sera blessante pour votre
mère, qui a droit à toute votre tendresse comme
à tous vos respects ?

Cette observation toucha le lycéen, qui pourtant
se raidit contre sa faiblesse.

— Je n'ai besoin de personne, répliqua-t-il,
pour me rappeler le respect et l'affection que je
dois à ma mère. Seulement, peut-être obéit-elle
à des entraînements généreux, contre lesquels
mon devoir est de la prémunir...

— Voyez-la donc d'abord, jeune homme, interrompit le commandant en prêtant l'oreille à un
bruit assez fort qui venait de l'autre extrémité de
la maison ; si elle peut me reprocher un acte ou
une parole depuis que mes relations se sont re-
nouées avec elle, je vous fournirai toutes les explications qu'il vous plaira.

— Soit, reprit Victor d'un ton délibéré en se
disposant à descendre de son lit ; je vais me rendre
sur le champ au Barral.

— Croyez-vous en avoir la force ?

— Sans aucun doute.

Contrairement à cette affirmation, dès que Victor Duplessis fut debout, il lui sembla que tout

tournait autour de lui, et il dut s'appuyer sur
meuble pour ne pas tomber. Néanmoins ce vert
ne tarda pas à se dissiper, et il se redressa en l
butiant :

— Ce n'est rien... Je suis tout à fait remis.

Le commandant continuait d'écouter ce qui
passait à l'autre extrémité de la maison. Bien
quelqu'un marcha d'un pas furtif dans le cor
dor, et un de ces hommes vêtus de blanc
avaient tant effrayé Victor la nuit précédente
glissa dans la chambre.

Ce personnage mystérieux, hâtons-nous de
dire, n'était autre que le docteur Bonivet. S
costume blanc provenait de ce qu'il était en h
de chemise et affublé d'un tablier de toile qui
couvrait du haut de la poitrine jusqu'aux pieds,
un tablier de chirurgien. Le docteur parais
cruellement fatigué.

A la vue de Victor, il dit avec un sourire :

— Ah ! voilà notre jeune homme guéri !]
eu, ma foi, une rude peur... Juste châtiment
la curiosité !... Mais une promenade au grand
achèvera de le remettre.

Victor, pour qui les événements de la n
n'étaient pas encore bien intelligibles, observ
avec étonnement cet homme à l'accoutrement l
zarre, qui lui inspirait une vague frayeur, en c
pit de ses prétentions au courage viril. On
lui laissa pas le temps de réfléchir.

— Docteur, demanda le commandant Dupl
sis, avez-vous terminé vos opérations ?

— Oui, répondit tristement Bonivet ; le cl

de la commission rédige le rapport que nous allons signer.

— Et... à quoi concluez-vous?

— Je ne devrais pas le dire, et peut-être fais-je mal en divulguant ainsi avant l'heure le résultat de nos recherches; mais j'éprouve une pitié si profonde!... Hélas! commandant, je ne m'étais pas trompé : la mort a pour cause une action criminelle... Nous avons trouvé de l'arsénic dans les vases, dans les boissons, aussi bien que dans les organes de la victime.

Le commandant ne put retenir un juron.

— Ne reste-t-il aucun doute? demanda-t-il.

— Aucun; l'appareil de Marsh nous a fourni une notable quantité de poison à l'état métallique, qui formera une pièce à conviction... Maintenant notre tâche est finie, et celle de la justice va commencer. Or, la justice ne paraît pas vouloir perdre de temps, car le membre du parquet qui procède à l'enquête, et qui a reçu l'hospitalité cette nuit chez le maire Chamusset, vient d'arriver à l'auberge. En apprenant nos conclusions, il s'est hâté de préparer un mandat d'amener.

— Et ce mandat est lancé contre...

Le docteur fit un signe d'affirmation.

— C'est une infamie! s'écria Duplessis avec véhémence; Mlle Claudine n'a pu... N'importe! ajouta-t-il aussitôt; il faut la prévenir et la soustraire aux conséquences de cette odieuse accusation. Je vais m'habiller prestement et monter à cheval; en quelques minutes je serai au château.

— Croyez-vous donc que l'on vous permettra
de sortir?... Regardez.

Bonivet désigna la fenêtre, qui donnait sur
la cour : un gendarme était en faction près de la
grille et semblait avoir pour consigne d'empêcher
qui que ce fût de sortir ou d'entrer.

— Un autre gendarme est en sentinelle au bas
de l'escalier, ajouta-t-il, et tout à l'heure encore
il a refusé passage à Fanchette, qui allait tirer un
seau d'eau au puits.

— Mais moi, moi, docteur, pensez-vous qu'on
oserait...

— Vous comme un autre, commandant; la justice n'est pas complaisante, vous savez... Et si vous
voulez savoir toute ma pensée, c'est de vous particulièrement qu'on redoute des indiscrétions. L'intérêt que vous avez témoigné pour Claudine, la
chaleur que vous avez mise à la défendre hier au
soir, ont éveillé la défiance du magistrat... Peut-
être moi-même ne suis-je pas à l'abri de certains
soupçons... On nous surveille, j'en ai la certitude,
et on veut nous empêcher de donner avis au dehors de ce qui se passe.

— Peut-être avez-vous raison, et si j'essaie de
sortir, on me fera quelque avanie... Cependant, il
le faut; n'importe comment, il faut que je me
rende au Barral.

Pendant cette conversation, qu'il n'avait entendue que d'une manière très-imparfaite, Victor
Duplessis s'était rhabillé et avait rejeté son caban
sur ses épaules. Son premier mouvement fut
de se rapprocher de la table où, la veille au soir,

il avait déposé le portrait de Juliette ; mais ce portrait avait disparu, et rien ne pouvait plus rappeler les événements de la soirée précédente.

Comme il demeurait pensif, il fut frappé des paroles que le commandant venait de prononcer.

— Le Barral ! répéta-t-il ; mais j'y vais, moi... Et j'espère bien que nul ne cherchera à y faire obstacle.

— Hum ! cela n'est pas certain, dit le docteur, car la consigne doit être générale. Néanmoins, si vous vouliez employer le moyen que je vous indiquerai, vous seriez bientôt hors d'ici.

— Ce moyen, quel est-il ?

— Nous n'avons que deux gendarmes à Pierrefitte : l'un garde la grille de la cour ; l'autre est en faction au bas de l'escalier. Mais il n'existe pas de surveillance du côté du jardin, et en faisant un saut d'une dizaine de dix pieds, là, par la fenêtre du corridor, on pourrait quitter la maison sans être vu de personne.

— Au lycée, j'ai eu le premier prix de gymnastique, reprit Victor en se rengorgeant, et un pareil saut ne serait qu'un jeu pour moi... Seulement, je ne sais s'il conviendrait de m'échapper d'une auberge par la fenêtre et sans avoir payé ma dépense.

— Ces scrupules sont puérils, dit Charles Duplessis ; il s'agit d'une circonstance grave, et quant à votre dépense ici, je m'engage à la solder au bonhomme Baptiste ; vous ou votre mère, vous m'en tiendrez compte plus tard... Le moyen proposé par le docteur est le plus pratique et le meil-

leur... Partez donc, je vous en conjure... Vous
sauverez ainsi une personne injustement accusée,
que votre mère a prise sous sa protection et à qui
elle a donné asile.

— Quoi donc! il s'agit d'une protégée de ma
mère?

— Oui, et Mme Duplessis, ainsi que l'excellente
Florence, partagent l'intérêt que cette personne
inspire au docteur et à moi. Allez les trouver
promptement; dites-leur qu'il importe que la
jeune fille se cache, car un mandat va être lancé
contre elle...

— Fort bien, monsieur, reprit le pointilleux
Victor; mais, avant tout, je désirerais m'informer
du motif...

Une nouvelle rumeur s'éleva à l'extrémité du
corridor; on courait, on appelait.

— C'est moi que l'on cherche, dit le docteur;
on veut sans doute me faire signer le rapport mé-
dical... Messieurs, vous êtes avertis; ce que vous
devrez faire, faites-le sans retard.

Et il sortit. On l'entendit répondre à quelqu'un
qui l'interpellait vivement :

— Hé! monsieur, ne devais-je pas m'occuper
un peu de mon petit malade? Heureusement nous
avons affaire à un solide gaillard, et, ce matin, il
est plus fringant que jamais.

Aussitôt que le bruit de voix eut cessé, le commandant dit à Victor :

— Vous voyez, mon cher enfant, que le temps
presse... Venez; je vais vous conduire.

Tout en parlant, il entraînait Victor vers le corridor voisin. Là, il ouvrit une fenêtre qui, en effet, donnait sur un jardin assez mal entretenu, et s'assura qu'il n'y avait personne en sentinelle de ce côté.

— C'est un peu haut, dit-il ; mais la terre au-dessous est molle et détrempée par la pluie.

— Croit-on qu'un pareil saut puisse m'effrayer ? répliqua Victor Duplessis dédaigneusement. Toutefois, monsieur, il est bien entendu qu'en prenant un parti si peu digne, j'obéis seulement au désir de revoir ma mère et de rendre service à une personne qu'elle protége.

— Bien, bien, faites les réserves que vous voudrez ; mais, pour Dieu ! partez vite.

Victor regarda son parent d'un air qu'il croyait plein de majesté ; puis, enjambant l'appui de la fenêtre, il s'élança dans le jardin avec une aisance, une légèreté qui prouvaient qu'il n'avait pas exagéré ses talents en gymnastique.

Il ne put éviter pourtant de tomber à la renverse, car le sol n'avait aucune consistance ; mais il se releva aussitôt, adressa au commandant un signe de la main, et se dirigea vers une porte en treillis s'ouvrant sur la campagne.

XIV

LE DÉNONCIATEUR.

Il y avait, dans le vieux logis du Barral, une petite pièce, ignorée de la plupart des gens de la maison, et dans laquelle Mme Florence avait installé Claudine Pichard. Elle recevait quelque lumière d'une lucarne que cachaient au dehors les ornements d'architecture, et on y pénétrait par le salon, au moyen d'une porte basse et solide soigneusement dissimulée dans la boiserie. Ce réduit, abandonné depuis longtemps et où les araignées avaient pu ourdir leurs toiles dans un calme parfait, n'avait pour mobilier qu'une mince couchette, apportée à la hâte pendant la soirée précédente, un fauteuil de bois vermoulu et une table de forme antique dont on avait mal essuyé la poussière.

Claudine s'était jetée tout habillée sur la misérable couche, et sans doute elle n'y avait pas joui d'un bon sommeil, car, dès les premières lueurs du jour, elle fut debout.

Lorsque Mme Florence entra dans cette espèce de cachot, portant sur un plateau le déjeûner de la jeune fille, celle-ci s'avança précipitamment au devant d'elle.

— C'est inutile, ma bonne dame, dit-elle ; je

ne prendrai rien, car je désire retourner sur le champ à Pierrrefitte.

La gérante déposa le plateau sur un meuble et répliqua avec rudesse :

— Ah çà ! es-tu folle, petite, et songes-tu à ce que tu demandes ? Que dirait Mᵐᵉ Duplessis, qui, tout à l'heure encore, s'informait de toi ?

— Je suis bien reconnaissante à Mᵐᵉ Duplessis et à vous ; mais j'ai beaucoup réfléchi la nuit dernière : me cacher, c'est m'avouer coupable d'un crime dont on m'accuse.

— Tu es donc innocente ? Là... bien vrai, tu es innocente ?

Claudine eut un mouvement d'indignation.

— Ce doute est une insulte pour moi, madame ; et, si j'étais un monstre, quelle excuse allégueriez-vous pour m'avoir donné asile ?

— Bien riposté... Je te crois, petite ; oui, je te crois ; mais ce n'est pas moi qu'il faut convaincre, et il y a là-bas des personnes dont c'est la profession de soupçonner le mal... Allons ! consens à rester encore ici ce matin. Les choses vont se décider d'un moment à l'autre, et l'on saura...

— Que saura-t-on, madame Florence ?

— La vérité... vraie... quoi ! Alors, sans doute, tu pourras rentrer en triomphe à Pierrefitte et faire la pique aux vilaines gens.

— Je ne vous comprends pas ; mais, quoi qu'il arrive, je ne resterai pas plus longtemps hors de chez moi... D'ailleurs, ne vous ai-je pas déjà dit que l'existence était pour moi un insupportable fardeau ? Je n'ai plus le courage de la défendre.

— Ta... ta... ta !... En voilà des histoires !
Est-ce qu'on pense à la mort ? Allons ! je devine
d'où vient ton chagrin : tu es amoureuse, n'est-ce
pas ? Je parie que tu es amoureuse !

Une vive rougeur se répandit sur le visage de
Claudine.

— Madame Florence ! balbutia-t-elle.

— Ah ! tu sais que je ne mâche pas mes mots,
moi !... Au fait, cela te regarde... Pour ce qui
est de t'en aller avant que nous ayons des nouvelles, n'y songe plus, ma chère. On m'a chargée
de te garder, et je te garde. Si tu as une tête de
fer, j'en ai une aussi, et on verra bien laquelle des
deux sera la plus dure

— Ma bonne madame Florence, de grâce, ne
me retenez pas davantage.

— Et toi, petite, ne t'obstine pas... quelques
heures passeront bien vite... En attendant, mange
et bois, car, depuis que tu es ici, tu n'as pas encore avalé une bouchée. Je reviendrai te voir plus
tard ; mais madame est déjà descendue, et je l'entends causer dans le salon. Il faut que je sache...
Vois-tu, ma pauvre Claudine, les choses ne
marchent pas tout à fait au Barral comme je le
voudrais.

— Mme Duplessis est pourtant une excellente
dame... Je suis sûre qu'elle ne voudra pas, elle,
s'opposer à mon départ.

— Ah ! tu m'ennuies à la fin ! Si tu insistes tant
pour t'en aller, c'est sans doute que tu as quelque
mauvais dessein contre toi-même... Mais pas de
ça... Tu es ici, restes-y... Bonjour !

Et Mme Florence sortit en faisant claquer la porte qui communiquait avec le salon. Comme cette porte s'ouvrait en dedans, la prisonnière se disposait à suivre la gérante ; mais le bruit qui s'élevait dans la première pièce la fit changer de résolution, et elle s'assit dans le vieux fauteuil, en attendant l'occasion de recouvrer sa liberté.

Mme Duplessis, en effet, était au salon, et, avant d'entrer chez sa protégée, elle s'était arrêtée pour lire plusieurs lettres que le facteur rural venait d'apporter. Une de ces lettres semblait lui causer une certaine émotion, quand elle entendit parler avec vivacité dans le vestibule, et bientôt quelqu'un s'écria d'un ton arrogant :

— Laisse-moi donc, imbécile ! Je ne suis pas venu ici depuis longtemps, et tu ne sais pas qui je suis... mais tu vas l'apprendre.

En même temps, Victor fit irruption dans le salon, suivi de près par le domestique, qui s'arrêta tout effaré à l'entrée. Le lycéen lui jeta son caban et son képi, puis il courut vers Ernestine.

— Ah ! chère maman ! dit-il, vous ne vous attendiez guère à me voir.

Mme Duplessis n'avait pu d'abord retenir un cri de joie ; néanmoins, en embrassant son fils, elle répliqua avec un accent sévère :

— Victor... enfant indomptable, brouillon incorrigible !... Je viens d'apprendre par une lettre de ton proviseur que tu t'es sauvé du lycée, et j'éprouvais déjà une mortelle inquiétude. Apprends-moi donc pour quel motif...

— Eh bien, chère maman, supposez que je n'ai

pu rester plus longtemps loin de vous... vous
pour qui j'ai une affection si vive.. D'autre part,
le lycée est bien ennuyeux, et on y est facilement
pris du spleen... Enfin, maman, s'il faut l'avouer,
il m'a semblé que j'avais le droit, à mon âge, de
savoir ce qui se passe ici, et il me sera bien permis de m'informer...

— Comment, monsieur, interrompit Mme Duplessis, me faudra-t-il justifier ma conduite devant
vous ? Vous pourriez me trouver un peu rebelle
à vos volontés ; je vous en avertis... Mais, allons !
poursuivit-elle avec une apparente indulgence
qui pouvait cacher une inquiétude réelle, ce n'est
pas le moment de t'adresser des reproches. Te
voilà au Barral ; sois le bien venu, et ne me sus-
cite pas de nouveaux chagrins avec tes folies.

Victor allait répondre, quand la gérante entra
dans le salon. Le lycéen s'avança vers elle et
l'embrassa.

— Ah! madame Florence, s'écria-t-il, ne me
reconnaissez-vous pas ?

La gérante, peu habituée à de semblables ca-
resses, avait eu, en effet, un mouvement brusque
pour les repousser ; mais elle se ravisa aussitôt.

— Sainte Vierge ! dit-elle, c'est monsieur Victor !... Voyez donc, madame, comme il est devenu
fort et grand ! Je disais bien que c'était un
homme !

Et elle adressa à sa maîtresse un regard qui
semblait ajouter : « et un homme avec lequel il
faudra compter sans doute. »

— Vous le gâtez, Florence ; ce n'est qu'un en-

fant volontaire, présomptueux, et qui me cause
bien des ennuis... Mais il paraît très-fatigué du
voyage ; il a les yeux battus, et il a besoin de réparer ses forces.

— Eh bien ! madame, je vais donner l'ordre...

— Oh ! maman, ne soyez pas trop en peine de
moi. Quoique je n'aie pas passé une bonne nuit,
j'ai couché à l'auberge du Chêne-Vert, à Pierrefitte.

— Tu viens de Pierrefitte ? du Chêne-Vert ?

— Oui, et précisément vous me faites souvenir
que j'ai une commission pressée pour vous...
Ne se trouve-t-il pas ici une jeune fille à laquelle
vous vous intéressez et à laquelle vous avez donné
asile ?

— Oui, M\ue Claudine Pichard, la fille de l'aubergiste.

— La fille ! répliqua Victor profondément
troublé ; mais alors elle est la sœur de... de...

— De celle que l'on a enterrée hier, acheva
Mme Florence. Enfin, monsieur Victor, de quelle
commission vous a-t-on chargé à propos de Claudine ?

— Je... je ne sais plus... Ah ! c'est la sœur de...
Attendez, je crois me souvenir... Oui, c'est cela...
Il faut qu'elle parte, qu'elle se cache sans perdre
un instant.

— Bonté divine !... Et qui vous a dit qu'elle devait partir ?

— Le commandant Duplessis.

— Le commandant ! répéta Ernestine. Quoi !
Victor, tu as déjà vu le commandant ?

Victor ne se hâtait pas de répondre. Il passait
et repassait la main sur son front, comme pour
aider le travail de sa pensée. Les images lugubres
de la nuit précédente, images que ses préoccupations de famille avaient effacées un moment, lui
apparaissaient de nouveau à cette heure avec une
netteté et une énergie surprenantes.

Mme Duplessis remarqua son malaise.

— Mon Dieu ! qu'as-tu donc, mon fils ? s'écria-
t-elle.

— Rien, rien, répliqua-t-il ; mais je ne puis
m'expliquer... Ma cervelle est comme un chaos...
Qu'y a-t-il de faux, qu'y a-t-il de vrai dans ce
que j'ai vu ou cru voir ? Ainsi, c'est la sœur de
cette belle personne aux cheveux blonds qui...

Il se laissa tomber sur un canapé, en prenant
sa tête dans ses mains.

— Il aura entendu quelque chose là-bas, murmura Florence. Mais, madame, que faut-il faire
à l'égard de Claudine ? Je suppose que vous ne
voulez pas l'abandonner ?

— Non, certes ; en dépit de la clameur publique, je ne peux croire cette pauvre enfant coupable.

— Et moi de même ; alors il s'agit de la soustraire à la justice ; mais comment ? Tout le pays lui
est contraire, et si elle sort d'ici, elle est perdue. Il
vaudrait donc mieux qu'elle restât dans le cabinet
noir, où personne n'irait la découvrir, car les
gens de la maison sont sûrs.

— Mais enfin, s'écria Victor avec une mortelle
anxiété, qu'a donc fait cette jeune fille ?

On entendit un piétinement de chevaux dans la cour, puis des bottes éperonnées résonnèrent, et un gendarme se montra sur le seuil de la porte, son tricorne à la main.

— Mesdames, dit-il avec politesse, ne vous effrayez pas... J'ai ordre de visiter la maison pour y chercher Mlle Claudine Pichard, contre laquelle je suis porteur d'un mandat, à moins que vous ne consentiez à me la livrer volontairement.

Le gendarme était un gros bonhomme à la figure réjouie, qui n'avait rien de bien redoutable. A Pierrefitte, il se tenait dans les meilleurs termes avec la population qu'il avait mission de surveiller. Toutefois, à sa vue, Mme Duplessis et Florence elle-même étaient restées d'abord interdites ; enfin la gérante répondit sèchement :

— Il n'y a personne ici que nous autres, monsieur Gérardin. Cherchez si vous voulez ; mais il n'y a personne.

— Allons donc ! Au su de tout le monde, madame Duplessis-Barral, ici présente — une dame que j'honore, ajouta le gendarme en s'inclinant, — a recueilli hier la demoiselle dans sa voiture et l'a amenée au Barral.

— Il est possible qu'elle y ait été amenée hier, mais elle ne s'y trouve pas aujourd'hui. Du reste, je vous le répète, cherchez... Vous êtes libre de chercher.

Le gendarme se gratta l'oreille ; il n'avait avec lui qu'un camarade qui attendait dans la cour, et, à eux deux, ils représentaient, comme nous savons, toute la force publique de Pierrefitte. Or, en présence de ce mauvais vouloir évident, il ne pouvait guère espérer de découvrir Claudine dans cette vaste habitation, pleine de détours, de corridors et d'escaliers.

Pendant qu'il demeurait perplexe, ses yeux s'arrêtèrent sur Victor.

— Ah ! mon garçon, lui dit-il d'un ton moitié railleur et moitié sérieux, n'est-ce pas vous qui, ce matin, êtes sorti par la fenêtre de l'auberge du Chêne-Vert?... Une manière de sortir qui, hum ! peut donner de drôles d'idées !

Victor fut blessé du soupçon que contenaient ces paroles.

— Monsieur, dit-il avec effort, je m'appelle Victor Duplessis-Barral ; je suis aspirant à l'école militaire de Saint-Cyr, et je suis ici chez ma mère.

— Oui, dit Ernestine ; c'est mon fils, mon cher Victor... Le désir extrême de me revoir...

— Alors tout s'explique, répliqua le gendarme ; mais ce n'est pas de cela qu'il s'agit... J'ai ordre de trouver Claudine Pichard, et il faut que je la trouve.

Il fit un mouvement comme pour commencer ses perquisitions. Victor, sous l'influence de son idée fixe, demanda de nouveau :

— Enfin, monsieur, pourquoi voulez-vous arrêter cette Claudine, et quel crime a-t-elle commis ?

— Quoi ! vous ne le savez pas ? On ne parle pourtant que de cela dans la commune. Elle est accusée d'avoir, par jalousie empoisonné sa sœur Juliette, une fort jolie demoiselle, qui devait épouser le fils de M. le maire... et il n'y a pas à dire non, car on assure que messieurs les experts viennent de découvrir « aussi gros que moi » de poison dans le corps de la défunte.

L'exagération un peu hardie du brave militaire n'appela aucun sourire sur les lèvres des assistants. Quant à Victor, son égarement redoubla.

— Elle a empoisonné sa sœur ! répéta-t-il, et sa sœur était cette belle personne aux cheveux blonds... Mais est-elle vraiment morte ? Elle me regardait, elle me souriait... Puis l'homme s'est avancé avec son scalpel sanglant... Mon Dieu !

Et il se renversa sur le canapé, en proie à une crise nerveuse. Sa mère courut à lui.

— Qu'as-tu, Victor ? s'écria-t-elle ; voyez, Florence, il se trouve mal !

— Bah ! je sais d'où cela vient ! reprit le gendarme en clignant des yeux ; il paraît que votre jeune homme a eu la curiosité, la nuit dernière... Ça se croit « fendant, » mais c'est jeune, et ce n'est pas encore solide au poste.

Ernestine faisait respirer des sels à son fils pendant que Florence apportait un verre d'eau. Victor, tout à fait hors de lui, reprit d'une voix entrecoupée :

— Arrêtez-la, gendarme ; arrêtez cette infâme empoisonneuse... Elle est ici, je le sais... Elle y est, je vous l'affirme.

— Ne l'écoutez pas ! s'écria Mme Duplessis ; vous voyez bien qu'il délire !

La frénésie de Victor ne céda pas devant l'intervention de sa mère.

— Oui, oui, elle est dans la maison ! poursuivit-il ; on a voulu m'employer à son salut, parce que j'ignorais encore... Mais ne vous découragez pas... Prenez-la, livrez-la au bourreau... Il faut que la mort de l'ange soit vengée... Pas de pitié pour l'empoisonneuse !

De violentes convulsions l'empêchèrent d'en dire davantage.

Pendant que Mme Florence aidait Ernestine à contenir le malheureux Victor, le gendarme reprit d'un ton piqué :

— Suffit ; il paraît qu'on a voulu me *rouler ;* mais je sais ce qu'il me reste à faire... Et dussé-je démolir le château...

— C'est inutile, monsieur, dit tout à coup une voix nouvelle ; je ne saurais rester ici contre le vœu de personne... Me voici !

La porte secrète s'ouvrit, et Claudine entra.

Sa contenance était ferme, sans forfanterie. Ses yeux avaient un éclat surprenant. Sous son voile de crêpe rejeté en arrière, avec ses formes sculpturales que dessinaient ses vêtements noirs, elle était magnifique de courage, de dignité et de douleur.

Mme Duplessis et Florence ne purent retenir un geste de regret. Victor la regarda fixement, et tendant le bras vers elle, il balbutia :

— Oh ! l'empoisonneuse ! l'empoisonneuse !

— Que Dieu vous pardonne, monsieur, répliqua doucement Claudine, cette cruelle parole ! Vous êtes plus sévère que ma conscience qui ne me reproche rien, plus sévère que mes juges

qui, je n'en doute pas, reconnaîtront mon innocence... Je vous remercie, mesdames, pour l'intérêt que vous m'avez témoigné... Monsieur Gérardin, je suis prête à vous suivre.

Victor demeura immobile et muet.

La noble résignation de Claudine avait touché
le gros gendarme lui-même.

— Je suis désolé de ce qui arrive, dit-il avec
gaucherie; je connais bien votre brave homme de
père, et je sais que vous-même... Mais le devoir...
vous comprenez.

— Vous n'avez pas à vous excuser... Partons
donc... Vous allez me conduire à Pierrefitte, sans
doute ?

— Non, mademoiselle; le magistrat du parquet et les autres messieurs sont déjà repartis
pour la ville. C'est donc à la ville que j'ai ordre de
vous amener.

Il n'y avait plus aucun moyen de soustraire
Claudine à l'action de la justice ; Mme Duplessis et
la gérante le comprirent, et comme Victor paraissait tout à fait calme maintenant, elles ne songè-
rent plus qu'à procurer à la prisonnière tous les
soulagements en leur pouvoir. La ville était à trois
lieues de là, et un semblable trajet paraissait impossible à pied. Florence proposa de faire at-
teler une cariole qui servait à l'exploitation du
domaine. Un valet de ferme monterait sur le
siége, et Gérardin devait occuper l'intérieur avec
Mlle Pichard, pendant que son compagnon ra-
mènerait les chevaux à Pierrefitte. L'agent de
la force publique accepta avec plaisir cet ar-

rangement, que l'on se mit aussitôt en devoir
d'exécuter.

Gérardin appela son camarade, afin de s'entendre avec lui, et Florence courut à la ferme.
Pendant ce temps, Mme Duplessis s'assit à côté de
Claudine et lui donna tout bas des consolations,
des encouragements.

— Ah ! madame, disait la jeune fille d'un air
accablé, le monde entier m'abandonne !

Mme Florence revint bientôt, apportant un pa-
nier qu'elle avait bourré, non seulement de pro-
visions, mais encore de tous les objets qu'elle jugeait utiles à la prisonnière. Elle y avait même
glissé un peu d'argent de sa propre bourse.

On se rendit dans la cour, où la voiture attendait. Les gens de la ferme et du château se grou-
paient çà et là d'un air triste. Mme Duplessis, puis
Florence, embrassèrent Claudine; l'une et l'autre
pleuraient. Comme Claudine allait prendre place
dans la cariole à côté de Gérardin, Mme Florence
lui dit encore :

— Courage, pauvre petite !... Des temps meilleurs viendront pour toi, et je souhaite que la vérité soit promptement reconnue.

— Souhaitez plutôt, madame, répliqua la jeune
fille, que la mort vienne promptement terminer
mes souffrances !

La voiture partit. Mme Florence et les gens de
la maison restèrent à causer sur le pas de la
porte. Quant à Mme Duplessis, inquiète au sujet
de son fils, elle s'était hâtée d'aller le rejoindre au
salon.

Elle le trouva assis à la même place, le visage rouge, les yeux hagards.

— Ah ! mon enfant, lui dit-elle, qu'as-tu fait ? Cette pauvre créature ne méritait pas...

Mais, remarquant l'état de prostration du lycéen, elle s'écria d'un ton alarmé :

— Tu es malade, Victor ! Mon Dieu ! ce voyage, ces fatigues, ces agitations... Allons ! viens dans ta chambre ; appuie-toi sur moi... Il faut te coucher bien vite !

Victor se laissa conduire machinalement ; ses jambes fléchissaient sous lui, et il fût tombé, si sa mère ne l'avait soutenu.

Comme Mᵐᵉ Florence allait rentrer, le commandant Duplessis arriva à cheval. Ayant mis pied à terre, il s'approcha avec empressement de la gérante.

— Où est-elle ? demanda-t-il à voix basse.

— Qui ? Mᵐᵉ Duplessis ?

— Non, non... Elle... Claudine ?

— Ah ! je croyais... Eh bien ! Claudine est partie pour la ville, dans la cariole, avec un gendarme.

Le commandant poussa un juron, en frappant du pied.

— Il fallait la cacher, il fallait la défendre, dit-il ; j'avais recommandé...

— Hélas ! monsieur, elle s'est livrée elle-même.

— Elle veut donc périr ? Les charges contre elle sont accablantes, et sa condamnation paraît certaine... Mais vous dites qu'elle est dans la ca-

riole avec un seul gendarme ; je vais les rejoindre,
et je ne la laisserai pas emmener, ou que le diable
m'emporte !

Il fit mine de se remettre en selle ; Mme Florence le retint avec hardiesse.

— Y songez-vous ? reprit-elle ; une pareille
violence convient-elle à votre âge, à votre rang,
et croyez-vous que Claudine aurait sujet de vous
en être reconnaissante ?

Charles Duplessis réfléchit quelques instants.

— C'est juste, madame Florence, répliqua-t-il ;
une démarche imprudente pourrait avoir pour
elle des conséquences fâcheuses... N'importe ! je
vais suivre la voiture et m'assurer que l'on traite
bien cette pauvre enfant. Qui sait même si, dans
le trajet, je ne trouverai pas une occasion de lui
rendre service ?

— Et quel service pourriez-vous lui rendre ? Il
n'y a rien à faire pour le moment... Ne voudriez-
vous pas plutôt voir votre parente, Mme Duplessis,
avec laquelle je suppose que vous avez à vous entendre sur beaucoup de choses, et son fils, M. Victor, qui vient de nous tomber des nues ?

— J'ai déjà vu Victor. Quant à Mme Duplessis,
présentez-lui mes compliments... Elle recevra ma
visite... bientôt.

En même temps, Duplessis remonta à cheval
et partit dans la direction de la voiture.

Mme Florence se hâta de rejoindre sa maîtresse.

— Ça devient de plus fort en plus fort, murmura-t-elle ; il a l'air d'avoir peur de madame à
présent !

Dans l'après-midi, on envoya un exprès à Pierrefitte pour mander le docteur Bonivet. A la suite
de tant de secousses, Victor avait été pris d'une
fièvre cérébrale.

XV

LA PROMENADE.

Plus d'un mois s'était écoulé depuis les événements que nous venons de raconter.

Pendant une partie de ce temps, on avait craint
pour l'existence de Victor. En proie au plus affreux délire, il revoyait sans cesse les lugubres
images de la nuit qu'il avait passée à l'auberge
du Chêne-Vert. Enfin, grâce aux soins de sa
mère et de Florence, grâce au docteur qui venait deux fois par jour de Pierrefitte, le lycéen
n'avait pas tardé à entrer en convalescence, si
bien qu'au moment où se renouent les fils de ce
récit, il faisait une promenade à pied en compagnie d'Ernestine.

Le temps, doux et chaud ce jour-là, convenait
fort bien à un convalescent. Quelques nuages
voilaient par intervalle la face du soleil, et un
vent tiède courait à travers les arbres. Aussi Victor semblait-il renaître sous ce souffle vivifiant, et
quoique sa tunique de lycéen fût devenue un peu
trop large pour son corps amaigri, un vif incar-
nat reparaissait sur ses joues.

La mère et le fils suivaient un sentier qui lon-
geait la rivière, à l'ombre des saules. Non loin de
là passait la route départementale reliant le Barral à Pierrefitte, et sur une éminence, à l'horizon,
se dressait la tour en ruines où le commandant
Duplessis avait été mordu par un serpent. Les
promeneurs s'avançaient vers le moulin, dont le
barrage traversait la rivière et formait une chute
d'eau qui s'entendait au loin, dans le silence de
la campagne. A ce moulin demeurait une vieille
femme, malade en ce moment, qui était une ancienne cliente de la famille Duplessis, et Ernestine, voulant avoir de ses nouvelles, dirigeait de ce
côté la promenade.

On marchait à pas lents ; Mme Duplessis et Victor avaient sans doute, chacun de son côté, des
motifs de préoccupation, car ils n'échangeaient
que de rares paroles. Ernestine finit par attribuer
la taciturnité de son fils à la fatigue, et, malgré sa
résistance, elle l'obligea de s'asseoir avec elle au
pied d'une haie touffue, à quelques pas du sentier.

Comme Victor passait la main sur son front
d'un air de malaise, elle lui demanda :

— Est-ce que tu souffres, mon enfant?

— Non... pas comme vous le pensez, du moins.

— Je gage que tu as encore l'esprit obsédé de
ces visions qui te poursuivaient pendant ta dernière maladie... Pauvre Victor ! comme tu as
expié durement ta folle escapade, ton humeur
turbulente et brouillonne ! Cependant, le docteur
affirme qu'en reprenant des forces, tu parviendras
sans peine...

— Ce n'est pas cela, maman, répliqua le lycéen avec une sorte d'impatience ; la fièvre est
partie ; je ne songe plus qu'aux réalités, et ces
réalités deviennent chaque jour plus sombres...
Tenez, puisque l'occasion s'en présente, je vous
demande la permission de vous adresser quelques
questions.

Ernestine ne put retenir un mouvement d'inquiétude.

— Non, non, répliqua-t-elle, pas en ce moment... Tu es encore trop faible.

— Ma mère, il est des pensées qui nuisent plus
que tout le reste à mon complet rétablissement,
et peut-être dépend-il de vous que je retrouve le
repos... Il faut que je sache, et j'ai le droit de
savoir, à quel titre nous sommes au château du
Barral. Une inimitié mortelle existait entre mon
père et celui qu'on appelle le commandant Duplessis ; on m'a conté l'histoire de ce duel qui eut
lieu autrefois dans la salle d'armes... Comment se
fait-il donc qu'aujourd'hui...

— Mais toi, Victor, que peux-tu reprocher au
commandant ? interrompit Ernestine. Depuis que
nous sommes ici, ne nous a-t-il pas donné mille
preuves de délicate affection ? Oublions ces anciens démêlés de famille, comme ton père lui-
même avait fini par les oublier... Écoute, mon
enfant ; depuis le malheur qui nous a frappés,
nous n'avons plus qu'un ami, qu'un protecteur :
c'est Charles Duplessis. Lorsque je suis tombée
de la position éminente que je partageais avec mon
mari, je n'ai pu, à cause de toi, à cause de ta

sœur, si jeune encore, me résigner à l'abaissement, à la pauvreté. Charles Duplessis est notre
parent ; pourquoi repousserions-nous ses bienfaits ?

— C'est qu'il est peut-être le seul homme au
monde de qui nous ne pouvons en accepter.

— Tu es injuste et ingrat envers lui, Victor ; il
a toujours témoigné beaucoup d'intérêt pour toi.
Ces derniers temps, quand tu as été si gravement malade, il paraissait partager mon anxiété.
Tu n'ignores pas qu'il passe presque tout son
temps à la ville, afin d'être au courant de ce qui
concerne Claudine Pichard ; il acquitte ainsi sa
dette de reconnaissance envers une personne qui
lui a sauvé la vie... Néanmoins, lorsque tu as été
en danger, il est venu chaque jour au Barral et
prenait part à tes souffrances, comme si tu avais
été son fils. Tu m'as conté toi-même que, pendant
la nuit où tu reçus une secousse si terrible à
l'auberge de Pierrefitte, il te soigna avec beaucoup de zèle... Victor, tout cela ne prouve-t-il
pas que, malgré ses fautes de jeunesse, Charles
Duplessis ne mérite plus la réprobation que nous
avons si longtemps fait peser sur lui ?

Et la belle veuve laissa couler ses larmes.

Cet attendrissement donnait un charme de plus
à sa physionomie, noble et sereine d'habitude, et
il semblait que son fils dût en être touché. Victor,
au contraire, fronça le sourcil.

— Avec quelle chaleur vous le défendez ! reprit-
il ; j'imagine pourtant que votre indulgence pour
cet homme, qui a versé autrefois le sang de mon

père, n'irait pas jusqu'à lui accorder votre main,
comme on assure que vous êtes prête à le faire?

Ernestine tressaillit.

— Malheureux enfant! s'écria-t-elle, qui t'a
dit... comment as-tu pu savoir... Certains de nos
amis ont parlé devant toi d'événements que tu
aurais dû ignorer toujours... Eh bien! soit, Victor, poursuivit-elle avec une émotion croissante;
si jamais je me décidais à un pareil mariage, serait-ce à toi de m'en blâmer? N'aurait-il pas pour
résultat d'assurer ton avenir et celui de ta sœur?
Ne me permettrait-il pas à moi-même de ne pas
descendre au-dessous du rang que j'ai occupé
dans le monde? Enfin, ne serait-il pas un moyen
de changer la situation fâcheuse où nous nous
trouvons en ce moment, et que notre ruine complète nous oblige de subir?... Victor, mon fils
bien-aimé, vois les choses dans toute leur vérité...
Si ce parent, contre lequel tu témoignes tant
d'aversion, nous retirait son appui, que devien-
drais-je avec mes enfants?

Les sanglots la suffoquaient, et elle s'arrêta.
Victor reprit avec une obstination farouche :

— Encore une fois, nous devons tout accepter,
plutôt que les services du commandant Duplessis;
et si je vous croyais disposée à lui donner un jour
ou l'autre la place de mon père...

— Victor! Victor! tu ne sais ni de qui ni de
quoi tu parles... D'ailleurs, qui te dit qu'il songe
à m'épouser? Peut-être, en arrivant ici, avais-je
un soupçon à cet égard; peut-être entrevoyais-je
cette solution au fâcheux problème que présente

notre existence actuelle. Mais depuis que je suis
installée au Barral, Charles Duplessis, soit par
délicatesse, soit par quelque motif inconnu, évite
de s'expliquer avec moi et se contente, par l'intermédiaire de Florence, de pourvoir généreusement à nos besoins. Quant à lui, il est absorbé
par d'autres intérêts... qu'il n'appartient à personne d'apprécier.

Victor ne remarqua pas le ton d'aigreur qui
perçait dans les dernières paroles de sa mère.

— Eh bien ! donc, dit-il en se redressant, s'il
n'a pas jugé à propos encore de vous donner des
éclaircissements, ce sera moi qui les lui deman-
derai. Déjà une fois il a refusé de me répondre ;
mais il ne m'échappera plus par des subter-
fuges. Justement j'ai entendu dire à Florence qu'il
viendrait aujourd'hui au Barral, et je me pro-
pose...

— Non, non, Victor, je te le défends... je t'en
prie.... Garde-toi d'aborder avec le commandant
ce sujet difficile. Tu es fougueux, emporté ; tu ne
saurais conserver aucune mesure. Laisse-moi faire
plutôt ; je profiterai du premier moment favorable....

— Ma mère, dit le jeune Duplessis, je ne saurais demeurer indifférent à tout ce qui touche
l'honneur et la considération de ma famille.

La mère et le fils se levèrent et se remirent en
marche. L'une et l'autre ne songeaient pas à reprendre la conversation. Victor, inquiet, regardait
fréquemment en arrière. Comme l'on approchait
du moulin, dont le tic-tac monotone commençait

à dominer le sourd grondement de l'écluse, Mᵐᵉ Duplessis dit à Victor :

— Cette visite à une vieille femme malade, mon ami, ne saurait avoir beaucoup d'attrait pour toi. Tu peux donc m'attendre ici... Je ne resterai pas longtemps chez la mère Robin.

— Volontiers, répliqua Victor avec empressement ; cet endroit est fort pittoresque, et j'y serai à merveille. Ne vous gênez donc pas, chère maman ; je vais vous attendre.

Ernestine donna à son fils un baiser sur le front, lui sourit, puis elle entra dans le moulin, tandis que Victor s'asseyait sur les racines saillantes d'un vieux châtaignier, à une cinquantaine de pas du bâtiment.

Demeuré seul, il n'eût tenu qu'à lui d'admirer les beautés du paysage environnant ; mais son attention se porta exclusivement sur la route qui allait de Pierrefitte au Barral, et chacun des rares passants qui s'y montraient devenait de sa part l'objet d'un examen particulier.

Il était en observation depuis quelques instants déjà, quand il aperçut un cavalier se dirigeant vers le château. Ce cavalier allait grand train, et l'on jugeait que le cheval devait être excellent. Malgré la distance, Victor crut reconnaître le commandant Duplessis et se leva.

— C'est lui ! murmura-t-il ; lui seul peut galoper par monts et par vaux... Il va au Barral, et l'occasion est bonne pour demander l'entretien que je désire depuis si longtemps.

Au moment de s'éloigner, il hésita encore.

— Que dira ma mère? pensait-il.

Mais bientôt il fit un mouvement brusque et se mit à courir vers le château.

XVI

LA RÉVÉLATION.

Le commandant venait, en effet, d'arriver au Barral. Depuis que le jeune homme était en convalescence, Duplessis n'y paraissait qu'à de rares intervalles et ne s'y arrêtait guère. Ses manières avec Ernestine étaient douces, polies, affectueuses; néanmoins, il se montrait souvent rêveur, embarrassé. Aussitôt que la conversation prenait une tournure intime, il s'empressait de se retirer sous un prétexte quelconque et restait plusieurs jours sans revenir.

Il avait, selon l'habitude, attaché son cheval à un anneau de fer dans la cour, afin d'être toujours prêt à repartir, et était entré à la régie, où il comptait rencontrer la gérante. Mme Florence n'y était pas, et toutes les portes restaient ouvertes, avec l'insouciance ordinaire à la campagne. Toutefois, entendant un certain bruit à l'intérieur, le commandant pénétra dans une pièce du rez-de-chaussée qui était contiguë un salon, et qu'on appelait la salle d'armes; il y trouva enfin Mme Florence qui, fidèle à ses habitudes d'activité, s'occupait de fourbir les vieilles armes, disposées en trophées, d'où la salle tirait son nom.

Charles Duplessis n'entrait pas d'ordinaire dans cette pièce, dont la vue éveillait en lui des souvenirs pénibles. Mme Florence, en le reconnaissant, ne put s'empêcher de tressaillir, et elle s'empressa de mettre de côté les épées de combat qu'elle était en train de nettoyer.

Le commandant lui demanda des nouvelles de Victor ; elle répondit que le jeune homme était entièrement guéri et se promenait en compagnie de sa mère.

— Très-bien, répliqua Duplessis tout pensif et presque sans savoir ce qu'il disait.

Mme Florence le regarda avec attention. Il était fort amaigri ; sa barbe avait beaucoup grisonné, et ses yeux caves brillaient par moments d'un éclat fiévreux.

— Monsieur le commandant, à son tour, ne paraît pas bien portant, dit la gérante ; cette vie d'agitations continuelles ne lui convient pas, et peut-être vaudrait-il mieux...

— Moi ! interrompit Duplessis brusquement, je me porte comme un charme ; vous rêvez, ma chère.

Tous les deux se turent. Mme Florence reprit bientôt :

— Vous êtes sans doute allé à la ville ces temps-ci... Que dit-on de Claudine Pichard ?

— Son affaire doit venir dans quelques jours devant la cour d'assises, répliqua le commandant, dont le visage s'assombrit encore.

— Et espère-t-on?

Il fit un geste de désespoir, et Mme Florence crut entendre un sanglot. Au bout de quelques secondes, il se disposa à partir.

— Je suis pressé, dit-il ; je ne saurais attendre le retour d'Ernestine et de Victor, qui rentreront tard peut-être...

— Quoi! monsieur, ne voulez-vous pas patienter un peu? Je sais que madame désire beaucoup... mais beaucoup, s'entendre avec vous sur une foule de choses.

— Ce sera pour une autre fois ; je vous répète qu'aujourd'hui je suis extrêmement pressé.

— J'espère pourtant que vous m'écouterez, moi! s'écria une voix ferme et presque menaçante.

Victor, tout haletant et tout en nage, entra dans la salle.

Le commandant regarda Victor avec étonnement, mais sans colère.

— Bonjour, mon garçon, dit-il ; je suis heureux de vous voir si bien remis.

— Et moi, monsieur, répliqua Victor, je suis heureux de trouver enfin une occasion depuis longtemps attendue... Excusez-nous, madame, ajouta-t-il en s'adressant à la gérante ; je désire entretenir le commandant Duplessis de graves intérêts de famille.

Mme Florence ne bougea pas.

— Les intérêts de votre famille ne sauraient m'être étrangers, répondit-elle ; et peut-être, par mon long dévoûment, ai-je acquis le privilége...

— Ne contrariez pas Victor, ma bonne dame, dit le commandant ; il faut avoir égard aux caprices d'un convalescent.

La gérante se dirigea à pas lents vers la porte. Comme elle passait près d'une table où elle avait déposé deux vieilles épées, elle sembla vouloir les emporter ou du moins les remettre en place. Mais elle craignit que cet acte n'éveillât certaines idées, et d'ailleurs un mouvement brusque de Victor lui fit accélérer sa marche. Elle sortit donc en murmurant :

— Mon Dieu ! que va-t-il arriver ?

Cependant Victor, en face de son parent, ne se hâtait pas de reprendre la parole. Si étourdi et déraisonnable qu'il fût, il éprouvait quelque difficulté à aborder sans mesure un sujet délicat. Comme il se taisait, le commandant lui dit de son ton paisible, en s'asseyant et en désignant un siége au lycéen :

— Que me voulez-vous, Victor ? Vous savez que j'allais monter à cheval.

Cette mise en demeure décida le fougueux jeune homme à brusquer les choses.

— Un mot seulement, monsieur, reprit-il de son ton rogue et cassant. Quoique nous soyons de la même famille, il n'y a pas toujours eu de bons rapports entre vous et les personnes qui me touchent de plus près. Cette salle, qui fut le théâtre d'une affreuse catastrophe, pourrait le dire. Cependant, depuis la perte cruelle que nous avons faite, vous êtes parvenu, je ne sais comment, à fasciner ma pauvre mère... Aussi ne trouverez-

vous pas surprenant que je vous demande quelles
sont vos intentions à notre égard.

Un sourire dédaigneux se joua sur les lèvres
de Charles Duplessis. Il répondit pourtant avec
cette longanimité qu'il montrait toujours à l'égard
de Victor :

— Il n'y a aucun mystère dans ma conduite,
et mes actes s'expliquent assez d'eux-mêmes.
Votre père, mon parent, a été mon ami d'enfance
et de jeunesse. Un jour, des dissentiments, dont
il est inutile de rappeler la cause, s'élevèrent
entre nous ; un conflit éclata... conflit que je déplore et qui me laissa de cruels regrets. A cette
heure, mes intentions envers votre mère et vous
sont des plus loyales, des plus bienveillantes. La
vie publique, les exigences d'une haute position
ont ruiné votre père ; et comme je ne voulais pas
que sa veuve et ses enfants pussent déchoir, je
suis intervenu, en qualité de parent portant le
même nom, afin que le Barral ne tombât pas
dans des mains étrangères... Je n'ai pas besoin
de vous dire, Victor, que cette propriété de famille appartient toujours à votre mère comme à
vous, et j'attends que des considérations de convenances, aussi bien que certaines formalités
légales, me permettent de vous la restituer ouvertement.

En parlant ainsi, le commandant avait un air de
simple et mâle franchise.

— Je n'ai pas sollicité ces bienfaits, répliqua
Victor en redoublant de raideur, et mon père, si
digne et si fier, les eût repoussés énergiquement.

Je me réserve d'examiner avec ma mère si nous pouvons les accepter... Toutefois, il est un point sur lequel je ne saurais jamais entendre raison : est-il vrai, monsieur, qu'il serait question d'un mariage entre vous et... la veuve de M. Duplessis-Barral?

— Qui vous a dit... Comment savez-vous...

— Qu'importe ! Veuillez seulement m'apprendre si ce projet existe et si vous comptez le mettre à exécution.

Charles Duplessis ne put cacher un mortel embarras.

— Peut-être, en effet, répondit-il, serait-ce un moyen de prévenir les interprétations de la malveillance ; mais il s'agit de savoir si les circonstances permettront... Et puis, avant tout, Victor, il est une volonté devant laquelle vous et moi nous devrons nous incliner.

— Ainsi, vous ne niez pas que cette idée se soit offerte à votre esprit, et ma mère elle-même... Eh bien ! commandant Duplessis, je vous déclare dès à présent que je ne consentirai jamais à ce mariage... Ce serait un déshonneur pour la mémoire de mon bien-aimé père... Non, je n'y consentirai pas, dussions-nous tous être anéantis !

Et il se leva d'un bond.

Le commandant, malgré son parti pris d'indulgence et de douceur, commençait à sentir la colère gronder en lui-même.

— Victor, dit-il, pour parler comme tuteur de votre famille, il faudrait que vous ne fussiez pas vous-même en tutelle. Or, non seulement vous

êtes mineur, mais encore vous avez prouvé depuis
peu quel fonds on doit faire sur votre esprit de
conduite et votre fermeté. Ne m'obligez pas à vous
rappeler que vous n'êtes qu'un écolier en révolte,
dont les nerfs n'ont pas assez de solidité pour
supporter les moindres émotions... un simple
cauchemar.

Ces reproches et ces sarcasmes portèrent au
comble l'exaspération du jeune lycéen. Les veines
de son front se gonflèrent.

— Vous m'insultez, monsieur, s'écria-t-il, et
je ne souffrirai pas... Quoique mes études ne
soient pas terminées, je n'en serai pas moins,
d'ici à quelques années, officier comme vous
l'avez été vous-même. Je sais manier un fleuret...
Enfin, s'il faut le dire, depuis que j'ai l'âge de
comprendre, je nourris la pensée de venger mon
père dont vous avez versé le sang... ici même,
dans cette salle... Par le ciel! ajouta-t-il en
s'élançant vers la table où Mme Florence avait
laissé les épées, voici peut-être l'arme dont
vous vous êtes servi et qui va me servir à mon
tour!

Il saisit une des deux épées et se mit à l'agiter
convulsivement. Charles Duplessis demeura immobile.

— Victor, dit-il, voulez-vous donc m'assassi-
ner?

— Non, mais vous forcer à vous battre, comme
vous avez autrefois forcé mon père... Prenez cette
arme, monsieur, et en garde! Je ne suis pas un
adversaire à dédaigner, et vous n'aurez pas fa-

cilement raison de moi... Prenez... mais prenez donc !... Je l'exige...

Et il présentait la seconde épée au commandant. Celui-ci demeurait impassible.

— Vous aurez beau faire, Victor, je ne consentirai jamais à me battre contre vous. Je me suis repenti de m'être autrefois abandonné à une aveugle colère; je ne commettrai pas aujourd'hui la même faute... Vous pouvez me tuer : je ne me défendrai pas.

— Pourquoi cela, monsieur? Je ne saurais contenir le sentiment de haine qui bouillonne en moi, et je suis capable... Allons donc! vous vous défendrez, ne fût-ce que pour pouvoir protéger encore cette petite empoisonneuse qui absorbe tout votre temps, toutes vos pensées, et qui, quoi que vous en disiez, a causé la mort de son ange de sœur!

Victor avait touché une fibre qui vibrait jusqu'au fond de l'âme de son parent. Charles Duplessis saisit machinalement l'épée et s'écria avec indignation :

— Victor, ce que vous dites est abominable, et vous mériteriez... Mais non, ajouta-t-il aussitôt, je dois mépriser les insultes d'un enfant... Laissez-moi; je ne veux pas me battre; je ne me battrai pas.

— Et moi, s'écria Victor parvenu au paroxysme de la rage, je venge mon père comme je peux.

En même temps, il s'élança sur Charles Duplessis, l'épée haute.

12

Le commandant, par un mouvement instinctif et pour ne pas se laisser égorger par ce forcené, releva la sienne ; les deux fers s'engagèrent avec un bruit sinistre.

Ce résultat obtenu, Victor ne put retenir un cri de joie.

— Enfin ! enfin ! disait-il en attaquant de toute sa vigueur ; mon vœu le plus cher se réalise !

Duplessis ne songeait évidemment qu'à se tenir sur la défensive et à parer les coups qu'on lui portait. Tout en écartant avec adresse cette pointe qui, à chaque instant, menaçait sa poitrine, il disait :

— Victor, revenez à vous... Ce duel est odieux, et si je pouvais vous révéler... Arrêtez donc, je vous en conjure !

Victor n'écoutait rien et redoublait d'ardeur. Cependant, comme il était encore affaibli par sa maladie récente, ses attaques témoignaient d'une certaine mollesse. Le commandant eût trouvé vingt fois l'occasion de le toucher, s'il ne se fût borné, comme nous l'avons dit, à parer les coups. Toutefois, il se dégage, du choc et de l'éclair des épées, une électricité qui agit sur les hommes les plus calmes et leur donne la fièvre du combat. Charles Duplessis ne tarda pas à éprouver cette pernicieuse influence ; l'impatience le gagnait ; son regard devenait étincelant, et l'on pouvait craindre qu'à un moment donné, il ne fût plus maître de lui.

Nul ne savait donc comment le combat allait finir, quand une voix perçante domina le cliquetis des fers et s'écria :

— Victor, indomptable garçon, que fais-tu ?

Victor avait reconnu la voix de Mme Duples-sis, qui venait d'entrer avec Florence ; mais il ne se retourna pas et répliqua tout haletant :

— Laissez-moi !... Je venge mon père !

— Ton père !... Malheureux enfant !... Mais c'est lui, c'est ton véritable père que tu veux tuer !...

Victor pâlit et recula en laissant échapper l'arme qu'il tenait à la main. Sa mère se jeta sur lui, l'entoura de ses bras et fondit en larmes.

De son côté, le commandant se hâta de cacher son épée et regarda fixement Mme Duplessis.

— Ernestine, dit-il avec vivacité, à quoi son-gez-vous ?

Il y eut un moment de silence. Victor, boule-versé par cette révélation, regardait successive-ment sa mère et le commandant.

— Madame, balbutia-t-il enfin, l'ai-je bien en-tendu ? M. Charles Duplessis serait...

— On a voulu dire, interrompit le comman-dant, que j'étais comme un père pour vous... que je vous avais toujours porté une affection pater-nelle, enfin que je considérais comme un devoir sacré de veiller sur votre bonheur.

Cette interprétation des paroles de sa mère ne fit qu'accroître l'anxiété du lycéen. Il se tourna de nouveau vers Ernestine, qui s'était jetée dans un fauteuil.

— Parlez, madame, reprit-il ; comment dois-je comprendre...

— Eh bien ! oui ; quand même mon fils devrait

me haïr, me mépriser, il faut qu'il sache la vérité... Je ne veux plus m'exposer à être le témoin
de scènes effroyables telles que celle-ci... Oui,
Victor, c'est ton vrai père qui est devant toi, et si
tu avais versé son sang, tu aurais commis un par-
ricide.

A son tour, Victor se laissa tomber sur un siége.
La gérante, comprenant qu'une pareille explication ne devait pas avoir lieu en sa présence, fit
quelques pas vers la porte. Mᵐᵉ Duplessis la retint
du geste.

— Demeurez, Florence, dit - elle avec accablement; vous êtes notre amie; vous avez connu
nos splendeurs; vous connaîtrez nos décadences
et nos misères... Écoutez donc ce que je vais
dire à mon fils, le cœur brisé et la rougeur au
front :

« Victor, avant que mon mariage se conclût
avec M. Duplessis-Barral, des projets de même
nature avaient existé entre moi et Charles Duplessis, ici présent; mais ces projets n'obtinrent pas
l'approbation d'une personne dont je dépendais
et dont la volonté n'admettait aucune résistance.

« Fascinée, terrifiée par ma mère, je dus céder à ses ordres, sans oser avouer quels motifs
j'avais de rester fidèle à un premier engagement.
Mais à peine le mariage était-il décidé et an-
noncé dans le monde, que je reconnus l'impossibilité de cacher une minute de coupable
faiblesse.

« Dans mon désespoir, j'avouai tout à ma mère;
je crus qu'elle allait mourir de colère et de dou-

leur. Elle haïssait Charles ; ce mariage avec Ferdinand Duplessis-Barral était le plus ardent de ses désirs. Comme elle ne prenait aucun parti, j'eus le courage de m'adresser à Ferdinand lui-même et de lui révéler la vérité.

« Il hésita ; malgré sa tendresse pour moi, il voulait tout rompre. Mais cette rupture sans cause apparente devait produire un affreux scandale, me déshonorer. D'autre part, ma mère annonçait qu'elle me laisserait subir toutes les conséquences de ma faute plutôt que de consentir à mon mariage avec Charles, et nous savions tous que rien ne ferait fléchir sa volonté.

« J'allais être broyée entre ces passions et ces intérêts contraires, quand le généreux Ferdinand céda. Soit que son amour pour moi l'emportât sur toutes les considérations, soit qu'il me crût plus capable que personne de servir ses projets ambitieux, soit enfin qu'il obéît à un sentiment de véritable magnanimité, il me promit de ne rien changer à nos projets ; il me proposa de traiter l'enfant à naître comme son propre enfant, de ne m'adresser jamais de reproches dans l'avenir... Il a tenu parole, et moi, par une vie entière d'affection et de dévoûment, je me suis efforcée de lui prouver ma gratitude.

« Tu peux t'expliquer maintenant, Victor, la portée réelle du conflit qui eut lieu ici même, peu de temps avant ta naissance... Mais jetons un voile sur ces tristes événements... Ils devaient avoir pourtant de bien cruels résultats pour leur principal auteur... Ma mère, brisée d'inquiétudes, de regrets et peut-être de remords, expirait quelques mois plus tard, en nous priant de pardonner le mal qu'elle avait fait.

« Quant au commandant Duplessis, sa conduite, depuis cette époque déjà si éloignée, a toujours été pleine de noblesse. Il s'est loyalement tenu à l'écart tant que nous avons été dans la prospérité ; à présent que les mauvais jours sont venus, il reparaît pour nous soutenir et nous protéger. Je sais que, plus d'une fois, Victor, pendant que tu étais au lycée, il se glissait sur le passage des élèves pour te voir de loin, t'envoyer une bénédiction sans que tu le saches... Voilà pourquoi il t'a reconnu d'abord en te rencontrant à l'auberge de Pierrefitte... Il t'aime, et peut-être est-ce surtout à cause de toi qu'il se montre envers nous si bienveillant, si désintéressé... Victor, ne veux-tu pas embrasser... le commandant Charles Duplessis ? »

Le lycéen fit un geste de dénégation.

— Mon fils, répéta la malheureuse femme avec un accent déchirant, ne veux-tu pas embrasser... ton père ?

Victor paraissait en proie aux sentiments les plus opposés.

— Mon père ! répétait-il, il est mon... Laissez-moi le temps de réfléchir, de m'habituer... Croyez-vous donc que l'on change son cœur comme on change un vêtement ?

Et il courut s'enfermer dans sa chambre.

— Ernestine, dit alors Charles Duplessis, quelle imprudence ! Il eût mieux valu qu'il ignorât toujours...

— Ah ! monsieur, répliqua Ernestine en san-
glotant, le ciel nous punit... Je ne pouvais laisser
s'enraciner cette haine aveugle de Victor. Quand je
songe que, si j'étais arrivée quelques minutes plus
tard... Mais excusez-moi, poursuivit-elle en se
levant ; il faut que je me rende auprès de lui. Il
souffre... D'ailleurs, il m'importe de le ramener à
de meilleurs sentiments envers vous.

Et elle alla rejoindre son fils.

Comme le commandant, redoutant peut-être
de nouvelles explications, se mettait aussi en devoir de se retirer, il aperçut Mme Florence, qu'on
avait fini par oublier pendant la scène précédente.

— A présent, monsieur Charles, dit-elle, les
choses m'apparaissent sous un jour nouveau, et je
comprends comment a pu venir l'idée d'un mariage entre vous et ma maîtresse. Je dirai mieux,
ce mariage me semble indispensable, et il n'y a
plus aucun motif de le retarder.

— Certainement, certainement... Néanmoins,
madame Florence, ajouta le commandant d'un
ton sec, vous me permettrez de traiter de pareilles
matières avec d'autres que vous.

Puis il partit brusquement.

XVII

LE PROCÈS DE LA DEMOISELLE.

On ne s'étonnera pas que le procès de Claudine Pichard, le « procès de la demoiselle, »
comme on disait, eût appelé une foule considérable autour du palais de justice de L***. Avant
même l'ouverture des portes, la place qui précède
le palais était pleine de monde, et les témoins,
ainsi que les jurés, étaient confondus avec les
simples spectateurs. Parmi ces témoins, on se
montrait ceux dont la déposition devait avoir le
plus d'importance : d'abord le maire Chamusset,
dont un rapport sur la mort subite de Juliette avait
donné l'éveil à la justice ; puis son fils Anatole,
frisé, musqué, pommadé, souriant, sautillant, et
qui était venu là comme à une fête ; puis le petit docteur Bonivet, triste et abattu, à cause peut-
être des écrasantes déclarations qu'il avait à faire
comme un des experts de l'autopsie ; puis enfin
les gens de l'auberge, Marion, Fanchette, François et plusieurs notabilités de Pierrefitte. Le bonhomme Pichard lui-même, cédant à de pressantes
sollicitations, devait assister au procès en habit de
deuil, selon l'usage, afin d'attendrir le jury, et il
attendait dans une maison voisine le moment de
se rendre à la séance. Quant au commandant

Duplessis, on l'avait vu traverser rapidement la foule et entrer dans le palais de justice par une porte interdite au public.

Quel que fût le motif de cette démarche, le commandant ne tarda pas à reparaître sur la place. Bien qu'il fût assigné comme témoin, il portait ses habits ordinaires, que rehaussait sa rosette de la Légion-d'Honneur, et les lèvres contractées, le sourcil froncé, il semblait s'indigner de la curiosité qu'inspirait sa présence. Nul n'ignorait, en effet, son dévoûment pour Claudine et les efforts qu'il faisait pour la sauver. Il était, pour ainsi dire, le seul ami, le seul protecteur de la malheureuse enfant.

Ayant rencontré Bonivet qui causait avec les gens de Pierrefitte, il passa son bras sous celui du médecin et l'entraîna à l'écart.

— Eh bien? demanda le docteur.

— Je n'ai rien obtenu, répliqua Charles Duplessis. Elle ne dira rien... à moins que les adjurations du président et la solennité des débats n'impressionnent sa volonté plus que je ne saurais faire.

Et il poussa un profond soupir.

— Enfin, commandant, si, comme vous le croyez et comme je le crois, elle n'est pour rien dans ce crime, qui soupçonnez-vous?

— Et vous, docteur?

— Moi, je ne saurais exprimer aucune opinion à cet égard... Mon rôle actuel se borne à constater l'existence du poison dans le corps de la victime.

— Mais, comme homme, comme ami de cette pauvre créature, vous avez le droit de supposer...

— Je ne suppose rien... tant mes suppositions seraient absurdes aux yeux des autres et à mes propres yeux !

— J'imagine pourtant que nous avons la même pensée... Ne vous semble-t-il pas, mon cher Bonivet, que Claudine, en refusant de dire ce qu'elle sait peut-être, obéit à quelque sentiment de générosité et de devoir ?

— C'est possible, commandant, répliqua évasivement le docteur, mais attendons... Comme vous dites, les incidents d'audience et les efforts du président, qui passe pour avoir autant de fermeté que de pénétration, mettront sans doute la vérité en lumière.

Cette conversation fut interrompue par un brouhaha qui se faisait sur la place. Les portes du palais de justice venaient de s'ouvrir, et on se précipitait vers la salle d'audience. Or, dans cette foule turbulente se produisit tout à coup un mouvement de curiosité. Elle s'écartait respectueusement pour laisser passer un vieux campagnard qui, appuyé sur le bras d'un voisin officieux, se dirigeait à pas lents vers la porte principale du palais. Il avait sur la tête un chapeau à larges bords, muni d'un crêpe decoloré, et portait un petit collet jadis noir, devenu rougeâtre, qui avait l'air d'un manteau funèbre. Il marchait les yeux baissés ; néanmoins, tout le monde l'avait reconnu : c'était le bonhomme Baptiste Pichard.

On se poussait le bras; on se montrait l'aubergiste, et on disait d'un ton de compassion :

— Il a l'air d'un bien brave homme... Quelle affliction pour lui d'avoir une fille qui a tourné si mal !

— Son autre fille ne valait pas non plus bien cher, dit la Girot, qui se trouvait parmi les témoins ; une petite évaporée, occupée uniquement de robes et de rubans... Quant au père, c'est la crème des hommes, et mon cher défunt pensait de lui...

— Oui, oui, il y avait bien des choses à redire aussi sur la plus jeune, interrompit la cabaretière Carteron ; le père laissait la bride sur le col à l'aînée et à la cadette. On peut voir maintenant ce qu'il en est résulté !

— Il aurait fallu, dit la vieille fille qui avait assisté vêtue de blanc aux funérailles de Juliette, que M. Pichard, un homme riche et bien posé, se remariât avec une personne entendue et de mœurs pures, comme il y en a... Elle aurait mis de l'ordre dans sa maison, et elle eût surveillé ces deux petites de la bonne manière.

— Sans doute il n'y aura pas pensé, mademoiselle Rose, dit la Girot d'un ton goguenard ; mais n'importe, le vieux est bien assez à plaindre sans cela.

— Un vrai martyr ! ajouta la Carteron.

— Ce sera charité, dit Mlle Rose, de chercher à le consoler quand le moment viendra.

Les trois femmes s'étaient mises à la suite de Pichard, qui continuait d'avancer modestement, en récoltant sur son passage des salutations et des marques de sympathie. Bientôt tous disparurent sous le porche du palais de justice.

Bonivet et le commandant, qui n'avaient pas perdu un mot de cette conversation, échangèrent un long regard, sans rien dire, puis ils se dirigèrent eux-mêmes vers le palais, où leur présence, en qualité de témoins, allait devenir nécessaire.

Le public remplissait déjà la salle, et des conversations passionnées s'étaient établies dans le prétoire. L'entrée de la cour imposa silence aux causeurs; mais quand l'accusée parut à son tour, escortée de deux gendarmes, le respect de la justice ne put contenir une vive rumeur que le président eut grand'peine à réprimer.

Tous les yeux se fixèrent sur Claudine, qui était vêtue de noir, le visage caché sous un voile. Elle ne sembla ni s'étonner, ni s'effrayer de la curiosité ardente qu'elle excitait, et s'assit sur le banc, à la place que les gardes lui indiquèrent; puis elle demeura immobile, la tête baissée, sans même jeter un regard autour d'elle.

Qu'eût-elle regardé, en effet? Partout dans cette salle il n'y avait que des visages impassibles, ou sévères, ou ennemis. Elle paraissait ne devoir recueillir aucune marque de pitié, aucun encouragement dans ce nombreux auditoire. Son père lui-même, assis au banc des avocats, devant elle, ne s'était pas retourné pour lui adresser une parole ou un signe de la main. Il restait impassible, et les rides noires qui sillonnaient son visage avaient un caractère de rigidité plus frappant qu'à l'ordinaire.

Tout le monde remarqua cette attitude du bonhomme Baptiste.

— Voyez-vous, chuchotait-on, son père aussi la croit coupable.

— Alors, pourquoi est-il venu? La loi ne l'y obligeait pas.

— Sans doute, mais l'usage... On ne veut pas avoir l'air... Sûrement, elle lui fait horreur autant qu'à personne!

Quand le président procéda à l'interrogatoire de l'accusée, elle dut se lever et écarter son voile. Alors ce fut un murmure d'admiration qui courut dans la salle. Claudine avait perdu son gracieux embonpoint, et son visage avait la blancheur mate de l'ivoire. En revanche, ses yeux noirs brillaient d'un éclat singulier, et, malgré la modestie de son maintien, ses traits exprimaient une fermeté, une décision résultant sans aucun doute d'un énergique parti pris.

Un vieil avocat, qui avait une longue pratique des accusés, et qui observait Claudine de loin, ne s'y trompa pas.

— Voilà une fille résolue, dit-il tout bas à un de ses confrères; elle n'avouera rien, je vous le garantis.

L'accusation se fondait particulièrement sur la rivalité qui avait existé entre les deux sœurs à propos d'Anatole Chamusset, sur la querelle qui s'était élevée entre elles au pont de Pierrefitte et dont Anatole avait été témoin à distance, enfin

sur ce fait que Claudine seule avait intérêt à la
mort de sa sœur. Quant à l'arsénic retrouvé si
abondamment dans le corps de la victime, l'instruction avait constaté qu'il en existait à l'auberge
une notable quantité, délivrée à Pichard par un
droguiste pour la destruction des rats, peu de
temps avant le crime, et que cet arsénic, avec
l'imprudence trop fréquente chez les campagnards, était resté dans un meuble toujours ouvert de la salle à manger.

Claudine ne contesta pas l'affection qu'elle avait
ressentie pour Anatole, et la scène violente du
pont de Pierrefitte. Mais elle nia avec force,
comme toujours, qu'elle eût attenté à la vie de sa
sœur.

— Non, non, disait-elle, j'aimais Juliette,
comme Juliette m'aimait... Quand je l'ai vue
souffrir, puis mourir, mon cœur s'est brisé...
Non, je n'ai pas tué ma sœur, ma pauvre sœur...
Je l'affirme devant la justice des hommes; je le
jure devant Dieu qui me regarde et qui m'entend !

Et elle tendait le bras vers un tableau repré-
sentant le Christ.

Cette adjuration solennelle causa un léger fris-
son dans l'auditoire ; mais ceux qui fréquentent
les cours d'assises savent que les coupables
protestent parfois de leur innocence avec autant
de chaleur et d'éloquence que les innocents eux-
mêmes.

Le président reprit :

— Du moins, Claudine Pichard, il est impossible que vous ignoriez quelle main criminelle a

donné le poison à Juliette. Vous n'avez presque
pas quitté votre sœur pendant sa maladie, et vous
avez dû voir...

— Je n'ai rien vu, répliqua l'accusée précipitamment.

— Réfléchissez ; je vous y invite, et si vous êtes
sans reproche, ayez pitié de vous-même. Aucune
considération, de quelque nature qu'elle soit, ne
doit vous empêcher de dire ce que vous savez,
ou même ce que vous supposez. Vous êtes sous
le coup d'une terrible accusation, qui pourra
flétrir jusqu'à votre mémoire... Au nom de ce
Dieu que vous invoquiez tout à l'heure, parlez
sans crainte... Que savez-vous ?

Claudine restait muette et paraissait vivement
émue. Un profond silence régnait dans la salle.
On croyait que la jeune fille allait enfin entrer
dans la voie des aveux, et tous les regards se
fixaient sur elle. Pichard lui-même, si impassible
et si morne jusque-là, éprouva un tressaillement
et retourna la tête pour regarder sa fille par dessus la barre qui l'en séparait.

Peut-être Claudine était-elle en proie à quelque lutte intérieure. Néanmoins, cette lutte ne fut
pas longue ; bientôt les traits de l'accusée reprirent leur caractère d'obstination ; ses lèvres se
pincèrent, et elle dit d'une voix sonore :

— Je ne sais rien, monsieur le président, et
je ne suppose rien.

Le président ne put retenir un geste de découragement, tandis que le vieil avocat murmurait à
part lui : — J'en étais sûr !

L'interrogatoire de Claudine terminé, on passa
à l'audition des témoins. Ils étaient nombreux ;
mais la plupart n'avaient à s'expliquer que sur
des circonstances étrangères au fait principal. Le
commandant Duplessis, appelé des premiers,
raconta sa rencontre fortuite avec l'aînée des demoiselles Pichard, le service qu'elle lui avait
rendu, le dévoûment dont elle avait fait preuve,
et, sur l'invitation du président, il exprima sa
conviction profonde que Claudine ne pouvait avoir
commis le crime dont on l'accusait. Cette déposition parut exciter une sympathie générale, et
Claudine remercia le commandant par un sourire
de la plus navrante expression.

Le docteur Bonivet vint à son tour exposer quels
symptômes il avait observés chez Juliette, dans
les derniers instants de la maladie, ses soupçons,
son antagonisme avec l'officier de santé Martin ;
mais comme l'empoisonnement, ainsi qu'il l'avait
constaté en qualité d'expert, était incontestable,
son témoignage n'apportait aucun jour nouveau
dans l'affaire et fut presque inaperçu.

En revanche, celui de Chamusset fils causa
une vive fermentation dans l'assemblée. Le bel
Anatole, à l'appel de son nom, s'avança avec assurance, répandant sur son passage un parfum de
vanille et de jasmin. Il lançait des œillades aux
belles dames de la ville qui se trouvaient dans
l'auditoire ; il paraissait beaucoup plus occupé du
nœud de sa cravate que des choses importantes
dont il allait déposer, et qui pouvaient faire tomber une jeune et charmante tête.

Cependant, lorsqu'il se trouva devant la cour, il essaya de prendre un air grave qui n'allait guère à sa physionomie impertinente ; et sur l'invitation du président, il commença le récit de ses relations avec l'une et l'autre des demoiselles Pichard.

Claudine qui, pendant les dépositions précédentes, était restée comme indifférente, se pencha en avant pour écouter. Peu à peu, oubliant sa vigilance sur elle-même, elle se montra plus attentive et laissa sa figure trahir les impressions de son âme. Elle ne perdait pas un geste de l'ancien fiancé de sa sœur et semblait aspirer ses paroles.

Le président ayant demandé à Chamusset si vraiment il avait recherché Claudine pour le mariage avant de rechercher Juliette, Anatole répondit avec légèreté :

— Non, non, monsieur le président, les choses ne sont pas allées jusque-là... D'abord Mlle Claudine me plaisait assez, j'en conviens, et par désœuvrement j'ai pu lui adresser quelques flatteries comme on en adresse aux jeunes filles ; mais bientôt toutes mes attentions, toutes mes tendresses se sont fixées sur sa sœur, et je n'ai réellement aimé que Juliette.

Claudine se redressa ; ses yeux s'allumèrent. Il sembla qu'un cri de protestation allait s'échapper de ses lèvres ; mais elle se retint encore et se rejeta en arrière, en poussant un profond soupir.

— Aviez-vous donc remarqué dans Claudine

13

Pichard, reprit le président, quelque défaut qui
vous faisait regretter vos assiduités auprès d'elle?

— Sa sœur m'agréait davantage, répliqua non-
chalamment le bel Anatole; d'ailleurs, Mlle Claudine passait pour être vive et emportée, et j'en
eus la preuve la veille du jour de la catastrophe.

En même temps il répéta comment les deux
sœurs, à la suite d'une explication dont il pouvait être l'objet, s'étaient disputées sur le pont de
Pierrefitte, et comment il avait craint un moment
que Claudine ne précipitât sa sœur dans la rivière.

L'accusée, pendant ce récit, était toute haletante et semblait beaucoup souffrir. Anatole, qui
avait pris insensiblement un ton théâtral, afin
peut-être de produire plus d'impression sur certaines personnes de l'auditoire, exposa ensuite les
derniers moments de Juliette et la recommanda-
tion formelle que la mourante lui avait faite de la
venger.

— J'accomplis ce vœu, ajouta-t-il en enflant
la voix avec emphase, et j'invoque le châtiment
contre l'auteur de la mort de Juliette!

L'accusée, hors d'elle-même, se souleva en
murmurant:

— Lui! lui! c'est lui qui m'accuse et me con-
damne!

Puis elle retomba, suffoquée par les sanglots,
sur son banc.

— Je disais bien, pensait le commandant avec
désespoir: elle aime encore ce nigaud sans cœur!

L'audience fut un moment interrompue. Le

président, ayant réussi à rétablir le silence, demanda à Claudine :

— Avez-vous quelque observation à faire sur
la déposition du témoin Anatole Chamusset ?

— Aucune ! soupira-t-elle.

Et Anatole regagna sa place, de l'air triomphant
d'un acteur qui a conscience d'avoir bien rempli
son rôle.

L'audition des témoins se termina sans incident
remarquable, et le président donna la parole au
ministère public.

Le réquisitoire fut accablant pour l'accusée.
L'avocat général démontra avec éloquence qu'elle
seule avait eu intérêt au crime, qu'elle seule était
en situation de le commettre, et il énuméra les
circonstances qui semblaient rendre sa culpabilité
incontestable.

Claudine était maintenant comme anéantie. La
tête penchée sur sa poitrine, elle ne semblait plus
rien voir et rien entendre.

Enfin la parole fut donnée à son avocat. C'était
un des plus renommés du barreau de L***, et il
avait été choisi par l'influence du commandant
Duplessis, qui s'était mis secrètement en rapport
avec lui. Quand il se leva, un profond silence s'établit dans la salle ; on espérait que l'habile défenseur allait, par quelque révélation, sauver une
cause qui, nous devons le dire, était déjà perdue
auprès de la plupart des juges et des assistants.

Il commença par rappeler la vie honnête et
pure de Claudine jusqu'au jour où Juliette avait
été prise d'un mal subit. Sans nier le caractère

un peu emporté de sa cliente, il fit ressortir la différence qui existait entre un mouvement impétueux de jeunesse et la perversité infernale qu'exigeait un crime exécuté lentement, peut-être longuement médité. Il flétrit en passant la conduite d'Anatole Chamusset, qui avait amené un conflit passager entre les deux sœurs, et il s'efforça de prouver qu'il n'existait aucune connexité entre ce conflit et l'empoisonnement accompli quelques heures plus tard.

Mais si Claudine n'était pas l'auteur du crime, qui était-ce donc? Le caractère bien connu de Juliette, aussi bien que les circonstances de l'événement, ne permettaient pas de supposer un suicide. Quelle était donc la main qui avait versé la mort à cette malheureuse enfant, que tout le monde paraissait aimer?

Ici l'avocat employa force réticences et précautions oratoires. Il avait l'air d'hésiter à exprimer des suppositions qui pouvaient être sans fondement. Néanmoins, il finit par se demander si auprès de la victime ne se trouvait pas quelque autre personne qui avait à sa mort un intérêt connu ou caché. Il insinua que certains caractères de bonhomie pouvaient être trompeurs; que l'âge, des habitudes de lucre et de convoitise altéraient, dans certains esprits vulgaires, étouffaient même souvent les sentiments de la nature.

Une fois entré dans cette voie, l'orateur ne semblait pas près de s'arrêter. Évidemment il songeait moins à accuser qu'à éveiller des doutes dans l'esprit des jurés; mais un doute suffisait pour sauver Claudine.

Personne ne se trompait sur la portée de ces insinuations, et tous les yeux s'étaient fixés sur le bonhomme Baptiste. Celui-ci, d'abord, n'avait pas eu l'air de comprendre les allusions auxquelles il était en butte; mais les paroles de l'avocat devenant plus claires, il éprouva de légers soubresauts; il penchait la tête à droite et à gauche; ses traits ridés exprimaient à la fois l'étonnement, l'indignation et la terreur.

Claudine, elle aussi, avait semblé sortir insensiblement de sa prostration et était redevenue attentive. Sûre enfin de ne pas se tromper, elle se leva de nouveau, interrompit l'avocat et s'écria d'une voix ferme;

— Messieurs, je ne suis qu'une pauvre fille ignorante; mais si la loi me donne quelque autorité sur les paroles de mon défenseur, je m'oppose à ce qu'il me défende ainsi... Je ne souffrirai pas qu'on attaque en mon nom celui que je dois le plus aimer et respecter en ce monde!

Cette interruption, si inattendue et si contraire à l'usage, produisit une nouvelle rumeur dans la salle. Claudine, debout, l'œil animé, rose de colère sous son voile noir, avait une attitude pleine de dignité chaste et de noble colère. Le président l'invita avec douceur à se calmer, et elle se rassit.

L'avocat, ayant repris la parole, profita adroitement de la circonstance pour faire remarquer les sentiments d'affection aveugle et de dévoûment

absolu dont Claudine était animée à l'égard de
son père. Puis il voulut reprendre sa thèse ; mais
les récentes protestations de l'accusée, l'embarras
qu'il éprouvait à poursuivre ses insinuations sans
la blesser, nuisaient à son éloquence. Sa parole
était confuse, sa pensée obscure, et malgré quelques élans chaleureux à la péroraison, sa plai-
doirie s'acheva sans grand effet.

Les débats étant terminés, le président fit un
résumé clair et impartial de la cause, puis les
jurés entrèrent dans la salle des délibérations.

Ils n'y restèrent pas longtemps, et bientôt leur
sonnette se fit entendre. Quand ils eurent repris
leurs places, le chef donna lecture du verdict.

Ce verdict était affirmatif sur la plupart des
questions ; néanmoins les jurés, touchés de la
jeunesse, de la beauté, de la conduite sans reproche de l'accusée jusqu'au jour du crime,
avaient admis des « circonstances atténuantes. »
La cour, à son tour, usa d'indulgence dans l'ap-
plication de la peine, et Claudine fut condamnée
à vingt ans de réclusion.

Elle écouta sa sentence avec une fermeté stoïque, et dit en levant les yeux au ciel :

— Dieu sait la vérité... Quant à moi, j'eusse
préféré mourir !

On l'entraîna.

Pendant que la foule se retirait, le commandant
s'agitait comme un fou dans un coin du prétoire.
Bonivet, qui l'observait de loin, craignit qu'il ne
fît quelque éclat fâcheux et alla le prendre par le
bras.

Ils sortirent ensemble du palais de justice.

— Voyons, monsieur Duplessis, disait Bonivet,
on ne pouvait attendre mieux... Vingt années de
réclusion, quand on avait lieu de redouter...

— Mais elle est innocente. docteur, et il vient
de se commettre une monstrueuse erreur judi-
ciaire... Je le sais; j'en suis sûr, et vous devez en
être sûr comme moi.

— Oui, mais en l'absence de toute espèce de
preuves... Allons! commandant, soyez calme. La
chaleur que vous mettez dans cette affaire est in-
terprétée déjà d'une manière... bizarre.

— Que dit-on? répliqua Charles Duplessis
avec emportement. Que j'aime Claudine? Eh bien!
je ne m'en cache pas... Oui, je l'aime, et cet
amour... un amour de vieillard, si vous voulez...
devient plus fort à mesure que je la vois plus
grande, plus admirable, plus héroïque. Je l'aime
à ce point que je lui pardonne sa passion insensée
pour un fat ridicule; je l'aime jusqu'à oublier
certains devoirs sacrés pour moi... Mais qu'importe tout cela! Ce jugement m'irrite sans m'a-
battre, et je persisterai dans mes efforts pour sauver Claudine.

— Y pensez-vous, commandant? Ne vient-
elle pas d'être frappée par une condamnation terrible?

— Cette condamnation n'est pas encore irrévocable, et je veux en obtenir l'annulation... Vous
m'aiderez dans cette tâche, docteur, n'est-ce pas?
Et je compte sur vous.

— Sans doute; mais que pourrons-nous faire?

Charles Duplessis se mit à lui parler bas, et ils se perdirent dans la foule.

XVIII

LA BOHÉMIENNE.

Nous savons que, pendant la période qui avait précédé le jugement de Claudine Pichard, le commandant Duplessis était venu rarement au Barral.

Après la condamnation, ses visites furent encore plus rares et plus courtes que par le passé. Il avait quitté l'auberge du Chêne-Vert et s'était loué un petit pied-à-terre chez le notaire Briffaut; mais il ne l'occupait aussi qu'à longs intervalles et résidait habituellement à L***, où il passait son temps en compagnie d'avocats et de gens de loi.

Cependant, il ne sembla pas oublier les habitants du Barral et leur faisait de continuels cadeaux. Une fois, jugeant que la vieille bibliothèque de la maison offrait peu de ressources contre l'ennui, il leur avait envoyé deux ou trois cents beaux volumes modernes, tant d'histoire que de littérature. Un autre jour, c'était un équipement de chasse, fusil, cartouchière et autres accessoires, sans oublier un épagneul fort bien dressé, le tout à l'intention de Victor, qui était encore convalescent et avait besoin de se fortifier

par l'exercice, en attendant qu'il pût retourner à
son lycée. Enfin, dans les derniers temps, on
avait vu arriver au château un élégant petit coupé
attelé d'une robuste jument normande, au moyen
duquel Mme Duplessis pouvait faire d'agréables
promenades aux alentours.

Ces attentions ravissaient Ernestine, tandis que
Mme Florence murmurait en fronçant ses sourcils
broussailleux :

— C'est bon, c'est bon... mais j'aimerais mieux
qu'il vînt lui-même.

— Eh ! ma pauvre Florence, disait la belle
veuve avec un sourire, vous aviez peur autrefois
qu'il ne vînt trop souvent.

Victor, à la suite de l'importante révélation dans
la salle d'armes, n'avait adressé aucun reproche
à sa mère, ne lui avait même témoigné aucune
froideur, et, la première impression passée, il s'é-
tait montré bien différent de ce que nous l'avons
vu jusqu'ici. On comprendra mieux ce changement d'après une conversation qui avait lieu entre
le fils et la mère, par une belle matinée de sep-
tembre, pendant qu'ils se rendaient, dans la
nouvelle voiture, à la fête d'une bourgade voisine.

La route était un de ces chemins tortueux et
mal entretenus, comme il y en a tant dans certaines régions de la France centrale; mais on
n'avait pas besoin d'aller vite, et, tout en évitant
les ornières, Félix, le jeune domestique, élevé à
la dignité de cocher, ne se gênait pas pour siffler
un air de temps en temps, et pour adresser quel-

ques exhortations baroques à la jument normande.
Mᵐᵉ Duplessis et Victor causaient de leur côté,
tandis que l'on traversait une lande couverte de
bruyères roses et de genêts aux fleurs d'or.

— Oui, chère maman, disait le lycéen avec un
peu de confusion, mon amour-propre a reçu, depuis peu, de rudes leçons ! Je me croyais un
homme, et je voulais agir en homme ; je m'en suis
repenti cruellement. Pour mon début dans ce
pays, j'ai failli devenir fou à la suite de scènes
lugubres auxquelles j'aurais dû rester étranger.
Plus tard, en voulant exercer ce que je croyais
être une légitime vengeance, je me suis exposé à
commettre une action abominable... Ces épreuves
me suffisent, et je ne veux pas en tenter de nouvelles... C'est vous, chère et bonne mère, qui
m'avez montré ce qu'il y avait de puéril et
d'odieux dans mes façons d'agir, et je vous en
remercie.

Mᵐᵉ Duplessis embrassa son fils.

— Allons, Victor, dit-elle, malgré tes étour-
deries, tu sais reconnaître dignement tes erreurs...
Souviens-toi surtout que tu m'as promis de té-
moigner de l'amitié à... celui qui est en droit de
la réclamer.

— Je ne demande pas mieux, chère maman,
pourvu que j'en trouve l'occasion. Mais, en dépit
des égards et des attentions dont nous comble
M. Charles Duplessis, ne vous semble-t-il pas,
comme à moi, que l'éloignement systématique où
il se tient toujours à notre égard peut paraître
bizarre ?

— Patience, mon enfant ; peut-être cet éloignement est-il le résultat d'une délicatesse excessive, d'un respect exagéré des convenances... Charles Duplessis s'est occupé beaucoup de Mlle Pichard, ces temps derniers ; mais voilà le procès jugé ; on attend le résultat du pourvoi en cassation, et le commandant ne tardera pas à nous revenir sans doute... D'ailleurs, songe, Victor, que j'ai le malheur d'être veuve depuis huit mois seulement et que les exigences sociales, comme les prescriptions de la loi, imposent certains délais.

— Je sais cela, chère maman ; mais je sais aussi que notre position au Barral continue d'être cruellement fausse. Les vacances vont finir, et il faudra que je rentre à Paris pour achever mes études... Je serais désolé s'il fallait vous quitter avant que notre sort à tous fût fixé d'une manière honorable.

On était arrivé à l'extrémité de la lande, et le chemin s'engageait en serpentant sur une pente boisée au sommet de laquelle apparaissait le village de Saint-Hilaire, but de cette promenade. Une croix de bois, plantée dans une espèce de carrefour, annonçait, selon l'usage, l'entrée de la paroisse, et on commençait à rencontrer des gens qui se rendaient à la fête.

Comme la pente était assez raide et comme le cheval ne pouvait marcher qu'au petit pas, Ernestine et Victor eurent la fantaisie de monter la côte à pied. Ils précédèrent donc la voiture et, appuyés l'un sur l'autre, ils s'avancèrent en con-

tinuant de causer et en répondant avec politesse
au salut des passants.

Au moment où ils atteignaient les premières
maisons du village, ils virent à quelque distance,
devant une maison isolée et d'apparence misérable, un cheval attaché au palis du jardin. Un
homme, qui avait l'air d'un riche bourgeois, sortit
de cette maison et détacha le cheval ; puis, se met-
tant en selle, partit grand train dans une direction
opposée des promeneurs.

Le cavalier semblait pressé et n'avait tourné la
tête ni à droite ni à gauche. Cependant Ernestine
et Victor s'arrêtèrent stupéfaits.

— En vérité, chère maman, dit le lycéen, si
je ne savais que M. Duplessis est en ce moment
à L***, je croirais que c'est lui qui s'en va là-bas.

— Quelle idée, Victor ! Cependant, il me semble, en effet, que ce beau cheval noir est celui du
commandant.

— Et moi, j'ai reconnu le maître... C'est très-
singulier ! Que peut faire M. Duplessis à Saint-
Hilaire ?

Tandis qu'ils se perdaient en conjectures, le
cavalier disparut dans l'éloignement, au détour
du chemin. Le domestique les rejoignit bientôt
avec la voiture.

— Félix, demanda Ernestine en désignant la
maison, savez-vous qui demeure ici ?

Félix, enfant du pays, n'hésita pas une seconde.

— Certainement, madame, répliqua-t-il ; c'est
la Jeangagne, la tireuse de cartes.

— Une tireuse de cartes !... Et vous avez vu
la personne qui est sortie de chez elle tout à
l'heure ?

— Bon ! Vous avez dû la voir comme moi...
C'est M. le commandant Duplessis.

— En êtes-vous sûr ?

— Pardi ! Il a une manière de monter à cheval,
et le cheval une manière de trotter...

— Le commandant chez une sorcière de village ! dit Ernestine en regardant son fils... Je
n'y comprends rien... Et quelle est cette femme,
Félix ?

Le jeune cocher, exactement renseigné sur la
chronique, scandaleuse ou non, des alentours,
se hâta d'exposer ce qu'il savait au sujet de la
Jeangagne.

C'était une ancienne bohémienne dont le mari,
chaudronnier ambulant, avait épargné quelque
argent à raccommoder poêles et chaudrons. Grâce
à ces économies, le couple nomade s'était fixé
dans ce village, où il avait acheté une maison-
nette et un lopin de terre. Le mari était mort
quelques années auparavant, et sa femme, devenue vieille et infirme, avait mis en viager le bien
qui lui restait. Toutefois, son revenu était sans
doute insuffisant pour la faire vivre, car elle y
suppléait en exerçant la profession de tireuse de
cartes.

— Elle passe pour fort experte, dit Félix
avec conviction, et on vient de très-loin pour la
consulter. Un jour de fête, comme aujourd'hui,
elle va faire une grosse recette... Les gens les

plus huppés des environs ne craignent pas de la
visiter, quoique M. le curé de la paroisse ait
prêché contre elle. Elle reçoit, m'a-t-on dit, la
comtesse de Châteaurocher, et puis le notaire
Briffaut, et puis le bonhomme M. Pichard ; que
sais-je ? Tout le pays enfin... et ma foi ! ajouta
naïvement Félix, il n'est pas étonnant que M. le
commandant Duplessis ait voulu la voir aussi.

Ernestine n'ignorait pas que le commandant
devait croire très-peu à la cartomancie ; néanmoins, les noms qu'on venait de prononcer avaient
piqué sa curiosité.

— Vraiment, dit-elle, puisque cette femme est
si habile, j'aurais envie de la consulter à mon
tour.

— Quoi ! demanda Victor au comble de la
surprise, vous, si éclairée et si judicieuse...

— Laisse donc ! j'ai une idée... Et puis, cela
nous distraira.

Le jeune cocher approuva chaleureusement la
fantaisie de sa maîtresse.

— Oui, oui, madame, entrez, répliqua-t-il ; la
Jeangagne vous dira des choses étonnantes...
D'ailleurs, ce n'est pas cher : dix sous pour le
petit jeu, et vingt sous pour le grand... Je vous
attendrai ici en gardant le cheval.

Ernestine fit un signe d'assentiment et poussa
une porte en treillis qui donnait sur une sorte de
cour où caquetaient des poules. Au fond était la
maison, d'assez pauvre apparence, comme nous
l'avons dit, et par une fenêtre ouverte, encadrée
de vigne, on apercevait la pythonisse elle-même

dans la salle du rez-de-chaussée. La mère et
le fils traversèrent la cour et entrèrent sans façon.

L'intérieur du logis était à peine moins misérable que celui du plus pauvre paysan. Mais
l'attention se portait d'abord sur la maîtresse du
lieu, qui, assise dans un fauteuil de bois, devant
une table vermoulue, semblait attendre ses pratiques ordinaires. Elle était fort vieille et avait
cette laideur repoussante des bohémiennes à un
âge avancé. Son costume, assez semblable à celui
des femmes du pays, était pourtant très-propre,
et elle avait mis, pour la circonstance, une coiffe
d'une blancheur de neige. Ses jambes restaient
enveloppées dans des couvertures, à cause de ses
infirmités, et son nez était chargé de lunettes en
corne. Sur la table on voyait plusieurs jeux de
cartes, grands et petits, mais tous fort crasseux,
et certainement le destin devait avoir de la répu-
gnance à faire connaître ses oracles au moyen de
pareils instruments.

Au moment où Ernestine et son fils entrèrent,
la devineresse semblait contempler avec satisfaction quelque chose dans le tiroir de la table où
elle déposait habituellement ses recettes. Il fallut
qu'une fillette au jupon court et aux pieds nus,
qui semblait être sa servante, l'avertît par un petit
cri de surprise et presque d'effroi de l'arrivée des
visiteurs. Aussitôt la vieille referma le tiroir; puis,
après s'être légèrement inclinée, elle dit d'une
voix nasillarde et dans un charabia que nous
épargnerons au lecteur :

— Prenez place, monsieur et madame; je suis

à vous... Que vous faut-il? Le grand ou le petit
jeu?

Elle saisit les tarots et se mit à les battre avec
dextérité.

— Ma brave femme, dit Ernestine en s'asseyant
et en posant une pièce d'argent sur la table, je
vous demande seulement de me faire « une réussite » sur un sujet qui m'occupe... La chose est
possible, n'est-ce pas?

La pièce disparut avec célérité.

— Rien de plus facile, répliqua la vieille.

Sans s'étonner qu'une grande dame, comme
semblait être Ernestine, fût entrée chez elle et lui
demandât « une réussite, » la Jeangagne battit de
nouveau les cartes, fit couper *de la main gauche*
à la cliente, puis forma divers petits paquets, en
marmottant des paroles inintelligibles.

Tout cela ne paraissait pas fort divertissant
à Victor; Mme Duplessis le contint par un sourire.

— Mère Jeangagne, reprit-elle avec aisance,
vous recevez beaucoup de monde, m'a-t-on dit;
est-ce que réellement vous comptez parmi vos
pratiques le commandant Duplessis, que je viens
de voir sortir de chez vous?

— Vous le connaissez? dit la vieille en inter-
rompant sa besogne. Ah! quel digne monsieur!
et généreux... et pas fier!

— Ainsi donc, le commandant Duplessis est
venu vous consulter, comme moi, par exemple?

— Non, répliqua la Jeangagne, et il n'a pas
l'air de faire grand cas de mon talent... Mais

n'importe ! il a apporté le bien-être et la joie dans ma maison.

Alors la bohémienne en retraite raconta avec volubilité les motifs de la visite.

Nous avons dit que cette femme, veuve et san enfants, avait vendu, moyennant une rente viagère, le petit héritage que lui avait laissé son mari, et l'acquéreur n'était autre que Baptiste Pichard, qui cherchait, par tous les moyens, à satisfaire sa passion pour la terre. Malheureusement Pichard, comme on sait, n'avait jamais d'argent ; dès la première année, il s'était trouvé dans l'impossibilité de tenir ses engagements envers la pauvre bohémienne qui, peu ingambe et fort inexpérimentée, n'avait pas songé à le poursuivre en justice.

— Aussi, madame, continua-t-elle, serions-nous mortes de faim, moi et la petite Zélie qui me soigne, si mon savoir ne m'avait procuré quelques ressources. Mais voilà qu'aujourd'hui cet excellent monsieur, qui s'entend avec le notaire Briffaut, est venu m'apporter tout ce que me doit M. Pichard pour ses arrérages... Voyez, voyez ! ajouta-t-elle avec une joie naïve, en ouvrant le tiroir où se trouvait une petite somme en or.

La mère et le fils furent frappés de surprise.

— Ah çà ! demanda Ernestine, est-ce que M. Duplessis se charge de payer les dettes de l'aubergiste Pichard ? La tâche sera rude, si ce que l'on dit est vrai.

— C'est possible, ma belle dame ; mais M. le commandant m'a fait signer, car je sais tracer

14

mon nom, divers papiers qu'avait préparés le notaire Briffaut.

— Et pourquoi ne serait-ce pas Pichard lui-même qui a chargé M. Duplessis de cette affaire ?

— Lui ! s'écria la bohémienne avec colère, lui, le brigand, le scélérat, l'affronteur ! Le plus souvent qu'il consentira jamais à payer ce qu'il doit ! Il s'empare du bien des autres, et il le garde... Tenez, c'est un mauvais homme, et je sais de lui des choses...

— Vous avez sans doute consulté les cartes à son sujet ? demanda Ernestine, de plus en plus intéressée par les aveux de la Jeangagne ; on assure qu'il vient vous voir souvent.

— Il vient pour me conter des mensonges et me leurrer de belles promesses... Une fois seulement, il me demanda de lui faire le grand jeu... C'était peu de temps après la mort de sa plus jeune fille, et quand l'autre était déjà en prison. Ce que je lui dis, ou plutôt ce que le sort lui dit, il ne l'a pas sans doute oublié, car il devint tout pâle, et ses dents grelottaient comme des noisettes dans un sac...

— Et que lui avait dit le sort, madame Jeangagne ?

La vieille darda sur son interlocutrice un regard défiant à travers ses lunettes.

— Je ne sais pas, répliqua-t-elle ; voyez-vous, nous autres, nous ne nous souvenons pas...

Elle ajouta après un moment de silence :

— Eh bien ! madame, et votre réussite ?... Je ne veux pourtant pas vous voler votre argent.

Et elle se remit à manier ses cartes avec rapidité.

Ernestine, qui savait maintenant ce qu'elle voulait savoir, avait hâte de se retirer. Néanmoins, pour ne pas offenser la bohémienne, elle attendit le résultat de l'opération.

En dépit d'elle-même, elle devint bientôt attentive. La Jeangagne semblait faire les choses en conscience, et se trémoussait avec ses cartes, sans cesser de marmotter entre ses dents. On eût dit que l'œuvre présentait certaines difficultés; souvent la pythonisse s'arrêtait pour réfléchir.

Enfin, elle reprit en poussant un soupir de soulagement :

— Tout marchera selon vos désirs, madame ; mais ce ne sera pas sans peine. Il y a dans votre jeu « une femme brune » et « un homme de la campagne » qui vous causeront beaucoup de soucis…. Mais tout finira bien, je vous le répète ; que peut-on souhaiter davantage ?

Ernestine n'ignorait pas que c'était là la réponse ordinaire des tireuses de cartes. Cependant elle sourit, comme si cette affirmation caressait quelque espoir secret, et après avoir pris congé de la Jeangagne, elle sortit avec son fils.

— Eh bien ! chère maman, demanda Victor quand on fut sur la voie publique, comprenez-vous quelque chose aux projets de M. Duplessis ?

— Il doit avoir une intention cachée, répliqua Ernestine ; mais, mon enfant, comme je te l'ai dit bien des fois, sachons attendre… Aussi bien, ajouta-t-elle en souriant finement, nos plans

réussiront malgré « l'homme de la campagne » et
« la femme brune. »

Comme on arrivait près de la voiture, elle
reprit :

— Je suppose, Victor, que tu ne tiens pas
beaucoup à cette fête de village, et si tu y consens,
nous allons rentrer au Barral... Puisque M. Duplessis se trouve dans le pays, peut-être a-t-il eu
l'idée de venir au château.

— Vous avez raison, maman; rentrons bien
vite.

On remonta dans la voiture, et on donna l'ordre
à Félix de retourner au château; mais le commandant Duplessis n'y avait pas paru, et il n'y
vint pas du reste de la journée.

XIX

LE PRÉAU.

La prison de L***, où Claudine Pichard attendait que la cour suprême eût statué sur son
pourvoi, était un vieil et noir édifice, situé à
l'entrée d'un faubourg de la ville. Cette prison,
quoiqu'elle fût divisée en deux parties, le quartier des hommes et celui des femmes, n'avait
pas besoin d'être très-grande, car les détenus
ne faisaient, pour ainsi dire, qu'y passer avant et
après leur jugement. Aussi le personnel des

gardiens était-il peu nombreux. Un concierge militaire et sa femme, un porte-clés, une religieuse infirmière, le composaient tout entier, et on ne voyait de soldats qu'à l'extérieur. Avec si peu de monde, la prison de L*** avait plutôt l'aspect paisible d'un couvent que celui d'un lieu de détention.

Le quartier des femmes consistait en une espèce de cour carrée, autour de laquelle s'ouvraient des cellules aux fenêtres garnies de barreaux. Cette cour servait de préau pour faire prendre l'air aux prisonnières, et quoiqu'elle fût entièrement dépourvue d'arbres, on n'avait pas sujet d'y craindre le soleil : les bâtiments s'élevaient si haut de tous côtés, qu'on y était comme au fond d'un puits.

C'est donc dans ce lugubre endroit que nous retrouvons Claudine Pichard, quelques semaines après sa condamnation.

Si le soleil ne descendait pas jusqu'au pavé humide de la cour, du moins il dorait la cime des constructions environnantes ; quelques hirondelles voltigeaient dans l'air, en poussant leur cri aigu, et des moineaux piaillaient sur les toits. Mais ces détails, distractions habituelles des prisonnières, ne semblaient occuper nullement celle-ci. Vêtue d'une simple robe noire, ses beaux cheveux partagés en bandeaux sur le front, pâle et souffrante, mais plus belle que jamais dans sa tristesse, elle était assise sur un banc de pierre à l'angle de la cour. Elle avait tiré de sa poche un carnet contenant une photographie, et, les yeux

fixés sur ce portrait, elle oubliait le monde entier.

Claudine était en ce moment seule de femme
dans la prison; mais elle aurait dû songer que,
par la fenêtre du rez-de-chaussée qui servait de
logement au gardien, on pouvait à toute heure de
la journée épier ce qui se passait dans le préau.
Elle s'abandonnait sans contrainte à ses rêveries,
quand la concierge, commère acariâtre qui faisait rudement sentir son autorité aux détenues,
parut tout à coup, et, s'approchant de Claudine,
lui dit avec brusquerie :

— Bon! vous voilà encore à bayer aux cor-
neilles! Cela changera lorsque vous serez transférée dans une autre maison... Il faudra bien que
vous travailliez alors! Mais suffit; pour le quart
d'heure, il y a quelqu'un qui veut vous voir.

Claudine s'était empressée de fermer le carnet
et de le glisser dans sa poche.

— Qui donc, madame Blumet? demanda-t-elle.

— Pardi! toujours le même... cet officier supérieur que mon mari, étant sergent dans la
ligne, a connu en Afrique.

— Monsieur Duplessis! s'écria Claudine. Oh!
il est bien bon pour moi; mais...

Elle faisait un mouvement pour rentrer dans
sa cellule, quand elle se trouva en face du
commandant, qui avait suivi de près la gardienne.

— Pourquoi ne me recevriez-vous pas, mademoiselle? dit-il d'un ton de reproche; ne suis-je
pas votre ami?

— C'est vrai, répliqua la prisonnière avec

confusion en lui tendant la main, et je suis heureuse de vous voir, pourvu que vous ne me parliez plus... de choses que je voudrais oublier.

Charles Duplessis fit un signe à la concierge, qui se retira. Pour lui, il alla s'asseoir avec Claudine sur le banc de pierre.

— Rassurez-vous, reprit-il; je ne reviendrai pas sur un sujet qui vous est pénible... Etes-vous bien traitée ici, et ne vous manque-t-il rien de ce que l'on peut vous procurer?

— Rien, grâce à vous, monsieur... Mon Dieu! je suis trop bien... Après le coup qui m'a frappée, ma vie aurait dû finir; mais j'ai une santé de fer qui résiste à tout. J'ai voulu me laisser mourir de faim; l'énergie m'a manqué au bout de quelques heures d'abstinence, et j'ai eu la lâcheté de me remettre à manger... D'ailleurs, la bonne sœur grise, qui vient me visiter souvent et me témoigne tant d'intérêt, m'a dit que je perdrais mon âme si j'attentais à mes jours.

— La sœur avait raison, Claudine; il faut que vous viviez, afin que votre innocence soit reconnue, afin que tout le monde connaisse votre héroïsme... Et puis, avez-vous songé, ajouta le commandant en baissant la voix, que, si vous mouriez, il y a quelqu'un qui ne se consolerait jamais?

— Qui donc? demanda la jeune fille en tressaillant. Croyez-vous qu'après m'avoir persécutée avec acharnement, *il* pourrait avoir encore de l'affection pour moi?

— De qui parlez-vous à votre tour? Ton-

nerre ! serait-ce de ce misérable qui vous a fait
condamner ?

Claudine rougit et se détourna sans répondre.
Le commandant reprit après un silence :

— J'ai quelque chose de grave à vous communiquer, mademoiselle, et j'espère que vous voudrez bien vous prêter à un projet dont l'exécution
doit être immédiate. Je travaille activement à réu-
nir les preuves de votre innocence, et je compte
y réussir. Par malheur, les moyens que j'em-
ploie m'imposent des lenteurs continuelles, et il
se passera encore un peu de temps avant que le
succès arrive. Or, vos souffrances doivent être
cruelles ici, et elles deviendraient intolérables si,
votre pourvoi étant rejeté, vous étiez transférée
dans une prison bien autrement sévère... J'ai
donc résolu de vous faire évader la nuit prochaine...

— Me faire évader, moi !.. C'est impossible !

— Vous croyez ? Et pourtant tout est prêt...
Cette concierge qui vous semble si acariâtre s'hu-
manise au besoin, et son mari, l'ancien sergent,
a pour moi une telle déférence... Je me suis donc
entendu avec eux, et voici ce qui a été décidé : ce
soir, lorsque la grosse horloge de la maison son-
nera dix heures, la porte de votre cellule, qui
donne sur le corridor, se trouvera ouverte. Vous
sortirez dans ce corridor, qui sera très-obscur ;
une main saisira la vôtre, et vous suivrez en silence une personne qui vous servira de guide.
Après plusieurs détours, vous traverserez une
partie de ce vaste bâtiment, qui n'est pas affectée

au service de la prison et où, par conséquent, on
ne rencontre ni gardes, ni sentinelles. Je vous attendrai dans la rue voisine, et nous gagnerons
ensemble une voiture qui doit stationner à quelques centaines de pas d'ici, hors de la ville.
Alors je vous amènerai dans un endroit où vous
serez à l'abri des recherches...

— Et quel est cet endroit, monsieur Duplessis?

— Une maison isolée à la campagne, chez de
braves gens qui auront de vous le plus grand
soin.

Claudine réfléchit profondément.

— A quoi bon? dit-elle enfin.

— Quoi! vous ne consentez pas?

— Si je partais en votre compagnie, que pen-
serait-on de moi?

— Pauvre Claudine! vous inquiétez-vous encore de l'opinion publique? Songez-vous à la
condamnation injuste... D'ailleurs, qui saurait si
j'ai pris part à cette évasion? Tous ceux dont le
concours m'est nécessaire auront un intérêt personnel à cacher la vérité... Claudine, malheureuse Claudine, ajouta le commandant avec véhémence, ne repoussez pas le seul ami qui vous
reste... Ah! si vous n'aviez pas un fatal amour au
cœur, ce n'est pas dans un coin inconnu de cette
province que je vous aurais offert un asile! Vous
ne pouvez ignorer quelle irrésistible tendresse
vous m'inspirez, malgré mon âge; je renoncerais
à d'anciens projets; je foulerais aux pieds certaines obligations impérieuses... Nous quitterions

la France ensemble, et nous irions dans un monde
nouveau, en Amérique, où nous serions à l'abri
des sévérités de l'opinion... J'oserais vous offrir
ma main, et, comme je suis riche encore, nous
pourrions trouver l'un et l'autre des jours heureux et tranquilles.

Claudine se leva brusquement.

— Paix, monsieur, je vous en conjure, dit-elle
en fondant en larmes ; je sais ce que je vous dois
de reconnaissance ; mais, à présent, il ne m'est
plus permis d'hésiter... Je subirai mon sort.

— Pourquoi cela, Claudine ?

— Parce que, en partant d'ici, j'aurais l'air
d'encourager des espérances qu'il me faut dé-
truire sans remède. Quoi ! je vous attacherais,
vous si généreux, si honoré de tous, à mon sort
misérable ! je vous ferais partager la réprobation
qui pèse sur moi ! Ce serait de ma part une ré-
voltante ingratitude, pour laquelle je mériterais
toutes les peines auxquelles je suis déjà condamnée... D'ailleurs, ajouta-t-elle d'un ton presque brutal, vous le savez bien, je ne puis plus
aimer personne : ma première affection s'est éga-
rée sur un homme indigne, et je sens bien que je
n'aimerai qu'une fois.

Elle s'exprimait avec tant d'énergie, que Charles Duplessis ne put retenir un geste de désespoir.

— Soit, Claudine, reprit-il ; ne songez plus à
moi ; ne vous occupez que de vous-même... Consentez seulement à vous laisser conduire dans
cette maison où vous êtes attendue, et je vous
jure...

Il n'acheva pas : on parlait à l'autre extrémité du préau, et on disait avec impatience :

— C'est bon, c'est bon, la gardienne ; puisque j'ai ma permission, il faut que je *la* voie, comme les autres... Ça serait drôle si je ne pouvais *la* voir !

Claudine et Duplessis se retournèrent vivement : c'était le père Pichard qui, écartant la concierge avec rudesse, se dirigea à pas rapides vers sa fille.

Celle-ci, à sa vue, eut un mouvement d'effroi, peut-être de répulsion, tandis que le commandant lui lançait un regard sombre. Depuis l'arrestation de Claudine, Pichard n'était pas venu la visiter dans sa prison, et rien ne pouvait faire deviner la cause de sa visite actuelle. Il avait repris ces allures placides, pleines de bonhomie qui lui étaient ordinaires, et la présence de sa fille ne sembla nullement l'émouvoir.

En revanche, lorsqu'il reconnut Duplessis, il éprouva un tressaillement visible. Sans adresser un mot à Claudine, il marcha vers lui, le salua humblement et lui dit d'un ton doucereux :

— Bien content de vous rencontrer, monsieur le commandant, car depuis que vous avez quitté la maison... Ah ça, bon Dieu, qu'avez-vous donc contre moi ? On assure que vous vous occupez de mes affaires et que vous achetez à tout prix les créances des gens qui me poursuivent.... Quelle est donc votre idée, dites ? Nous sommes pourtant bons amis, j'espère ? Moi d'abord, je suis comme un agneau, ne cherchant querelle à personne... Pourquoi donc avez-vous l'air de faire des manigances contre moi?

— Il n'y a pas de « manigances, » monsieur Pichard, répliqua Duplessis d'un ton glacial ; vous êtes propriétaire, et moi aussi ; vous aimez la terre, et je me suis laissé prendre de même à cette sotte passion... Vous avez trop de terres, à ce qu'il paraît ; moi, je veux en acheter. Que chacun de nous défende ses goûts et ses intérêts.

Cette fois, le bonhomme Baptiste pâlit.

— Mais je n'ai pas trop de terres, s'écria-t-il, et je tiens à celles que j'ai... Oui, oui, je commence à voir de quoi il retourne ! Votre intention est de faire vendre mes propriétés pour les racheter. Ah ! mon digne monsieur, je n'attendais pas cela de vous ! Pourquoi me malmener ainsi ? Ce sera ma ruine, et j'en mourrai... Vous regretteriez certainement d'avoir causé ma mort !

— Monsieur Pichard, répliqua le commandant de son ton inflexible, je n'emploierai d'autres moyens que ceux permis par la loi et la justice ; servez-vous-en de votre côté : c'est tout ce que j'ai à vous dire.

Et il fit mine de s'éloigner. Le bonhomme éponge avec son mouchoir à carreaux la sueur abondante qui lui coulait du front et se plaça devant lui.

— Enfin, pourquoi m'en voulez-vous ? répéta-t-il ; n'avez-vous pas été chez moi comme l'enfant de la maison ? Les comptes n'ont-ils pas été raisonnables ? Si je savais le contraire, je jetterais à la porte cette Marion, qui mène l'auberge à

présent... Voyons! voyons, il y a quelque moyen
de s'arranger, je le parie!

Duplessis demeura impassible, sans répondre.

Claudine s'était remise peu à peu de sa première impression et avait écouté en silence cet
entretien. Tout à coup, le bonhomme se tourna
vers elle.

— Parle-lui, toi, petite, reprit-il d'un ton
presque suppliant; on dit qu'il fait tout ce que tu
lui demandes... Tu ne souffriras pas qu'on me
chagrine ainsi. Je t'ai toujours aimée, tu sais?
Ces derniers temps, j'ai eu l'air comme ça de
laisser aller les choses; mais tu t'en es bien ti-
rée tout de même, et c'est tant mieux... Aussi, je
viens te voir de bonne amitié, et on oubliera le
passé; c'est entendu... A présent, parle-lui donc!

Il voulut embrasser Claudine; mais elle se retira vivement en arrière. Le commandant, qui
s'était éloigné de quelques pas, pour ne pas gêner
leurs épanchements, remarqua très-bien ce mouvement répulsif.

— C'est presque un aveu! murmura-t-il.

Quant à Pichard, il ne sembla même pas s'en
apercevoir.

— Je te dis, poursuivit-il, qu'il n'y a que toi
pour l'adoucir; c'est connu... Songe donc: il veut
me ruiner, faire vendre mes terres! Allons! tu as
toujours été une bonne fille, excepté dans ces
derniers temps où tu as eu l'idée, à ce que l'on
dit... Ensuite je n'en sais rien, moi!... Dans tous
les cas, je te pardonne... Oui, ma pauvre petite,
je te pardonne... et de bon cœur.

Et il sembla vouloir encore embrasser Claudine ; elle l'arrêta par un regard terrible.

— Mon père, dit-elle à voix très-basse, c'eût été charité à vous de m'apporter un peu de cette poudre blanche que je vous ai vu glisser dans les boissons de ma sœur.

Puis, toute frémissante, elle s'enfuit vers une porte qui donnait dans l'intérieur de la prison et disparut.

Pichard était resté comme foudroyé ; il s'affaissa tellement sur lui-même, qu'il faillit tomber à la renverse. Néanmoins, le premier choc passé, il se redressa et promena les yeux autour de lui, afin de s'assurer que personne n'avait été à portée d'entendre. Comme nous l'avons dit, Duplessis, par discrétion, se tenait un peu à l'écart, tandis que la gardienne était en sentinelle près de la grille d'entrée, sa clé à la main.

Un peu tranquillisé sur ce point, Pichard ne songea plus qu'à se retirer. La colère semblait maintenant l'emporter en lui sur la terreur. Il s'approcha de Duplessis, et dit sèchement :

— C'est sans doute un coup monté entre vous!... Mais j'aurai mon tour... On verra, on verra !... Vous ne me connaissez pas encore, monsieur Duplessis !

— Je vous connais mieux que vous ne pensez, monsieur Pichard.

— Alors ne me poussez pas à bout ; je vous le conseille, car vous sauriez de quoi je suis capable... Adieu donc ! nous nous reverrons peut-être bientôt.

Et il quitta la prison.

Le commandant désirait rejoindre Claudine; mais la concierge vint à lui.

— Vous ne pouvez rester davantage, lui dit-elle; c'est l'heure où le réglement nous oblige à renvoyer les visiteurs, et il faut observer le réglement... Eh bien! ajouta-t-elle tout bas, consent-elle?

— Elle refuse; mais essayez de lui faire comprendre...

— Bon, bon! de petites simagrées!... D'ici à ce soir, elle réfléchira... Elle serait la première qui se ferait tirer l'oreille dans un cas semblable! A ce soir donc, monsieur le commandant; tout sera prêt.

XX

LE CHASSEUR.

On était au commencement d'octobre, et le commandant Duplessis ne venait toujours pas au Barral. A la vérité, il envoyait de temps en temps encore des présents aux hôtes du château; mais lui-même ne faisait que de courtes apparitions dans le pays, et l'on ne pouvait jamais savoir d'une manière exacte où il se trouvait.

L'avant-veille du jour fixé pour son départ, Victor entra dans le salon où Mme Duplessis s'occupait d'écrire sa correspondance. Il était équipé en chasseur et avait le fusil sous le bras, tandis que Tambour, le chien de chasse, à qui l'accès du salon était interdite, jappait d'impatience à la porte.

— Chère maman, dit le lycéen, je vais faire un tour de chasse ; puis je reviendrai par le bourg de Pierrefitte, et je m'informerai chez le notaire Briffaut si l'on n'aurait pas quelque nouvelle du commandant.

— C'est une excellente idée, mon garçon ; peut-être, en effet, M. Duplessis est-il là-bas, ou du moins va-t-il y venir d'un moment à l'autre... et je serais désolée que tu ne puisses lui dire adieu avant de quitter le pays.

Victor embrassa sa mère et partit, à la vive satisfaction de Tambour, qui célébra le fait par de sonores aboiements.

Bientôt Victor entra en chasse, et comme le canton était abondant en gibier, les coups secs de son fusil Lefaucheux ne tardèrent pas à retentir. Grâce à la légèreté de la jeunesse, le chasseur oubliait dans ce divertissement des préoccupations plus graves ; une circonstance nouvelle vint les lui rappeler.

Il avait parcouru en tiraillant la vaste lande qui avoisinait Saint-Hilaire, et il était arrivé tout près du village. Comme il se disposait à gagner Pierrefitte, il aperçut, sur une espèce de terrasse attenante à la modeste habitation de la tireuse de cartes, une femme debout, qui lui faisait signe d'approcher. Victor, étonné, s'arrêta.

— La bohémienne ! se dit-il. Que diable peut-elle me vouloir ?

Il s'avança au pied de la terrasse.

C'était la Jeangagne, en effet, qui paraissait l'appeler. On se souvient qu'elle marchait à peine, et quand le temps était beau, comme ce jour-là, on l'installait sur cette terrasse pour prendre l'air. La vieille était fort agitée. Dès qu'elle crut Victor à portée de l'entendre, elle se pencha en avant, appuyée sur une béquille, et demanda avec empressement :

— C'est-il pas vous, mon petit monsieur, qui êtes venu l'autre jour avec « la préfette » pour me consulter ?

— Oui, répliqua sèchement Victor, à qui le ton peu respectueux de la bohémienne ne plaisait pas.

— Alors vous êtes parent de ce digne monsieur qui m'a acheté ma créance contre Pichard ?

— Ma mère et moi, nous sommes parents, il est vrai, du commandant Duplessis.

— Je savais bien... En ce cas, c'est le bon Dieu qui vous envoie, car j'étais dans des transes... Vous passerez par Pierrefitte, sans doute ?

— En effet, j'y passerai pour retourner au Barral.

— Eh bien ! à Pierrefitte, vous rencontrerez votre parent, M. Duplessis.

— En êtes-vous sûre, mère Jeangagne ?

— Il doit y venir ajourd'hui ; la chose est certaine... Aussi, mon gentil petit monsieur, faut-il que vous l'avertissiez d'être en garde contre le

15

père Pichard... Dites-lui de se méfier, car l'aubergiste médite un mauvais coup.

— Que chantez-vous là, mère Jeangagne? Vous
voulez rire sans doute?

— Je ne ris pas, mon jeune monsieur; Pichard
n'est pas aussi commode qu'on le suppose... Il
est venu ici ce matin pour me reprocher d'avoir
vendu ma créance, et quand il a su que l'affaire
était sans remède, j'ai cru qu'il allait me tuer... Il
a fini pourtant par ne plus songer à moi; mais il
s'est répandu en menaces contre M. Duplessis.
Il paraît qu'on attend le commandant aujourd'hui
chez le notaire Briffaut, et Pichard jure que la
journée ne se passera pas sans qu'il se soit vengé.
Si vous aviez vu quelle mine il avait en parlant
ainsi!... Et puis, j'ai remarqué de gros pistolets
dans les poches de sa lévite... Sans compter que,
quand il a été parti, j'ai consulté les cartes, et
elles m'ont dit des choses affreuses...

— Vous croyez donc aux cartes, vous, bonne
femme? demanda le lycéen; on assure pourtant
que les devineresses...

— Tenez! vous êtes un moqueur incrédule!
dit la bohémienne en soupirant; mais si vous
aimez vraiment M. Duplessis, vous allez bien vite
lui porter un avertissement... Je ne peux plus
marcher, moi, pauvre femme! et, depuis ce matin, je suis comme dans de l'huile bouillante,
rapport à tout ceci... Je vous le répète donc,
c'est Dieu qui vous amène... Mais ne perdez pas
de temps; partez sans retard.

Victor n'accordait pas grande confiance aux

paroles de la bohémienne. Il n'y voyait que les
craintes exagérées d'une vieille femme, et peut-
être aussi l'intention de se targuer d'un service
imaginaire pour obtenir quelque argent. Il répondit d'un ton léger :

— Allons, la Jeangagne, je vais descendre à
Pierrefitte, et si le commandant y vient... Du
reste, ayez l'esprit en repos : le bonhomme Baptiste ne saurait être bien redoutable pour
M. Charles Duplessis.

Il siffla Tambour et s'éloigna, tandis que la
bohémienne le suivait des yeux en marmottant :

— Un de ces jeunes modernes !... ça ne croit
plus à rien de rien.

Et elle rentra péniblement chez elle.

Si Victor avait l'intention de remplir sa mission, nous devons avouer qu'il ne montrait pas
un empressement extrême. A peine avait-il perdu
de vue la maison de la Jeangagne, qu'il se remit
en chasse, et que son fusil recommença à tonner
contre perdreaux et cailles. A la vérité, il se rendait au bourg de Pierrefitte, mais à travers les
champs, et sans s'occuper le moins du monde
d'accourcir le trajet.

Une heure se passa encore, et Victor, tout à son
plaisir favori, ne songeait plus guère aux recommandations de la tireuse de cartes. Cependant il
approchait du bourg, dont les toits rouges apparaissaient au milieu des arbres, lorsque, en tra-
versant un taillis de coudriers voisin de la route,
il vit son chien, qui le précédait d'une vingtaine
de pas, s'arrêter tout à coup, renâcler un moment,

puis aboyer avec énergie contre quelqu'un ou contre quelque chose.

Le chasseur ne s'émouvait guère de cette fantaisie de Tambour ; comme il continuait d'avancer, tout à coup une figure effarée se montra dans le feuillage, et on cria avec l'accent de la terreur :

— Prenez garde !... Ne tirez pas ! Tonnerre ! ne tirez pas... Il y a du monde par ici !

En même temps, M. Anatole Chamusset, avec son veston le plus court, avec son pantalon le plus excentrique, sortit précipitamment du taillis en brandissant une canne légère.

Mais il n'était pas seul : derrière lui, dans un étroit sentier qui traversait la coudraie, une femme semblait vouloir se dérober aux regards. Par malheur, la chose était impossible, car Victor se trouvait maintenant à deux pas d'elle, sans compter que l'indiscret Tambour s'était mis à aboyer contre la promeneuse, comme il avait aboyé contre le promeneur.

La pauvre femme, embarrassée, effrayée, confuse, se tenait donc derrière Anatole, sans oser bouger. Elle était vêtue comme une petite bourgeoise et avait ramené, avec empressement, sur sa figure un voile vert, destiné à la protéger contre la poussière et le soleil. Malgré cette précaution, il n'était pas difficile de reconnaître Mlle Rose, la demoiselle jadis vêtue de blanc, et la doyenne des filles à marier de Pierrefitte.

Victor s'était arrêté à son tour.

— Ah çà ! que me voulez-vous donc ? dit-il.

Est-ce que je songe à tirer ? Je porte mon fusil sur l'épaule.

— J'avais cru... il me semblait... Mais retenez votre chien... Cette sotte bête fait peur à... une dame. Retenez-le donc ou, morbleu ! je lui casse les reins.

Et Anotole fit siffler sa houssine.

On se souvient que Victor Duplessis n'était pas doué d'une grande patience.

— Ne touchez pas mon chien ! s'écria-t-il résolument. Ah çà ! qui êtes-vous donc pour le prendre de si haut avec moi ?

— Mon garçon, reprit Anatole d'un ton majestueux, si vous n'étiez pas un enfant étranger au pays, vous sauriez que je suis le fils du maire de cette commune et que l'on me parle avec politesse... Aussi bien je suis chasseur moi-même, et je désire savoir de quel droit vous chassez dans un bois qui, si je ne me trompe, appartient à mon père.

— Je ne chasse plus depuis dix minutes... et allez au diable !

— Insolent ! Si vous n'aviez pas un fusil dont vous seriez tenté de faire un mauvais usage, je vous châtierais comme vous le méritez.

— Me châtier, moi ! Tenez, je jette mon fusil... venez-y donc. à présent !

L'attitude du lycéen était si résolue, que le bel Anatole, qui ne brillait ni par la vigueur, ni par le courage, ne sembla pas pressé d'accomplir sa menace.

— C'est bon, dit-il je vous retrouverai... En ce

moment, je suis en compagnie d'une dame, et je
ne veux pas la rendre témoin d'une rixe ridicule.

— Eh bien! moi, s'écria Victor hors de lui, je
vais la rendre témoin du respect que j'éprouve
pour son amoureux.

Il courut sur le bel Anatole et lui appliqua
deux soufflets tellement bruyants, qu'ils furent
répétés par l'écho du bois taillis.

Le petit crevé campagnard ne pouvait se dis-
penser de répondre de son mieux à une pareille
attaque. Aussi se démena-t-il avec ses longs bras
maigres pour rendre ce qu'on lui donnait. Mal lui
en prit, car le lycéen, agile et impétueux autant
que robuste, évita ses atteintes avec adresse; puis,
s'élançant tout à coup, lui administra une profusion de coups de pied et de coups de poing si
drus, si rapides, si vigoureusement assénés, que
le malencontreux Anatole tomba sur le gazon.

Aussitôt qu'il fut à terre, Victor cessa de frapper; puis, tandis que le vaincu se relevait avec
effort, les vêtements déchirés, les yeux pochés,
le nez en sang, le lycéen alla reprendre son fusil,
et, avant de s'éloigner, il dit à haute voix:

— Monsieur, je m'appelle Victor Duplessis; si
vous avez à me parler, vous me trouverez au
Barral, où je demeure... Toutefois, ne perdez pas
trop de temps, car je compte dans deux jours retourner à Paris.

Il toucha ironiquement son chapeau et se remit en marche, suivi de Tambour, qui célébrait
par de joyeuses gambades la victoire de son
maître.

Anatole était parvenu à se remettre sur pied. En épongeant son visage, il disait avec confusion :

— Vous avez vu, ma chère Rose, comment j'ai été pris en traître par ce petit drôle. D'ailleurs, je l'ai ménagé à cause de son extrême jeunesse... Et surtout, Rose, je tenais à éviter le bruit et le scandale qui eussent pu vous compromettre... Ah çà ! où êtes-vous donc ?

Il regarda autour de lui ; mais pendant la bataille, la doyenne des rosières de Pierrefitte avait jugé à propos de s'esquiver.

Le bel Anatole ne parut pas trop désolé de cette fugue soudaine :

— Peut-être n'a-t-elle rien vu, reprit-il ; je parviendrai à lui persuader... Quant à elle, certainement, elle ne contera l'aventure à personne.

Il alla ramasser son chapeau qui était défoncé, et sa canne qui avait été brisée sur son dos.

— Bah ! dit-il d'un air de réflexion, ce petit enragé doit quitter le pays dans deux jours, et, dès qu'il sera parti, j'expliquerai les choses à ma guise.

Puis il reprit à son tour le chemin de Pierrefitte, en clopinant, en boitant, et surtout en se tenant hors de la vue de Victor, qui le précédait.

Mais Victor ne songeait plus à lui. Sa chasse était terminée, et il pensait que peut-être il n'eût pas dû tant tarder à vérifier les avertissements de la bohémienne. Il doubla donc le pas, et bientôt il arriva à Pierrefitte.

Dans ce bourg, habituellement si tranquille,

régnait une certaine agitation. De grandes affiches
rouges couvraient toutes les murailles, et, quoique
ce fût l'heure des travaux de la campagne, on
voyait des gens aller çà et là en chuchotant avec
vivacité. Sur une petite place, en face de la maison
du notaire Briffaut, où le commandant avait un
pied-à-terre, cette fermentation devint plus visible. Quelques groupes de causeurs observaient
avec intérêt la maison, d'où il s'élevait, malgré la
distance, un murmure de voix animées.

Victor, nous en avons eu déjà la preuve, n'était
ni timide ni embarrassé quand quelque chose le
touchait. Il s'approcha d'un de ces groupes :

— Qu'y a-t-il donc, mes braves gens, demanda-
t-il, et que se passe-t-il ici ?

Le lycéen était déjà connu dans le voisinage;
toutes les mains se portèrent aux chapeaux pour
le saluer.

— Mon Dieu ! rien, monsieur, répliqua un des
causeurs. Seulement votre cousin le commandant
vient d'arriver, et il est là chez le notaire avec le
bonhomme Baptiste. Vous sentez que, vu l'état
des choses, cette rencontre peut mal finir, et on
voudrait savoir...

— Le commandant est ici ! s'écria Victor, et on
a laissé le père Pichard pénétrer... Diable !

Il allait franchir la porte du notaire, quand des
cris furieux, bientôt suivis d'un coup de feu, se
firent entendre intérieurement.

— Il est arrivé un malheur ! dit un des curieux
avec plus d'étonnement que d'effroi.

Victor, éperdu, se précipita dans la maison.

Nous sommes obligé de donner ici quelques détails pour l'intelligence de ce qui va suivre.

Le commandant Duplessis, dans un but que nous connaîtrons bientôt, avait résolu d'acquérir toutes les créances qui grevaient les propriétés de Pichard, et ces créances étaient nombreuses, car, sur la plupart de ses marchés, l'avare de la terre n'avait payé que des sommes insignifiantes. Aussi, certains créanciers, impatientés de ne rien tirer de lui, avaient-ils, de longue date, commencé des poursuites, obtenu même des jugements qu'un reste de pitié empêchait seule de mettre à exécution.

Charles Duplessis, conseillé par des hommes d'affaires expérimentés, avait donc acheté, à beaux deniers comptants, les droits de ces divers créanciers, afin de les exercer en son nom personnel. Le maire Chamusset, n'ayant plus aucun ménagement à garder envers Pichard, avait cédé volontiers sa créance de dix mille francs, et nous savons, par l'exemple de la bohémienne Jean-gagne, comment Duplessis s'y prenait pour arriver à ses fins. Il avait réuni ainsi un grand nombre de titres, dont plusieurs étaient immédiatement exécutoires, et fait saisir, par ministère d'huissier, non seulement les terres dont le paiement était en souffrance, mais encore tous les biens appartenant en propre à Pichard, y compris l'auberge du Chêne-Vert.

A la suite de cette saisie, qui avait eu lieu quelques jours auparavant, les grandes affiches rouges, dont nous venons de parler, étaient ap-

parues sur les murailles de Pierrefitte. Elles contenaient l'interminable énumération des morceaux
de terre qui allaient être vendus par autorité de
justice, ainsi que leur mise à prix, et elles
avaient été posées avec profusion jusque dans la
ville de L***.

Il est facile de s'imaginer quelle rumeur causa
cet événement. Bien que, depuis longtemps, on
pût prévoir la ruine du forcené acquéreur de
terres, personne n'avait cru qu'elle dût être si
prompte et si complète. Toutefois, le bonhomme
Baptiste, comme on s'obstinait à l'appeler, n'avait
plus les sympathies de la population. Depuis la
condamnation de sa fille, l'opinion publique s'était
tournée contre lui. On se communiquait tout
bas certaines remarques relatives au procès récent, et on insinuait déjà que Pichard pouvait
bien s'être rendu coupable du crime affreux dont
Claudine portait la peine. Aussi ne montrait-on
qu'une pitié très-restreinte pour l'accapareur de
terres, et certains de ses anciens amis ne songeaient plus qu'à profiter de sa chute.

Du reste, la conduite de Pichard, dans cette
circonstance, n'avait été ni digne ni modérée. Il
avait voulu tuer l'huissier et les recors chargés
de lui signifier les jugements et d'opérer les saisies. Puis il avait proféré de violentes menaces
contre ceux de ses créanciers auxquels s'était
substitué le commandant. Or, on commençait à
ne plus dédaigner ses menaces, et le maire Chamusset, notamment, n'osait plus sortir, de peur
de rencontrer le vindicatif aubergiste.

Tel était donc l'état des choses, lorsque la nouvelle se répandit, par l'indiscrétion d'un clerc de M. Briffaut, que le commandant Duplessis allait venir à Pierrefitte. Pichard en fut instruit un des premiers, et nous savons quelle impression cette nouvelle produisit sur lui. Quant aux autres habitants du bourg, nous savons aussi qu'ils étaient curieux de voir quelle figure Pichard ferait devant son persécuteur acharné, et voilà comment tout Pierrefitte était en rumeur à l'arrivée de Victor.

Charles Duplessis, en effet, venait de traverser le bourg sur l'excellent cheval auquel il donnait tant de besogne et était descendu chez le notaire. Le cheval ayant été conduit à l'écurie, le maître était monté au petit appartement qu'il occupait au premier étage, et où Briffaut ne tarda pas à le rejoindre.

Le commandant paraissait triste et mécontent. Comme nous l'avons dit, il était fort vieilli et ne conservait rien de sa belle prestance d'autrefois.

Il se jeta, encore tout botté, sur un fauteuil de canne et écouta distraitement Briffaut, qui lui rendait compte de la marche de ses procédures. Duplessis interrompit pour lui donner des instructions d'une sévérité excessive.

Le notaire se récria.

— Tout cela est bien rigoureux, commandant, dit-il, et je ne sais vraiment ce qu'a pu vous faire Pichard pour que vous le traitiez ainsi.

— Ce qu'il m'a fait? répliqua Charles Du-

plessis. A moi, rien ; mais je venge ses deux mal-
heureuses filles, et d'ailleurs j'ai besoin pour
mes projets qu'il soit réduit au désespoir. Il faut
qu'il renonce enfin à ce masque d'hypocrisie dont
il se couvre ; il faut qu'il soit brisé, vaincu, sans
force et sans courage... Alors peut-être obtien-
drai-je de lui ce que je désire, et je verrai si je
dois l'épargner.

— Vous voulez le réduire au désespoir !...
Commandant, ce peut être là un jeu dangereux.
Les natures les plus paisibles, dans ce cas, de-
viennent souvent féroces...

—J'en courrai les risques, répliqua sèchement
Duplessis.

Le notaire intimidé n'osa insister. Le commandant reprit après un moment de silence :

— Avez-vous entendu dire, monsieur Briffaut,
que le jugement de Claudine Pichard avait été
cassé par la cour suprême, en apparence pour un
défaut de forme, en réalité peut-être parce que
les magistrats de l'ordre supérieur l'ont trouvé
inique ?

— En effet, mon journal annonce ce matin que
le pourvoi de cette pauvre fille a été admis et
que la cause est renvoyée devant la cour de P***.

— La nouvelle est exacte ; ainsi, tout peut se
réparer, et le procès va recommencer sur nouveaux frais. On doit se féliciter maintenant que
Mlle Claudine n'ait pas consenti à s'évader, comme
je... comme on le lui avait conseillé et comme on
lui en avait préparé les moyens. Quels qu'aient été
les motifs de sa détermination, il y a lieu d'espé-

rer que, cette fois, elle voudra se défendre... Et
c'est pour cela, Briffaut, que j'ai besoin plus que
jamais de rompre toute résistance du côté de Pichard. Je le tiens par les sentiments les plus
puissants de cette âme vulgaire ; il importe que je
le dompte complètement, et je le dompterai.

— Permettez-moi de vous dire, monsieur, que
si vous comptez amener Pichard à quelque pénible aveu, vous pourriez être trompé dans vos
calculs. Ces vieux campagnards ont une obstination aveugle, farouche...

— C'est ce que nous verrons.

En ce moment, un clerc entra tout effaré
pour annoncer que Pichard venait d'arriver à
l'étude et demandait à voir sur le champ M. Duplessis.

— Eh bien ! qu'il entre, répliqua le commandant avec tranquillité.

— Avec votre permission, monsieur, dit le clerc
embarrassé, Pichard a une mine fort singulière,
et on pourrait craindre...

— Que craindrait-on ?

Et se tournant vers Briffaut, le commandant
poursuivit :

— Peut-être est-il déjà au point où je voulais
l'amener, et il importe de s'en assurer au plus
vite... Ayez donc la bonté, messieurs, de me
laisser avec lui. Il est vraiment nécessaire que
nous causions en particulier.

— Commandant, dit le notaire tout bas, souffrez que, moi du moins...

— Ah çà ! mille millions de diables ! croit-on

que ce bonhomme me fasse peur, à moi, vieux
soldat d'Afrique ? Eût-il dans sa poche un canon
chargé à mitraille, je ne m'en soucie guère....
Qu'il vienne, vous dis-je... Et vous, messieurs,
excusez-moi.

Toute nouvelle représentation étant inutile,
Briffaut et son clerc se retirèrent ; au bout de
quelques minutes, Pichard monta l'escalier à pas
précipités.

XXI

LA CATASTROPHE.

Lorsqu'il entra, ses petits yeux avaient des
éclairs fauves, comme ceux d'un chat en fureur,
et ses poings étaient convulsivement fermés. Cependant, l'attitude paisible de Duplessis sembla
produire sur lui l'effet d'un calmant, et il salua
en silence.

— Bonjour, monsieur Pichard, lui dit le commandant avec un sang-froid étudié ; on m'assure
que vous avez à me parler... Prenez un siége ; il
ne tiendra pas à moi que je ne vous accorde ce
que vous demanderez.

Cette douceur inattendue, ces paroles presque
amicales transfigurèrent subitement le bonhomme
Baptiste. Ses traits crispés se détendirent :

— Ah ! monsieur Duplessis, s'écria-t-il avec
explosion, vous n'êtes donc pas mon plus mortel

ennemi? Vous n'avez donc pas juré ma perte?
Vous ne songez plus à faire vendre ces morceaux
de terre que j'ai eu tant de peine à acquérir, que
j'ai conservés au prix de tant de soucis et de sacrifices? Tenez, j'ai voulu me raisonner, mais
c'est plus fort que moi... On m'arrachera l'âme
si l'on essaie de m'enlever un seul de ces biens
qui sont ma joie, mon orgueil, ma vie!... Allons!
monsieur Duplessis, je ne vous ai donné aucun
sujet de colère; je vous en conjure, mettez fin à
ces poursuites impitoyables! Je prendrai tous les
arrangements que vous exigerez, mais ordonnez
à vos gens d'affaires de ne plus me traquer
comme un loup enragé... Ayez pitié de moi... Je
vous le demande en grâce; voyez, je vous le
demande à genoux!

En effet, Pichard était tombé lourdement sur
ses deux genoux et avait joint les mains, tandis
que de grosses larmes inondaient son visage. Il y
avait tant de souffrance et de terreur dans son attitude, qu'il semblait impossible de ne pas en être
touché.

Cependant, Duplessis ne manifesta aucune
émotion.

— Relevez-vous, monsieur Pichard, dit-il; ce
n'est pas par des prières et des humiliations que
vous parviendrez à changer ce que j'ai résolu. Je
vous épargnerai, et même je vous aiderai à sortir
des embarras d'une situation périlleuse; mais
vous devrez, de votre côté, accepter mes conditions, et elles vous paraîtront sans doute fort
dures, je vous en avertis.

— Vos conditions! Quelles conditions? Dites vite, monsieur... Rien, je crois, ne me semblera dur, pourvu que je conserve mes terres.

— Nous allons voir.

L'aubergiste s'assit sur une chaise en face du commandant, les mains sur ses genoux, et le regarda, bouche béante.

— Monsieur Pichard, reprit Duplessis, avez-vous entendu dire que le pourvoi de votre fille Claudine a été admis et que le jugement de la cour d'assises de L*** vient d'être cassé?

Le bonhomme passa la main sur son front.

— Attendez, dit-il; je crois me souvenir qu'on m'a parlé aujourd'hui de quelque chose de pareil... à moins que je ne l'aie rêvé... Ma pauvre tête est si faible à présent!

— Eh bien! si vous l'ignorez encore, je vous l'affirme... Oui, le procès va recommencer devant la cour de P***.

— Pourvu que la petite s'en tire aussi heureusement que du premier! répliqua Pichard avec distraction; mais, si vous le voulez bien, monsieur Duplessis, parlons de nos affaires.

— Ce que vous appelez « nos affaires » touche plus que vous ne pensez à la cruelle situation de votre fille aînée, et vous allez le comprendre... Pichard, Claudine est innocente, et il faut que, dans un bref délai, cette innocence soit solennellement reconnue.

— Je ne demande pas mieux... C'est ma fille, après tout!

— Un vœu stérile ne suffit pas; il faut encore

que vous contribuiez, même au prix des plus
grands sacrifices, à obtenir ce résultat... Et cela
vous sera d'autant plus facile, poursuivit le commandant d'une voix sourde, que le véritable coupable, c'est vous, Baptiste Pichard !

— Moi ! s'écria l'aubergiste en bondissant; si
l'on peut dire...

— N'essayez pas de nier; ma conviction est
complète sur ce chapitre... Et ce n'est plus moi
seul qui suis convaincu de votre culpabilité : tout
le monde aujourd'hui fait certains rapproche-
ments; tout le monde s'aperçoit que votre simpli-
cité apparente n'est que ruse et fausseté. Au
moment où Juliette est morte, vous vous trouviez
dans l'obligation de la marier et de lui rendre les
biens de sa mère, ce que vous vouliez éviter à
tout prix. Grâce à l'admirable dévoûment de
Claudine, les soupçons ne sont pas tombés sur
vous ; mais j'ai tout lieu de croire que votre fille
aînée sait là vérité et qu'elle va se relâcher enfin
de sa discrétion funeste. L'instruction recommen-
cera sur des données nouvelles ; des témoignages
nouveaux seront recueillis, et certainement, Pichard, vos abominables forfaits ne resteront pas
sans châtiment.

L'accent ferme, l'air de certitude du commandant, glaçaient Pichard d'effroi. Un mot surtout
l'avait frappé.

— Des témoignages nouveaux ! balbutia-t-il;
quelqu'un aurait-il parlé contre moi, hein?...
Faudrait le dire.

— L'instruction vous le dira... Qu'il vous

16

suffise de savoir que vous inspirez les plus graves soupçons, et que vous n'êtes pas seulement en danger d'être ruiné, mais encore d'être poursuivi, condamné et... le reste.

Un geste terrible acheva la pensée de Duplessis.

Evidemment, le commandant donnait comme des réalités ce qui ne pouvait être encore que des suppositions; mais Pichard, dont la conscience n'était pas tranquille, continuait de trembler. Tout à coup, il releva la tête et sourit d'un sourire étrange :

— Voyons, voyons! reprit-il; tout ça, c'est des finasseries... Vous avez quelque chose à me proposer, n'est-ce pas? Proposez donc... proposez tout de suite.

Le commandant crut décidément l'avoir amené au point qu'il désirait.

— Pichard, reprit-il, avant de vous apprendre ce que j'attends de vous, sachez d'abord ce que je vous accorde... J'ai concentré dans mes mains toutes les créances qui grèvent vos propriétés; les jugements ont été rendus; les saisies ont été opérées; il ne tient qu'à moi d'achever votre ruine. Eh bien! Pichard, je renoncerai à ce droit rigoureux. Je prendrai l'engagement de ne pas l'exercer tant que vous serez vivant, et je me bornerai à stipuler un modeste intérêt pour les sommes avancées par moi... De plus, je vais vous remettre, à l'instant même, une somme de dix mille francs en billets de banque, afin que vous puissiez remplir les conditions que je vous imposerai.

Le bonhomme Baptiste semblait changé en
statue. Enfin il dit avec brusquerie :

— C'est trop beau... beaucoup trop beau !... Il
y a du « chiendent... » Maintenant, voyons le
« chiendent, » monsieur Duplessis !

— Je vous ai prévenu, Pichard, que mes conditions seraient dures ; écoutez-les... Vous allez
vous mettre à cette table et écrire une déclaration ainsi conçue : « Je reconnais devant la justice que je suis seul coupable de la mort de ma
fille Juliette Pichard. Pour éviter l'obligation de
rendre à Juliette, en la mariant, les biens de
sa mère, j'ai glissé dans ses boissons le poison
qui l'a tuée, puis je me suis arrangé afin de
rejeter les soupçons sur ma fille aînée Claudine, dont j'espérais également hériter... » Voilà
ce que vous devez écrire et signer, ici... sans
retard... si vous voulez que je montre quelque
pitié pour vous.

Baptiste demeurait muet. Il n'avait peut-être
aucune horreur de son crime, mais il s'épouvan-
tait de l'aveu écrit et authentique qu'on exigeait
de lui. Quand il recouvra la force de parler, il
balbutia :

— Mais, monsieur, songez donc... c'est tout
bonnement ma tête que vous me demandez !

— Écoutez encore... je n'ai pas fini : quand
cette déclaration aura été écrite et signée en ma
présence, nous la glisserons dans une enveloppe
épaisse, sur laquelle vous mettrez cette suscrip-
tion : « A ouvrir dans trois jours. » Puis nous
appellerons M. Briffaut, ses clercs, toutes les

personnes qui peuvent se trouver à l'étude; vous remettrez le paquet au notaire en lui annonçant qu'il contient un acte de votre volonté libre et spontanée. Cela fait, vous n'aurez plus qu'à prendre les dix mille francs que je vous offre et à partir au plus vite. Dans trois jours, quand le notaire ouvrira le paquet, que son devoir sera de transmettre aussitôt à la justice, vous pourrez être soit en Suisse, soit en Angleterre, soit en route pour l'Amérique, et il vous sera facile de vous dérober à toutes les recherches.

Pichard s'agitait avec anxiété.

— Mais, morbleu! reprit-il, à quoi me servira de rester propriétaire de mes terres, de l'auberge et de tout, quand je serai à cinq cents lieues d'ici?

— Je croyais, répliqua le commandant, que la satisfaction de ne pas être dépossédé suffirait pour contenter votre bizarre manie... En votre absence, on nommerait un curateur, auquel vous enverriez secrètement des ordres pour la gestion de vos biens. D'ailleurs, il n'est pas certain que vous seriez poursuivi. On essaierait de vous faire passer pour une sorte de fou, qui n'est pas responsable de ses actes; on s'efforcerait d'obtenir en votre faveur une ordonnance de non lieu... Enfin, si vous n'acceptez pas ces conditions, vos propriétés n'en sont-elles pas moins perdues pour vous?

Pichard s'était levé, et il se mit à tourner autour de la chambre, comme une bête fauve dans une cage trop étroite. Son visage bronzé exprimait successivement les sentiments les plus contraires.

— Non, non, murmurait-il, je ne consentirai jamais à quitter le pays, à ne plus voir ces terres dont je suis possesseur. On pourra me traiter de fou, de gredin ; peu m'importe, pourvu...

— En ce cas, vous n'avez qu'à signer la déclaration et à attendre le jugement, quel qu'il soit. Les dix mille francs promis n'en seront pas moins à vous.

— Je ne signerai rien ! s'écria Pichard avec explosion. Vous vous entendez avec Claudine... On dit qu'elle est votre amoureuse, et je le crois à présent.

— Taisez-vous ! C'est là un outrage que votre noble et généreuse fille n'a pas mérité. Malgré mes efforts et mon dévoûment, je n'ai pu capter ni l'affection, ni la confiance de Claudine : vous savez bien qu'elle a un autre sentiment dans le cœur !

— Alors, si vous ne marchez pas d'accord avec elle... et c'est possible, car elle est têtue... je n'ai pas grand'chose à craindre... Je ne signerai rien... rien, entendez-vous ?

— Une plus longue conversation devient donc inutile, dit le commandant en se levant à son tour. Je vous ai proposé le moyen de réparer vos crimes ; vous l'avez repoussé... Que les conséquences de votre aveuglement retombent sur vous !

Il congédia Pichard par un geste ; Pichard ne bougea pas.

— Comme ça, reprit-il, vous persistez à vouloir...

— J'exercerai mes droits. Au jour indiqué, tout sera vendu, je vous en donne ma parole, et il ne restera pas un pouce de terre en votre possession personnelle à dix lieues à la ronde.

Cette fois Pichard éprouva un véritable accès de rage.

— Misérable !... scélérat !... voleur !... s'écriat-il ; tu veux faire vendre mes terres... Tiens !

Il avait tiré prestement de sa large poche deux vieux pistolets à pierre, qu'il portait d'habitude dans les fontes de sa selle quand il allait en voyage. Il en arma un et le déchargea sur le commandant sans ajuster ; mais Duplessis était si près qu'il fut atteint dans la poitrine.

La blessure pouvait être mortelle. Cependant Duplessis ne tomba pas et s'élança sur Pichard qui, ayant jeté à terre le pistolet déchargé, avait saisi vivement l'autre.

— Ah ! voilà donc que vous vous montrez tel que vous êtes ! s'écria le commandant. Le bonhomme Baptiste n'est plus seulement un empoisonneur ; c'est aussi un assassin !

En même temps, il s'efforçait de désarmer l'aubergiste, qui, le voyant si vigoureux, ne croyait pas l'avoir atteint.

Il y eut une lutte entre eux, lutte où ils mettaient une égale fureur, un égal acharnement. Pichard voulait toujours faire usage du pistolet qui lui restait ; mais le commandant lui maintenait le bras et l'empêchait d'accomplir son dessein.

Tous les deux rugissaient en piétinant, et la chambre était pleine de fumée.

Enfin pourtant Duplessis, si robuste qu'il fût, se ressentit de sa blessure. Il pâlit, et comme ses forces fléchissaient, il les réunit dans un élan suprème pour repousser son adversaire. Il y réussit et lança Pichard à quelques pas ; mais au même instant lui-même s'affaissa sur le plancher.

La fureur de Pichard était loin d'être assouvie. Quand son ennemi tomba, il crut à un simple accident, et à peine eut-il repris l'équilibre qu'il le visa de nouveau.

Cette fois sa vengeance était sûre, car il pouvait ajuster le commandant à loisir ; mais, avant qu'il eût lâché la détente, la porte de la chambre s'ouvrit, et un coup de fusil atteignit Pichard, qui tomba à son tour.

On a deviné que le coup de fusil, tiré si à propos pour Charles Duplessis, avait été tiré par Victor. Le jeune chasseur, en effet, au bruit de la première explosion, aux cris poussés par les deux combattants, s'était précipité dans la maison, comme nous l'avons dit. Écartant Briffaut et ses clercs, qui accouraient de leur côté, il avait pénétré dans la chambre et, à la vue du danger auquel le commandant était exposé, il n'avait pas hésité à faire feu sur Pichard comme sur un perdreau.

Le bonhomme Baptiste se roulait par terre en poussant des gémissements douloureux auxquels se mêlaient des blasphèmes. Mais Victor, qui ne craignait plus rien de sa part, s'approcha du

commandant, se pencha vers lui et demanda
avec angoisse :

— Monsieur Duplessis, mon ami, mon... êtes-
vous blessé ?

Charles Duplessis, qui avait éprouvé une courte
pamoison, rouvrit les yeux et les fixa sur le lycéen.

— Merci, Victor, dit-il affectueusement ; sans
vous, c'était bien fini pour moi... Cependant, il
serait possible... Bah ! j'ai la vie dure !

En ce moment un grand nombre de personnes
avaient envahi la chambre, au milieu de la fumée
épaisse produite par la double explosion. Outre
Briffaut et les jeunes gens de l'étude, il y avait là
plusieurs curieux de la place. Pendant que les
uns s'empressaient autour de Pichard, les autres
entouraient le commandant, et on se disait avec
consternation :

— Quel malheur ! Un véritable massacre ! Qui
eût pu croire cela du bonhomme Baptiste ?

Comme l'on se disposait à relever Duplessis, il
dit à voix haute :

— Quoi qu'il advienne de moi, messieurs, je
vous prends tous à témoins que mon jeune parent,
M. Victor Duplessis, n'a tiré qu'au moment où
j'étais renversé par terre et où j'allais recevoir le
coup de grâce de ce forcené Pichard... Ne l'oubliez pas, afin qu'il ne puisse être inquiété.

Deux clercs du notaire, qui avaient suivi Victor de près, attestèrent le fait, et, rassuré à cet
égard, le commandant se laissa transporter sur
son lit, tandis que Pichard, en proie à d'affreuses
souffrances, était installé sur le canapé.

L'état des deux blessés paraissait très-grave, et ils avaient également besoin de secours, si toutefois il était encore possible de les sauver.

— Un médecin! cria Briffaut; aller chercher le docteur Bonivet.

On se hâta d'exécuter cet ordre. Alors Briffaut, avec l'autorité d'un maître de maison, congédia les intrus, et il ne resta dans la chambre que les personnes utiles ou celles que leur qualité ne permettait pas de renvoyer sans ménagement.

Pendant l'inaction forcée qui précéda l'arrivée du docteur, Victor, les yeux pleins de larmes, s'était assis à côté du commandant et lui adresait des paroles encourageantes. Pichard semblait beaucoup plus malade que Duplessis. Sa respiration était pénible, haletante, et par intervalles il vomissait du sang. Néanmoins, une fois, il essaya de tourner un regard haineux vers son adversaire et demanda à une servante qui le soignait :

— L'autre... celui qui voulait faire vendre ma terre, vit-il encore?

— Je crois que oui, mais il n'en vaut guère mieux.

— A la bonne heure! Je ne me plaindrai pas de partir, pourvu que nous partions de compagnie !

Et il se remit à râler.

Heureusement pour les blessés, le docteur n'avait pas encore une nombreuse clientèle et se trouvait dans sa demeure; aussi ne tarda-t-il pas à arriver avec sa trousse et tous les médicaments qui pouvaient être nécessaires.

Victor courut au-devant de lui.

— Par ici, docteur, s'écria-t-il ; occupez-vous
d'abord de M. Duplessis.

Bonivet n'avait pas besoin de cette invitation
et se dirigea vers le lit.

— Ah ! mon cher commandant, dit-il avec un
soupir, voilà donc où devaient vous conduire vos
généreuses intentions ?

On coupa les vêtements supérieurs de Duplessis
pour mettre à nu la partie blessée. La balle avait
atteint le haut de la poitrine et s'était arrêtée sur
l'omoplate. Bonivet, au premier aspect de la
plaie, fronça le sourcil; cependant il se mit en
devoir de sonder la blessure et de tenter l'extrac-
tion du projectile.

Un grand silence régnait dans la chambre, où
l'on n'entendait plus que le râle douloureux de
Pichard. Victor, trop ému pour rendre aucun
service, se cachait le visage dans ses mains, tandis
qu'un des clercs tendait au chirurgien les instruments à mesure qu'ils devenaient nécessaires.
Bientôt les plaintes et les gémissements de Duplessis se mêlèrent aux sons rauques du second
blessé. L'opération semblait des plus douloureuses, mais elle ne fut pas longue, et la balle,
toute déformée, ne tarda pas à tomber par terre
avec bruit. Alors le docteur, ayant posé dextre-
ment un appareil, dit d'un ton bref.

— Qu'on laisse reposer M. Duplessis... A l'autre
maintenant !

Et il s'avança vers le canapé.

Il fallut aussi débarrasser Pichard de ses vêtements, ce qui lui arracha des cris lamentables.

Toutefois Bonivet ne le tourmenta pas comme il avait fait de Duplessis, et après avoir rapidement examiné la blessure, il se redressa en secouant la tête. Il posa bien un appareil ; mais on eût dit qu'il agissait pour l'acquit de sa conscience, ou seulement dans le but de procurer au malade un soulagement momentané.

Ces devoirs accomplis, il s'écarta un peu, afin de remettre de l'ordre dans sa personne et dans ses instruments. Comme il y procédait, Victor, le notaire et d'autres assistants se pressèrent autour de lui.

— Eh bien ! docteur ? demanda-t-on.

— Pour ce qui est du commandant, répliqua-t-il, je ne saurais dire quelle tournure prendront les choses. Il s'en tirera peut-être, mais je n'en réponds pas... Quant à Pichard, je n'y peux rien.

Il ajouta à l'oreille de Briffaut :

— Le coup de fusil, chargé de petit plomb, a fait balle et a traversé un poumon de part en part... C'est miracle que le malheureux ne soit pas suffoqué déjà.

Tandis que l'on discutait tout bas sur ce qu'il convenait de faire, une conversation animée s'établit, à l'autre bout de la pièce, entre Victor et Charles Duplessis qui, quoique incapable de bouger, avait repris toute sa connaissance.

— Commandant, disait Victor avec chaleur, je vous en conjure, consentez à ce que je vous demande. Ma mère et moi, nous ne voudrons nous en rapporter à personne qu'à nous-mêmes pour vous prodiguer les soins qui vous sont indispen-

sables... Souffrez donc qu'on vous transporte sur
le champ au Barral... Mon père, ajouta-t-il plus
bas, je vous en supplie !

Le commandant semblait mortellement embarrassé.

— Victor, reprit-il avec confusion, j'ai des
torts graves envers votre mère et envers vous.
Je vous ai fort négligés ces derniers temps, et je
n'oserais réclamer une affection et un dévoûment
qui ne me sont pas dus...

— Ne savez-vous pas combien ma mère est
bonne ? Vous nous désoleriez si vous repoussiez
ma prière.

— Je crains..... D'ailleurs, mon cher Victor,
suis-je vraiment en état d'être transporté ?

— Pourquoi non ? On se procurerait un brancard et des hommes ; on marcherait à pas lents,
et, en moins d'une heure, vous seriez au Barral,
où le docteur viendrait vous visiter chaque jour...
Tenez, je gage qu'il donnera son approbation à
ce projet !

Le médecin, en effet, venait de se rapprocher
d'eux, et Victor lui annonça ce qu'il avait résolu.

— Je n'y vois aucun inconvénient, répliqua
Bonivet ; là-bas, vous trouverez plus de calme et
de bien-être. Le transport à bras peut s'opérer
sans danger... Seulement, monsieur Duplessis,
si vous voulez que j'aille vous visiter chaque jour
au château, il faudra me procurer un cheval ; vous
savez que je n'ai pu encore...

— Vous aurez le mien, docteur, car il n'est pas
probable que je le monte de sitôt... Allons ! pour-

suivit le commandant, puisque tout le monde est
de cet avis, et puisque ce brave garçon y tient
tant..... que l'on fasse de moi ce que l'on voudra !

Victor se hâta de sortir pour se procurer un
brancard et des porteurs. Quant à Pichard, il
était absolument hors d'état d'être transporté chez
lui, quoique l'auberge du Chêne-Vert ne fût
guère à plus d'une centaine de pas, et Bonivet
déclara que, si l'on en tentait l'épreuve, le malade
expirerait certainement en chemin.

Pendant que le docteur allait de l'un à l'autre
de ses blessés, Duplessis, dont la constitution de
fer luttait contre le mal, demanda tout bas à son
tour :

— Et Pichard, où en est-il?

— Flambé sans remède, répliqua Bonivet.

— Que dites-vous? Cet homme serait-il en
danger de mort?

— Dans un tel danger que, d'un moment à
l'autre...

— Mais, sacrebleu ! il ne doit pas mourir ainsi !
Vous savez, Bonivet, les soupçons que j'ai con-
çus depuis longtemps. Ces soupçons sont aujour-
d'hui une certitude : c'est Pichard qui a empoisonné sa fille cadette, et tout à l'heure, devant
moi, il n'a pas osé le nier. Il ne faut donc pas
qu'il meure avant d'avoir fait l'aveu de son crime,
soit par écrit, soit par une déclaration verbale,
en présence d'un grand nombre de témoins. S'il
expire sans avoir parlé, qui sait ce qu'il arrivera
de Claudine? Je vous en conjure, mon cher doc-

teur, ne perdez pas un instant pour lui arracher cet aveu... Concertez-vous avec Briffaut ; prévenez le curé de Pierrefitte... Ah ! pourquoi ne puis-je moi-même ...

— Songez, commandant, qu'au contraire, votre intervention perdrait tout. La manière dont il vous a traité prouve suffisamment quelle haine féroce il vous porte, et s'il soupçonnait l'intérêt que vous prenez à cet acte de justice... Allons! tranquillisez-vous ; je vais agir pour le mieux. Nous n'avons plus à le ménager, car une minute plus tôt, une minute plus tard... Mais, tant que vous serez là, nous n'obtiendrons rien de lui.

Charles Duplessis finit par sentir la justesse de cette assertion ; aussi était-il maintenant plus impatient que personne de partir pour le Barral.

Il n'eut pas à attendre longtemps. Victor reparut avec sept ou huit robustes gaillards qu'il avait recrutés sur la place et qui devaient se relayer pour porter le blessé jusqu'au château. Ils s'étaient munis d'une espèce de civière sur laquelle on fixa un matelas, et sur ce matelas on déposa avec les précautions convenables le commandant, enveloppé de couvertures.

Bonivet faisait à Victor et aux porteurs les recommandations nécessaires, quand le commandant l'interrompit à voix basse :

— Ne pensez pas à moi, docteur, dit-il ; occupez-vous plutôt et uniquement d'obtenir de Pichard cet aveu qui doit sauver Claudine... Mon ami, je compte sur vous. Je vous aurai une re-

connaissance éternelle si vous réussissez... mais,
si vous échouez, je ne vous reverrai de ma vie !

Le médecin le calma par quelques bonnes paroles et promit de se rendre le soir même au
Barral. Les porteurs chargèrent le brancard sur
leurs épaules ; on descendit l'escalier, et on prit la
route du château. Victor, qui s'était débarrassé
de son carnier et de son fusil, marchait à côté du
blessé, surveillant avec sollicitude ses moindres
mouvements.

Sur la place et dans le bourg, on disait en
voyant passer le cortége :

— C'est « le massacre !... » mais il y en a d'autres... beaucoup d'autres !

Le bruit courait dans Pierrefitte que le bonhomme Baptiste avait exterminé tous les habitants de la maison Briffaut, y compris le notaire lui-même, sa femme, ses clercs et ses
domestiques.

L'enlèvement du commandant Duplessis s'était
opéré avec précaution, et Pichard était trop faible,
trop absorbé par ses souffrances pour avoir remarqué ce qui se passait. Une grande prostration
avait succédé à la crise précédente, et l'on pouvait croire ou qu'il dormait ou qu'il avait cessé
de vivre.

Mais ce calme relatif ne fut pas de longue du-
rée. La toux, les suffocations, les vomissements
de sang ne tardèrent pas à revenir, et le docteur,
après s'être efforcé d'arrêter ces symptômes alar-
mants, dut reconnaître son impuissance.

Le jour commençait à baisser, et une demi-

obscurité se répandait dans la chambre. Une fois
le moribond tenta de se soulever; saisi par une
douleur atroce, il se borna à promener autour de
lui ses yeux ternes, déjà vitreux.

Outre le docteur, il y avait là maintenant diverses personnes. C'étaient d'abord le vieux curé
de Pierrefitte, que Bonivet avait envoyé chercher,
puis Briffaut, le maire Chamusset, et enfin le juge
de paix de la commune. Sur la prière du docteur, tous se tenaient à l'écart et attendaient le
moment favorable pour manifester leur présence.

Du reste, ce ne fut pas des assistants que Pichard parut s'occuper. Son regard se tourna vers
le lit où l'on avait déposé Duplessis, et qui était
vide à cette heure.

— Ah ça! mais, demanda-t-il avec étonnement,
qu'est-il devenu?

— Qui donc? dit Bonivet.

— Pardieu! l'autre... le brigand qui voulait
faire vendre mes terres.

— Vous parlez du pauvre commandant Duplessis... Il n'y est pas, comme vous voyez... Plus
personne... Ça ne doit guère vous étonner, puisque vous lui avez logé une balle dans la poitrine!

— Ah! ah! il a son compte, n'est-ce pas? Tant
mieux, tant mieux!... Qu'il fasse donc vendre
mes terres à présent!

Et il poussa un rire saccadé, qui dégénéra encore en râle douloureux.

Le curé, en entendant exprimer des sentiments
si peu chrétiens, voulut intervenir; mais, à un
signe suppliant de Bonivet, il demeura immobile.

XXII

LES DERNIERS MOMENTS.

Quand Pichard se fut un peu calmé, le docteur reprit :

— Vous feriez mieux de penser à vous-même, mon cher; on pourrait fort bien vous inquiéter pour cette action, ainsi que pour certaines autres choses que vous avez sans doute sur la conscience... Il est vrai que bientôt vous ne ressortirez plus qu'à la justice divine.

— Hein! que dites-vous? Est-ce que, moi aussi, j'ai reçu... mon affaire?

— S'il faut l'avouer, j'en ai peur.

— Est-il possible? Cet affreux petit collégien m'aurait... Bah! vous n'y entendez rien; je parie que mon ami Martin, l'officier de santé, me tirerait de là!

— Il peut essayer, répliqua Bonivet en pinçant les lèvres.

Et il fit mine de tourner le dos au blessé; mais Pichard ne songeait déjà plus à ce qu'il avait dit.

— Si je meurs, que deviendront mes terres? murmura-t-il avec une anxiété qui dominait ses souffrances physiques; mon Dieu! mon Dieu! quitter ces beaux champs, ces grasses prairies, ces bois dont la vue, quand je passais, me réjouissait le cœur! A présent que cet enragé Duplessis

a tourné de l'œil, peut-être ses héritiers ne se-
raient-ils pas impitoyables comme lui!

— Je n'en sais rien, répliqua Bonivet, mais ce
n'est pas vous qui en profiterez, car, s'il faut vous
dire crument les choses, il ne vous reste que
juste le temps de pourvoir au salut de votre âme...
Et voilà M. le curé de Pierrefitte qui est venu
pour vous y aider.

Le prêtre s'approcha.

— Il est vrai, dit-il doucement, et si vous vouliez m'entendre...

La présence significative du ministre de la re-
ligion fit tressaillir Pichard.

— C'est donc fini, bien fini! murmura-t-il;
affreux petit gredin!... Que vont devenir mes
terres? Ils se les disputeront comme les chiens
se disputent les restes d'une bête morte dans les
champs.

Il eut une nouvelle crise que l'on crut être la
dernière; cependant le médecin parvint à le ranimer. Ayant recouvré sa connaissance, Pichard
parut préoccupé d'une idée, et sa tête travaillait
visiblement. Il reprit d'une voix qui devenait de
plus en plus faible :

— Ecoutez, monsieur Bonivet; rendez-moi un
service. S'il faut absolument déguerpir, je ne
veux pas que l'on m'emporte au cimetière avec
tout le monde. Il y a dans ma propriété du Bois-
Garet un champ où je désire reposer. On m'en-
terrera au pied d'un arbre, et, comme ça, je ne
quitterai plus cette propriété, que je préférais à
toutes les autres... Promettez-moi que vous ferez

ce que je vous demande, mon ami Bonivet! M. le
curé vous aidera à arranger les choses... Et je ne
quitterai pas ma terre, pas plus mort que vivant.

Cette demande puérile était présentée sur le
ton de la plus ardente prière; le moribond semblait y attacher sa suprême consolation, sa suprême espérance. Bonivet adressa un signe mystérieux aux personnes présentes.

— Mais, monsieur Pichard, reprit-il, ce que
vous souhaitez ne dépend ni de M. le curé, ni de
moi, ni de personne ici. Cela dépend uniquement
de votre fille Claudine, à qui, je crois, appartient
le Bois-Garet.

— Eh bien! elle ne refusera pas.

— En êtes-vous sûr? N'a-t-elle pas contre vous
des griefs puissants?... D'ailleurs, dans la cruelle
position où elle se trouve, lui permettra-t-on...

Pichard agita les bras; à toutes ses angoisses,
à toutes ses souffrances venaient de s'ajouter une
angoisse et une souffrance nouvelles. Après avoir
murmuré quelques paroles inintelligibles, il demanda distinctement :

— Est-il bien vrai, monsieur Bonivet, qu'il n'y
a plus d'espoir que j'en revienne?

— Aucun, répliqua le docteur tout en se repro-
chant sa franchise.

— Et l'autre, le chicaneur... le voleur de terres... est-il bien vrai qu'il soit mort?

— Si vous voulez parler du commandant Duplessis, il ne peut plus vous faire de mal.

— Alors, dit Pichard avec une espèce de solennité, j'avouerai tout... Aussi bien dois-je cela à

Claudine, qui connaissait l'affaire et qui s'est
montrée brave fille... Écoutez-moi donc, monsieur Bonivet, et vous aussi, monsieur le curé :
Claudine est innocente comme l'enfant qui vient
de naître... c'est moi, moi seul, qui ai donné le
poison à la petite.

En entendant cet aveu, si longtemps et si im-
patiemment désiré, le docteur ne put retenir un
geste de satisfaction, et tous les assistants se rap-
prochèrent pour écouter. Ces mouvements au-
raient pu effrayer Pichard et l'empêcher de
poursuivre; mais quoique son intelligence fût
toujours lucide, ses perceptions s'émoussaient
déjà, et, d'ailleurs, il était absorbé par la gravité
de ses déclarations. Il continua donc :

— Oui, c'est moi qui l'ai fait. On voulait m'obli-
ger à marier Juliette, à lui rendre le domaine des
Bordes; ça m'avait monté la tête... Mon Dieu !
mon intention n'était pas d'abord d'aller jusqu'au
bout, mais seulement de la rendre un peu malade
pour gagner du temps, et trouver une occasion
de rompre ce maudit mariage. Ils étaient tous si
acharnés, que je ne sus pas m'arrêter à point, et
je croyais que la chose ne pourrait jamais être
connue... Quant à Claudine, je ne songeais pas à
l'accuser; mais lorsque l'on a trouvé le poison
dans le corps, il fallait que ce fût Claudine ou
moi qui l'eût donné. Les soupçons étant tombés
sur elle, j'ai laissé dire et faire; voilà tout. Ensuite, on assurait que j'allais hériter de mes
deux filles et que j'aurais le Bois-Garet en même
temps que les Bordes. Je dus abandonner Clau-

dine, feindre une grande indignation contre elle,
car, à la moindre imprudence, je m'exposais
à'être traité comme son complice, ou même à
être condamné seul. Je m'imaginais aussi qu'elle
n'avait rien vu, qu'elle ne savait rien ; mais,
d'après quelques mots qu'elle m'a dits lors de ma
visite dans sa prison, j'ai acquis la certitude qu'elle
était au courant de tout...

Une nouvelle suffocation interrompit Pichard.

Ainsi qu'on vient de le voir, il n'y avait dans
ces aveux pas un regret du crime accompli, pas
un sentiment de pitié pour les deux pauvres
créatures qui en avaient été victimes. Cet homme,
dont l'âme était desséchée par une avarice spé-
ciale, parlait de ses horribles forfaits comme
parlerait un joueur d'échecs d'une combinaison
qui n'aurait pas réussi. Tous les assistants, groupés autour de lui, étaient attentifs. Bonivet ayant
réussi à le ranimer de nouveau, lui demanda au
bout de quelques minutes :

— Ainsi, Pichard, vous reconnaissez que vous,
vous seul, pour les motifs que vous venez de dire,
avez fait prendre du poison à Juliette, et que votre
fille Claudine est absolument étrangère à cet
acte?... Persistez-vous dans ces déclarations?

— Oui, répondit le mourant.

Cette fois, les personnes présentes ne purent se
contenir et se mirent à causer bas avec vivacité.

— J'affirme, messieurs, reprit Bonivet, et vous
pourrez comme moi en rendre témoignage, que
Pichard jouit en ce moment de toute sa raison, et
que ses aveux si formels ont été libres et spontanés.

— Personne n'en doute, dit le juge de paix, qui était dans l'exercice de ses fonctions de magistrat, et je m'en vais dresser en forme authentique un procès-verbal que nous signerons tous. Mais il serait bon que Pichard le signât aussi.

— Hum !, je ne crois pas qu'il en ait la force, sans compter qu'il pourrait s'effaroucher.

On apporta de la lumière, et le juge de paix, s'asseyant devant une table, rédigea la déclaration, qui devait avoir une haute importance dans le procès de Claudine.

Comme l'avait prévu le docteur, Pichard s'était alarmé de l'agitation qui se produisait près de lui. Ses instincts de défiance s'éveillèrent à la vue de ces formes humaines qui surgissaient dans la chambre, et, de son regard éteint, il chercha à les reconnaître.

— Qu'est-ce ? demanda-t-il ; qui est là ? que me veut-on ?

Le curé se chargea de répondre.

— Pichard, dit-il, vous venez de faire des aveux qui donnent satisfaction à la justice humaine ; maintenant, ne songerez-vous pas à désarmer la justice de Dieu ?

Pichard éprouva des soubresauts qui ramenèrent le terrible râle.

— Oui, oui, monsieur le curé, balbutia-t-il d'une voix entrecoupée ; comme vous dites, la justice de Dieu... Seulement, n'oubliez pas ce que l'on m'a promis... Je veux être enterré au Bois-Garet..... Vous expliquerez cela à Claudine... Je ne veux pas quitter ma terre, jamais... jamais !

— Qu'importe, Pichard, où reposera votre corps? Songez à vous repentir de vos fautes!

— Je me repens... certainement je me repens... mais puisque l'autre est mort et ne fera pas vendre mes terres, j'aurais voulu vivre, afin de les narguer tous... Mes terres, mes terres ! Ils ne les auront pas; je les garderai, je...

Sa prononciation devint confuse, et il était évident que le moment suprême approchait. Cependent le prêtre ne se découragea pas.

— Pichard, reprit-il, ne songez plus aux biens de ce monde que vous allez quitter.

— Je ne quitterai rien, répliqua le mourant avec un effort convulsif; le Bois-Garet... ma terre... à moi toujours, toujours... ma terre...

Il poussa un grand soupir et demeura immobile: tout était fini pour Baptiste Pichard.

— Il est mort dans son endurcissement, dit le curé avec tristesse.

Et s'agenouillant près du lit, il se mit à prier.

Pendant quelques minutes, on n'entendit que le grincement de la plume du juge de paix, qui rédigeait le procès-verbal.

Tous les assistants étaient vivement impressionnés par cette fin aussi tragique qu'inattendue.

— Bah! dit le docteur Bonivet, Pichard n'était pas un brave homme... Ne songeons qu'à ses victimes !

XXIII

UN GRAND PARTI.

Deux mois environ s'étaient écoulés depuis la mort de Pichard.

Pendant ce temps, le commandant Duplessis, qui, on s'en souvient, avait été transporté au Barral sur l'initiative de Victor, s'était guéri à peu près de sa blessure. Cette guérison n'avait pas eu lieu sans de cruelles alternatives ; plusieurs fois le docteur Bonivet n'avait pu cacher ses inquiétudes ; enfin pourtant la plaie s'était fermée, et au moment où nous sommes, le blessé se trouvait en pleine convalescence.

Cet heureux résultat était dû non seulement à la vigueur de son tempérament, à la science du médecin, mais aussi et surtout au zèle infatigable d'Ernestine et de Victor, qui, assistés de Florence, n'avaient quitté son chevet ni le jour ni la nuit, pendant tout le temps de la crise.

Victor, en effet, n'était pas retourné à Paris reprendre ses études, comme il en avait précédemment le projet ; aussi bien était-il assez jeune pour les suspendre sans inconvénient et sans compromettre ses projets d'avenir. Il n'avait donc pas quitté sa mère, et avait rendu avec usure au commandant les soins qu'il avait reçus de lui en pareille circonstance.

D'abord Charles Duplessis s'était montré profondément reconnaissant des marques d'affection
que lui prodiguaient la mère et le fils. Quand le
mauvais état de sa blessure pouvait donner des
craintes, il avait mandé le notaire Briffaut et
dicté un testament par lequel il leur léguait
toute sa fortune. Souvent, lorsque l'un ou l'autre
s'empressait pour le servir ou le soulager, on
l'avait entendu dire :

— J'ai toujours vécu en garçon, et je ne connaissais pas le bonheur d'avoir autour de soi une
famille pleine d'attentions et de dévoûment.

Un jour même qu'Ernestine lui adressait des
consolations au milieu de ses souffrances, il lui
avait dit avec attendrissement :

— Chère Ernestine, pouvez-vous être si indulgente pour moi? J'ai de grands torts, je le
sais ; mais je les réparerai, je vous le jure... si
Dieu m'en laisse le temps !

Cependant, au fur et à mesure que Charles
Duplessis revenait à la santé, ces épanchements
étaient plus rares. Quoique toujours doux et
bienveillant envers Ernestine et son fils, il semblait être retombé dans ses préoccupations d'autrefois. Dès qu'il avait été en état de manier une
plume, il s'était remis à écrire des lettres dont on
devinait aisément la destination. Il avait sans cesse
des conférences mystérieuses avec le notaire Briffaut et le docteur, qui semblaient être les exécuteurs de ses volontés. Ernestine ne jugeait pas nécessaire de demander la cause de ces changements,
et parfois elle disait à Florence avec tristesse :

— C'est une rechute, ma chère, une rechute
qui laisse peu d'espoir !

Un fait à remarquer, c'est que personne au Barral ne prononçait plus le nom de Claudine, dont
le procès était toujours pendant devant la cour de
P***. Une seule fois, il avait été question indirecte-
ment d'elle : c'était lorsqu'un membre du parquet, chargé de faire une enquête au sujet de la
mort du vieil aubergiste, était venu au château
pour interroger le commandant et Victor sur cet
événement. Du reste, les témoignages de Charles
Duplessis et des autres personnes présentes éta-
blissaient que Victor avait tiré uniquement pour
sauver la vie à son parent déjà blessé. L'enquête
ne pouvait donc avoir aucune suite fâcheuse pour
le lycéen, et il ressortait de tous les détails de
l'affaire que la brutalité aveugle de Pichard avait
seule déterminé la catastrophe.

Un soir de la fin d'octobre, le commandant,
Ernestine et Victor, ainsi que la gérante, Mme Florence, étaient réunis dans le salon du Barral. Une
lampe, déposée sur un guéridon, eût été impuis-
sante à éclairer suffisamment cette vaste pièce ;
mais un feu, composé d'énormes bûches, brûlait dans la cheminée, et, tout en répandant une
grande lumière, mêlait ses crépitations au murmure sourd du vent au dehors.

Ernestine, toujours dans ses vêtements noirs de
veuve, travaillait à un ouvrage de tapisserie, tandis que Victor, sur un coin de la table, essayait
de résoudre un problème d'algèbre, et que le
commandant, un journal à la main, paraissait

plongé dans sa lecture. Quant à la gérante, cette femme, si active pendant le jour, avait l'air de s'engourdir dès que la nuit arrivait, et en ce moment elle sommeillait dans son fauteuil, sans se douter qu'une toile rousse, qu'elle s'était donné mission de coudre, gisait à ses pieds.

Charles Duplessis, en veston de velours, paraissait encore pâle ; mais, sauf une espèce de gêne quand il se mouvait trop brusquement, il se ressentait peu de sa blessure. De temps en temps il interrompait sa lecture pour écouter les bruits extérieurs ou même les craquements subits qui se produisaient dans le vieux bâtiment. On eût dit qu'il attendait quelqu'un ou quelque chose ; mais comme il ne parlait pas, tous se taisaient et s'absorbaient dans leurs occupations.

Enfin on entendit le piétinement d'un cheval sur le pavé de la cour, puis quelques pourparlers à la porte. Le commandant se leva avec vivacité et dit d'un ton de joie :

— Ah ! Briffaut me tient parole, et nous allons avoir des nouvelles !

Au même instant, un domestique entra, et ayant remis à Charles Duplessis une lettre du notaire, se hâta de repartir pour Pierrefitte.

Ernestine était devenue attentive, et Victor avait abandonné la solution de son problème, tandis que Mme Florence se réveillait en sursaut. Tous observèrent à la dérobée le commandant, qui lisait la lettre avec un empressement fébrile.

— Mes amis !... mes amis ! s'écria-t-il bientôt, comme s'il ne pouvait se contenir, une dépêche

télégraphique vient de parvenir à Briffaut. Ce que
tout le monde espérait depuis quelque temps se
réalise : Mlle Claudine Pichard a été acquittée aujourd'hui même, d'une manière éclatante, par la
cour de P***. Le jury a été unanime, et, d'ailleurs,
l'avocat général avait renoncé à l'accusation. Au
sortir de l'audience, les spectateurs ont fait une
véritable ovation à Claudine... Enfin ! enfin ! une
grande injustice est réparée, et cette noble fille
va rentrer dans la condition commune !

La joie rendait ses yeux humides. Mme Duplessis
répliqua avec une douceur sereine :

— C'est là, en effet, un résultat auquel on devait s'attendre après les aveux si précis du misérable père... N'importe ! je me réjouis que l'innocence de cette enfant ait été solennellement reconnue.

Mme Florence regarda sa maîtresse avec surprise, comme si elle ne pouvait comprendre une
pareille satisfaction, et Victor, irrité, fit mine de
se remettre à son algèbre. Le commandant ne remarqua pas ces divers mouvements.

— Il est vrai, Ernestine, répliqua-t-il, qu'elle
était votre protégée, et les services rendus atta-
chent souvent plus que les services reçus... Aurez-
vous besoin de la voiture demain, dans la matinée ?

— Non pas que je sache... Et puis, n'êtes-vous
pas le maître de disposer de la voiture comme
bon vous semble ?

— Allons donc ! C'est vous seule que cela regarde... Mais puisque vous le permettez, je vais
donner quelques ordres pressés.

Il sonna, et Félix, qui cumulait, comme nous savons, les fonctions de valet de chambre avec celles de cocher, ne tarda pas à paraître.

— Félix, lui dit-il, vous attellerez demain matin avant le jour, et vous vous trouverez à la station du chemin de fer pour l'arrivée du train de P***. Là vous prendrez Mlle Pichard, qui est prévenue, et vous l'amènerez ici.... J'irais moi-même si je pouvais supporter la fatigue du voyage.

Félix demanda quelques explications et sortit en annonçant que l'ordre serait ponctuellement exécuté. Mme Duplessis, Victor, Florence, paraissaient stupéfaits. Quant au commandant, il n'avait pas l'air de soupçonner que son désir pût donner lieu à des interprétations singulières, et s'était remis à lire avec avidité la lettre explicative qui accompagnait le télégramme.

Il y eut encore un silence. Ni Ernestine ni Victor ne songeaient à faire une question, à élever une objection. La gérante ne montra pas la même retenue.

— Ah çà ! monsieur Charles, demanda-t-elle avec une sorte de colère, est-ce que cette... demoiselle va venir s'établir au Barral ?

— Tout me fait espérer, répliqua le commandant, qu'elle acceptera notre hospitalité... Elle était votre amie, Florence, comme elle était la protégée de Mme Duplessis, et nous témoignerons par là de notre sympathie pour cette louable infortune... Je vous prie donc de faire préparer une chambre à Mlle Claudine, et elle y restera tout le temps qu'elle voudra passer sous la protection de ma chère cousine et sous la vôtre.

— Et pourquoi, puisque la voilà libre, ne retournerait-elle pas chez elle, à l'auberge de Pierrefitte?

— Ne sentez-vous pas que, dans les premiers temps surtout, elle deviendrait là-bas l'objet de la plus indiscrète et de la plus fâcheuse curiosité? En outre, sa rentrée dans cette maison, qui a été le théâtre d'événements si tragiques, lui causerait des émotions cruelles quand elle est déjà affaiblie par tant de secousses et de chagrins.

— Croyez-vous qu'elle n'aura pas aussi au Barral des motifs de s'émouvoir? Croyez-vous que votre présence et surtout celle de M. Victor, qui... je ne l'en blâme pas, et il a bien fait... a porté ce mauvais coup au vieux Pichard, n'éveillera en elle aucun pénible souvenir?

— Mademoiselle Claudine a autant de raison que de cœur, et elle ne peut manquer de comprendre... Enfin, il importe surtout de savoir si madame Duplessis voit quelque difficulté à cet arrangement.

— Pourquoi en verrais-je? répliqua Ernestine avec son accent de mélancolique résignation; n'êtes-vous pas le maître ici, et toute personne qu'il vous plaira d'y recevoir ne doit-elle pas être la bienvenue?

Charles Duplessis se méprit ou feignit de se méprendre sur la portée de cet assentiment.

— A la bonne heure, reprit-il, et merci, chère Ernestine... Quant à vous, madame, poursuivit-il en se tournant vers Florence, vous n'oublierez pas mes ordres, et vous tâcherez de vous y conformer... Que tout soit près demain dans la matinée.

Il alluma une bougie, prononça un « bonsoir » passablement sec, et se retira dans sa chambre, en emportant ses lettres, qu'il comptait sans doute relire à loisir.

Après son départ, on ne se pressa pas de parler dans le salon, et on écoutait les portes qui se refermaient l'une après l'autre au milieu du silence. Enfin Mme Florence dit brusquement.

— Madame... ma bonne maîtresse... est-il possible que vous consentiez à voir « cette fille » s'installer ici à demeure?

— Et comment pourrais-je m'y opposer, ma pauvre Florence? répliqua Ernestine avec un sourire plein d'amertume; quoi qu'en dise le commandant Duplessis, je ne suis dans cette maison qu'une étrangère dont la volonté ne saurait avoir de poids... Seulement, ajouta-t-elle d'un ton plus ferme, ce qu'il est en mon pouvoir de faire, je le ferai. Lorsque Mlle Claudine Pichard entrera au Barral, je l'aurai quitté... et pour toujours.

— Que dites-vous, maman? s'écria Victor; vous seriez décidée...

— Il n'y a plus d'illusion possible, reprit Ernestine en versant quelques larmes : le commandant aime cette fille d'une passion aveugle, insensée... Elle l'a comme fasciné, et maintenant qu'elle est libre, il va sans doute l'épouser... Notre dignité nous défend d'attendre que de semblables projets se réalisent. Jusqu'à ce jour, nous n'avons rencontré ici que de l'indifférence; plus

tard peut-être rencontrerions-nous de l'insulte...
Mon parti est bien pris: je quitterai le Barral demain matin.

— Et où irez-vous, madame? demanda Florence.

— A Paris, où toutes les pauvretés honorables
peuvent se cacher, où toutes les bonnes volontés
trouvent des encouragements. Notre sort sera
modeste; mais je m'adresserai à quelques amis
puissants de feu M. Duplessis, et peut-être ob-
tiendront-ils que la veuve et les enfants d'un
excellent serviteur de l'Etat ne soient pas réduits
à une condition trop misérable... Quoi qu'il en
soit, nous devons tout préférer à notre situation
présente, et si Victor veut affronter, comme moi,
certaines éventualités...

— Moi, chère maman! s'écria le lycéen avec
chaleur, j'approuve toute vos décisions, et, à mon
avis, il y a longtemps que vous avez poussé la
patience jusqu'aux dernières limites... Nous ne
pouvions abandonner M. Duplessis pendant qu'il
était blessé, en danger; mais, à présent, le voilà
debout, et il nous rend notre liberté d'action par
ses indignes procédés... Pardon! ce n'est pas à
moi de le juger... Ainsi donc, ma mère, s'il vous
plaît de partir, je suis prêt à vous suivre.

— Songes-tu, Victor, aux privations, aux mor-
tifications, aux chagrins auxquels nous allons être
exposés là-bas? Au moment de prendre ce parti
extrême, je me demande si, ta sœur et toi, vous
ne me reprocherez pas un jour de n'avoir pas su
dévorer certains outrages.

— Je ne crains que pour vous, chère maman ; mais peut-être le sort cessera-t-il de nous persécuter, et j'augure bien de vos futures démarches... Quant à moi, je me soumettrai sans me plaindre à la nécessité, et si je pouvais être un appui pour vous et pour ma sœur, je ne m'épargnerais pas...

— Allons ! puisque tu es si déterminé, rien ne doit plus nous retenir. Nous quitterons donc le Barral demain matin, sans prévenir M. Duplessis, et je lui écrirai dès que nous serons à quelques lieues d'ici, afin de lui expliquer les motifs de ce brusque départ... En prévision d'une circonstance de ce genre, j'ai économisé un peu d'argent sur ma petite pension, sans compter que je possède encore des bijoux de valeur. Aussi notre voyage s'opérera-t-il sans difficulté, et il nous restera quelques ressources pour notre arrivée à Paris.

— Et puis, ma chère maîtresse, dit résolument Florence, vous disposerez de tout ce que je possède, car vous pensez bien que, moi aussi, je ne veux pas rester ici afin de servir de chaperon à Mlle Pichard... Si vous quittez la maison, je la quitterai de même.

— Y songez-vous, ma bonne Florence? Vous habitez le Barral depuis si longtemps ! Vous ne sauriez contracter ailleurs de nouvelles habitudes... Et puis, je croyais que vous aviez de l'affection pour Claudine Pichard?

— Oui, autrefois, quand elle se tenait dans sa sphère et ne venait pas jeter la perturbation au milieu d'une estimable famille.

— Florence, réfléchissez, je vous prie...

18

— C'est inutile : je n'ai consenti à rester au
Barral que pour être auprès de vous ; puisque
vous partez, je pars de même ; l'affaire est toute
simple... Ensuite, ajouta la gérante en clignant
des yeux, je ne serai pas à votre charge... J'em-
porterai mes économies ; je pourrai entreprendre
là-bas un petit commerce de grains ou de bestiaux. Vos Parisiens, j'imagine, ne sont pas plus
difficiles à mater que nos madrés paysans des environs, et voilà celle qui sait les mener par le bon
chemin !... Vous verrez, vous verrez ! Je vous serai utile, je vous le garantis, et vous ne regrette-
rez pas de m'avoir associée à votre sort.

Ernestine essaya encore de faire renoncer la
digne femme à son projet ; elle dut céder devant
une volonté opiniâtre.

— Du moins, ma chère Florence, poursuivit-elle,
vous ne partirez pas d'ici en même temps que nous ;
votre disparition aurait de graves inconvénients, et
le commandant y verrait une sorte de complot
dont il ne manquerait pas de s'indigner... Je n'ai
nullement l'intention d'offenser M. Charles Duplessis ; je cède la place à Mlle Pichard : voilà tout.

La gérante rêva un moment.

— Vous avez raison, reprit-elle enfin. J'ai des
comptes à rendre, et je ne dois pas m'enfuir
comme une voleuse... Seulement, je désire arriver avec vous dans ce Paris que je ne connais pas,
et faire le voyage en votre compagnie... Eh bien !
mes comptes sont en règle, et il ne me faudra pas
plus de dix minutes..... Arrangeons donc les
choses sans perdre de temps.

Une voiture était nécessaire afin de conduire les voyageurs à la station du chemin de fer, et il ne fallait pas songer à se procurer cette voiture à Pierrefitte, où leur présence eût trop excité la curiosité. Mais, au village de Saint-Hilaire, où demeurait la tireuse de cartes, il y avait un voiturier-aubergiste qui sans doute se chargerait de transporter Mme Duplessis et Victor à la station, et Mme Florence s'engagea à lui envoyer le lendemain matin de très-bonne heure un valet de ferme pour l'avertir de se tenir prêt.

Bien avant l'arrivée de Claudine, la mère et le fils devaient quitter furtivement le château, pour se rendre à pied au village ; la gérante se proposait de partir du Barral un peu plus tard, puis on se rendrait ensemble à la destination commune.

Ces arrangements pris, Ernestine n'en paraissait pas moins troublée et moins inquiète.

— Peut-être, disait-elle en pleurant toujours, n'est-ce pas ainsi que, Victor et moi, nous devrions quitter le commandant Duplessis ! Ce départ furtif a l'air d'une fuite, causée par un mouvement de colère... Mais c'est le seul moyen d'éviter une scène ridicule et pénible pour tous.

— Quant à moi, chère maman, dit Victor avec feu, je craindrais, si je voyais M. Duplessis, d'oublier les égards que je lui dois... Et peut-être succomberais-je encore à cette impétuosité de caractère que vous m'avez reprochée si souvent.

— Tout est donc pour le mieux, répliqua Ernestine ; que le ciel nous soit en aide !

Elle se retira avec son fils pour commencer les

préparatifs du voyage, tandis que Mme Florence,
de son côté, se mettait à l'œuvre sur le champ
dans le même but.

XXIV

LE DÉPART.

Le lendemain matin, bien avant le jour, le
commandant Duplessis était sur pieds, afin de
surveiller l'exécution de ses ordres. En dépit des
ménagements qu'exigeait encore sa blessure, il
descendit dans la cour par un froid assez vif. Ce
fut seulement quand il eut vu Félix et la voiture
se mettre en chemin qu'il se décida à remonter
dans sa chambre, où on l'entendit s'agiter, comme
s'il ne pouvait tenir en place.

Pendant les premières heures de la matinée,
cette agitation devint plus visible encore. Le
commandant, qui s'était habillé avec une sorte
de recherche, avait ouvert sa fenêtre, d'où l'on
dominait la grande route. Un cigare aux lèvres, il
passait et repassait continuellement devant cette
fenêtre ; et quoique la voiture ne dût guère revenir
avant le milieu du jour, il semblait compter avec
impatience chaque minute qui s'écoulait.

Mme Florence, bien que pour sa part elle ne
manquât pas de soucis en ce moment, ne perdait
aucun de ces détails. D'une lucarne percée à
l'angle de la maison, elle pouvait observer secrètement Duplessis.

— Comme il a l'air en peine ! murmurait-elle ;
il ne songe qu'à cette créature et oublie l'univers
entier.

On n'avait plus guère que deux heures à attendre, et le commandant, qui consultait fréquemment sa montre, continuait de se promener
dans sa chambre, quand Mme Florence entra,
après avoir frappé doucement.

Elle avait un chapeau de paille noire, qui datait
au moins de 1830, et elle s'enveloppait d'une
mante de laine à capuchon qui pouvait remonter
à la même époque. Elle tenait à la main un re-
gistre et un volumineux trousseau de clés. Sa
figure, maigre et jaune, exprimait à la fois l'embarras et l'ironie. Mais le commandant, les yeux
tournés vers le grand chemin, n'avait rien remarqué de tout cela.

— Qu'y a-t-il, Florence ? demanda-t-il ; vous
n'avez pas oublié, j'espère, de faire préparer la
chambre de Mlle Pichard ?

— C'est inutile, monsieur, répliqua la gérante
d'un ton délibéré ; si cette demoiselle doit résider
au Barral, les chambres ne lui manqueront pas...
Justement, je vais lui céder la mienne, car je viens
vous demander congé.

— Ah çà, que me voulez-vous ? reprit-il, et
que signifie cette nouvelle frasque ?

— Ce n'est pas une frasque, monsieur le commandant, mais la vérité pure : je quitte le Barral...
Voici mes comptes et les clés de la caisse... Vous
trouverez tout en règle, et si vous daignez m'é-
couter un instant...

— Morbleu ! vous moquez-vous de moi ? Qu'ai-
je à faire de vos comptes et de vos clés ?... Voyons,
ma chère Florence, poursuivit le commandant
d'un ton amical, je vous aurai blessée, hier soir,
par quelque parole trop vive... Oubliez-la... Je
ne peux pas, je ne veux pas me séparer d'une
vieille amie telle que vous ; restez, je vous le demande en grâce.

Et il tendit la main à la gérante. Celle-ci, quoique touchée de ces paroles et de ces manières affectueuses, ne prit pas la main qu'on lui tendait.

— Monsieur, répliqua-t-elle avec trouble, je
regrette... Mais je vous prie de ne pas prendre
en mauvaise part une décision qui est irrévocable.

— Comme il vous plaira ! dit le commandant
offensé ; vous êtes libre même de ne donner aucun
motif plausible de cet étrange coup de tête. Cependant, vous devriez songer au chagrin qu'il va
causer à Ernestine, « votre maîtresse, » comme
vous l'appelez.

— Je ne me séparerai pas de ma maîtresse, et
la preuve, c'est que je vais la rejoindre pour ne
plus la quitter.

— Hein ! que dites-vous donc ?

— Il est inutile de vous le cacher plus longtemps : Mme Duplessis et M. Victor sont déjà partis.

Le commandant éprouva un soubresaut.

— Vous rêvez ! reprit-il ; je suis à cette fenêtre
depuis plusieurs heures, et je n'ai vu sortir personne.

— On aura passé par la porte du parc... Quant
aux motifs de ce départ, Mme Duplessis vous les

exposera elle-même dans une lettre que vous recevrez prochainement.

Le commandant était atterré.

— Partis! partis! répétait-il en se frappant le front. Ernestine! Victor!... Ah! je n'avais pas songé qu'ils pourraient me traiter d'une façon si cruelle... On s'est concerté pour me désespérer, me jeter dans de mortels embarras... Mais quelle est la raison véritable de cet abandon? Je désire la savoir, madame Florence.

— Quoi! monsieur, ne la devinez-vous pas? N'est-il pas clair que ni Mme Duplessis, ni Victor, ni moi-même, nous ne voulons rester au Barral pour y fêter Claudine Pichard?

— Et c'est là la cause de cette ridicule et méchante désertion? Vous êtes tous bien peu généreux! Les malheurs d'une pauvre fille, malheurs supportés avec tant de grandeur d'âme, vous inspirent-ils si peu de respect et de compassion? Vous l'aviez accueillie avec bonté alors que son innocence n'était pas encore reconnue; ne pouvait-on lui donner asile ici, pendant quelques jours encore, maintenant qu'elle vient d'être solennellement réhabilitée?

— Est-il bien sûr, monsieur le commandant, que Claudine Pichard séjournera quelques jours seulement dans cette maison? Répondez selon votre conscience : ne tiendra-t-il pas à Claudine qu'elle ne s'établisse ici en maîtresse... et pour toujours?

Le commandant se détourna par un mouvement brusque.

— Vous êtes folle! dit-il.

— Non, non, je ne suis pas folle, monsieur Charles, et vous le savez bien... Mais qu'importe l'opinion d'une vieille paysanne, dont l'unique mérite est son dévoûment pour ses maîtres ? Il est une autre personne qui a bien plus à souffrir de votre funeste égarement... Vous avez manqué à toutes les promesses que vous lui aviez faites; vous avez trahi sa confiance en la poussant à une démarche pénible, inconvenante, qui devait être sans résultat. Quant à M. Victor, poursuivit Florence d'une voix sourde et profonde, M. Victor, votre fils, votre vrai fils,... comment avez-vous mérité son affection? Il espérait pouvoir vous nommer ouvertement son père. Pour cela, vous n'aviez qu'à vouloir, et vous n'avez pas voulu... Un moment sans doute vos intentions ont été droites et loyales; mais une passion incompréhensible vous a fait tout oublier, vos devoirs les plus sacrés comme vos plus formels engagements!

Pendant que la gérante parlait, Charles Duplessis baissait les yeux et ne pouvait dissimuler une douloureuse anxiété.

— Florence, demanda-t-il, sont-ce là les sentiments d'Ernestine... et de Victor ?

— Ce sont les miens, monsieur, et au moment de nous séparer pour toujours, je n'ai pu résister à la tentation de les exposer librement... Mais il suffit; je devrais déjà être loin... Encore une fois, voulez-vous recevoir les comptes de ma gestion ?

— Je vous en conjure, madame Florence, ne me laissez pas aux prises avec d'effroyables diffi-

cultés... Je sais quelle réparation est due à Ernestine et à son fils ; cette réparation ne leur fera
pas défaut, mais plus tard, à un autre moment...
Vous savez où ils sont; ils vous attendent peut-
être, puisque vous devez voyager ensemble. Je
vous supplie de les décider à revenir... Toute satisfaction leur sera donnée, je vous le répète. Mais,
pour eux comme pour moi, évitons le scandale.

— Alors, sans doute, vous renoncez à recevoir
« cette fille » ici ?

— Je ne le puis... Ce serait lui faire un outrage qui, dans les circonstances actuelles, sem-
blerait particulièrement odieux. Elle va arriver
d'un moment à l'autre, et il est trop tard... Claudine, en ne trouvant ici que moi pour la recevoir,
sera sans doute mortellement offensée et refusera
de rester... Nous aurons le remords d'avoir commis une mauvaise action.

Florence sourit avec amertume.

— Je le vois, dit-elle, ce qui vous touche, ce
n'est pas la douleur de ma chère maîtresse dont
vous avez troublé l'existence ; ce n'est pas la légitime colère de ce jeune homme dont vous avez
flétri les sentiments les plus saints.... Une unique
pensée vous domine : comme toujours, c'est celle
de Claudine Pichard... Et pourtant, il est clair
que vous souffrez, que vous êtes en lutte contre
vous-même. Vous connaissez le bien, mais la force
vous manque pour l'accomplir... Tenez, vous me
faites pitié ; vous êtes comme sous l'influence
d'un charme, et cette Claudine est une sorcière
qui vous a jeté un sort !

Le commandant, au lieu d'être irrité de ces reproches, se montrait de plus en plus abattu.

— Peut-être avez-vous raison, Florence, dit-
il. En vain je me débats, il y a toujours quelque
chose de plus fort que ma volonté... Moi, jadis si
opiniâtre dans mes désirs, je ne me reconnais
plus... Vous avez raison de me plaindre, mais
aidez-moi à me dégager des nœuds inextricables
qui m'enchaînent. Peut-être cette pauvre enfant
ne s'arrêtera-t-elle pas ici plus de quelques
heures. En attendant, il faut qu'Ernestine et Victor viennent reprendre leur place dans la maison.
Indiquez-moi, du moins, où je peux les rencontrer. Si je les voyais, je réussirais sans doute...

— Ne me demandez pas cela, répliqua la gérante d'un ton ferme ; j'ai promis de ne faire connaître à personne le lieu où nous devons nous rejoindre, et je ne manquerai pas à ma parole...
Mais l'heure me presse... Ne voulez vous pas enfin approuver mes comptes?

— Je les approuve! s'écria le commandant
impatienté ; que m'importent vos comptes?... A
votre tour, obtenez d'Ernestine et de Victor...

— Rien; comment oserais-je leur faire en votre
nom des promesses que vous seriez peut-être dans
l'impuissance de tenir ?... Allons ! tout est dit...
Adieu, monsieur Charles, et puissiez-vous trouver
au Barral le bonheur et le repos que d'autres n'y
ont pas trouvés !

Elle fit un signe de la main et, sans écouter le
commandant qui la rappelait, elle sortit précipitamment. Alors Charles Duplessis retomba dans

ses agitations. La douleur, la crainte, la colère le bouleversaient. Il allait et venait comme un fou, sans savoir à quoi se résoudre.

— Pourquoi, dit-il tout à coup, ne suivrais-je pas cette femme? Je parlerais à la mère et au fils. Oui, mais si Claudine allait arriver pendant mon absence?... Bah! j'aurai le temps.

Il fit quelques préparatifs de toilette et épia de la fenêtre le moment où Florence sortirait du château. La gérante ne tarda pas à paraître ; elle cherchait à se dérober aux regards des gens de la maison et portait fréquemment son mouchoir à ses yeux pour essuyer ses larmes. Sitôt qu'elle fut à quelque distance, Charles Duplessis descendit avec précipitation et se mit à la suivre.

Nous allons les laisser un moment l'une et l'autre, pour nous occuper de Mme Duplessis et de Victor. Ils avaient quitté le château le matin même, suivant le plan convenu. Afin de ne pas attirer l'attention du commandant, qu'ils savaient être déjà levé, ils étaient sortis furtivement par la porte du parc, comme nous l'avons dit. Du reste, ils avaient une grande lieue à faire à pied pour atteindre Saint-Hilaire, où ils devaient trouver une voiture.

La matinée était froide et sombre. Un brouillard glacial enveloppait la campagne et empêchait de voir au-delà de quelques pas. Les arbres, dépouillés de feuilles, étaient couverts de givre, et la nature entière avait un aspect de désolation.

Ce tableau ne pouvait donner des idées consolantes à Victor et à sa mère, qui quittaient, peut-

être pour toujours, la vieille demeure de leur
famille. Mme Duplessis, habituée au bien-être et
au luxe, grelottait sous la bise, et elle portait à la
main un petit sac de cuir verni dont Victor avait
voulu vainement la débarrasser. Quant au lycéen,
sa tunique boutonnée sur la poitrine, il était
chargé d'une valise que la longueur du trajet à
parcourir pouvait lui faire paraître bien lourde.

Ils gardaient le silence, autant pour ne pas attirer l'attention que par l'effet d'une profonde tristesse. Quand ils furent à quelque distance du
Barral, à une place d'où l'on aurait dû voir en
plein le bâtiment, ils se retournèrent pour lui jeter un regard d'adieu ; mais le brouillard cachait
tout de sa morne uniformité, et l'imagination seule
leur représentait, derrière ce mur de brume,
l'habitation où ils avaient aimé, où ils avaient es-
péré, où ils avaient souffert.

Ils reprirent donc leur marche en soupirant, et
Victor, qui s'effrayait pour sa mère de ce voyage
pédestre, par une température rigoureuse, lui dit
avec abattement :

— Je ne pensais pas, il y a quelques jours encore, que nous quitterions ainsi le château ! Dire
que vous, la veuve du tout-puissant préfet Duplessis-Barral, vous êtes obligée d'aller à pied, un
paquet à la main, tandis que la fille de l'aubergiste Pichard voyage commodément dans votre
voiture !

— C'est volontairement, Victor, répliqua Ernestine, que nous quittons le Barral dans des
conditions si fâcheuses... D'ailleurs, ajouta-t-elle

en donnant un libre cours à ses larmes, ne devons-nous pas faire dès à présent l'apprentissage de l'humilité et de la pauvreté? Oublions le passé, enfant; le souvenir de nos grandeurs d'autrefois ne serait pour nous qu'une douleur de plus... Que pensera le commandant? Peut-être, dans sa joie de revoir cette fille, s'apercevra-t-il à peine de notre absence... Ce qui me console et m'encourage dans ma détermination, mon cher Victor, c'est que, par le fait seul de l'arrivée de Claudine Pichard, notre situation là-bas allait devenir intolérable, et que tôt ou tard nous eussions été dans la nécessité de céder la place.

Néanmoins, Ernestine retournait souvent la tête, comme pour s'assurer s'ils n'étaient pas suivis, et quand le brouillard trop épais empêchait la vue de s'étendre un peu, elle prêtait l'oreille, afin de saisir un bruit de pas sur le chemin.

Ils marchèrent ainsi pendant près d'une heure, et Mᵐᵉ Duplessis commençait à se sentir cruellement fatiguée. Victor lui-même, chargé du poids de sa valise, n'avait plus la même ardeur, et tous les deux étaient impatients d'arriver à Saint-Hilaire. Comme ils traversaient la lande giboyeuse qui avoisinait le village, et dans laquelle Victor était venu chasser bien des fois, ils entendirent les jappements d'un chien sur la piste du gibier, puis un coup de fusil. Selon toute apparence, le coup avait été sans résultat, car les jappements continuèrent en s'éloignant avec rapidité; mais la personne qui avait tiré devait être à une courte distance, quoiqu'elle fût cachée par le brouillard.

Ernestine se rapprocha de son fils.

— C'est quelque chasseur du voisinage, dit-elle ; tâchons de ne pas être aperçus.

Malheureusement le vœu de Mme Duplessis ne put s'accomplir. Au bout de quelques pas, derrière un pli de terrain, on se trouva face à face avec le chasseur, qui rechargeait son fusil au bord de la route. Ce chasseur était Anatole Chamusset, que Victor n'avait pas revu depuis la violente dispute survenue entre eux, le jour même de la mort de Pichard. Le bel Anatole, en reconnaissant le jeune Duplessis, eut un mouvement qui annonçait plus de frayeur que de colère ; mais il se ravisa aussitôt. Sans doute il venait de réfléchir que les circonstances actuelles étaient complètement en sa faveur. Il se redressa donc, et, sans paraître s'apercevoir de la présence de Mme Duplessis, il dit d'un ton insolent :

— Enchanté de vous retrouver, mon petit monsieur ! Vous n'êtes donc pas parti, comme vous l'annonciez il y a un mois ?

Victor était converti depuis trop peu de temps aux sentiments de modération pour écouter ces paroles avec calme.

— Tout le monde connaît les motifs de ce retard, répliqua-t-il, et vous étiez libre de me chercher au Barral... A présent, je pars réellement, et l'on ne me trouvera plus qu'à Paris... Laissez-moi donc en paix, ou je vous prouverai, comme du reste je vous l'ai prouvé déjà, que je ne vous crains guère.

Anatole Chamusset ne s'attendait pas, sans

doute, à une telle verdeur de la part du lycéen, car il demeura interdit. Mme Duplessis avait écouté sans bien les comprendre les propos échangés entre les deux jeunes gens.

— De quoi s'agit-il donc, Victor? s'écria-t-elle; encore quelque folie sans doute?... Monsieur, poursuivit-elle en s'adressant à Anatole, ne vous offensez pas de ce que dit mon fils... Vous voyez bien que ce n'est qu'un enfant, encore sur les bancs du collége, et dont les menaces ne sauraient avoir de portée.

La frayeur évidente d'Ernestine rendit à Chamusset son arrogance; cependant il toucha son chapeau :

— Il suffit, madame, répliqua-t-il; quoique votre écolier ait fait récemment un mauvais coup, je ne le prends pas au sérieux... Je suis un homme du monde, et par considération pour vous, je ne le traiterai pas comme il le mérite... Seulement je veux m'assurer que, cette fois, il part pour tout de bon, car s'il restait dans le pays, nous aurions à causer ensemble.

Il enfonça son chapeau, mit son fusil sous le bras, et se disposa à suivre les promeneurs. Victor écumait de colère.

— Retirez-vous!.. Je vous défends de nous suivre! s'écria-t-il. Mille tonnerres! si nous étions seul, je vous apprendrais...

— Eh! eh! mon garçon, répliqua Anatole en ricanant et en frappant sur le bois de son fusil, c'est moi qui suis armé aujourd'hui, et c'est vous qui êtes avec une femme!

— Cette femme est ma mère, monsieur; je ne
vous permettrai pas ces insolentes comparaisons.

Il voulut se jeter sur Chamusset; mais Mme Duplessis le retint en lui adressant les adjurations
les plus touchantes; il finit par se laisser entraî-
ner, non sans se retourner par intervalles et sans
menacer du regard son adversaire.

Celui-ci eut grand soin de se tenir à une distance respectueuse, mais il continua de les suivre. On était maintenant très-près du village, et
Anatole espérait sans doute qu'une occasion se
présenterait de faire au lycéen une avanie publique, en revanche de l'insulte qu'il avait reçue et
dont le bruit s'était vaguement répandu dans les
environs. La présence de Mme Duplessis encou-
rageait ses fanfaronnades, qu'il croyait devoir
rester impunies. De son côté, Ernestine s'alarmait
de plus en plus en voyant cet homme armé s'attacher obstinément à leurs pas, et elle se serrait
contre son fils.

XXV

LA RELIGIEUSE.

On atteignit ainsi les premières maisons du
village de Saint-Hilaire, que le brouillard avait
cachées jusque-là. En passant devant celle de la
bohémienne, Mme Duplessis eut la tentation d'y
entrer pour soustraire Victor aux obsessions de

l'opiniâtre Anatole ; mais elle réfléchit que la demeure du voiturier, où elle était attendue, devait
être proche, et que là sans doute elle trouverait
tout le secours désirable.

Ils s'avançaient un peu au hasard dans l'unique
rue du village, alors presque déserte, quand ils
aperçurent une maison de meilleure apparence
que les autres : c'était une sorte d'auberge, beaucoup moins importante que le Chêne-Vert et qui
ne pouvait recevoir des voyageurs d'un ordre bien
relevé. Comme la mère et le fils paraissaient in-
certains, ils remarquèrent quelque chose qui les
fit s'arrêter brusquement.

Une voiture stationnait devant la porte, et cette
voiture était celle que Mme Duplessis avait consi-
dérée longtemps comme la sienne. On pouvait
d'autant moins en douter que Félix, le cocher,
debout à quelques pas, causait avec un homme qui
devait être le maître de l'auberge.

Cette rencontre inattendue frappa de surprise
Ernestine et le lycéen. Mme Duplessis ne tarda
pas à recouvrer sa présence d'esprit.

— Victor, murmura-t-elle, ne nous montrons
pas... Sans doute « cette femme » est ici, et si
nous nous trouvions face à face avec elle...

— Eh bien ! qu'aurions-nous à craindre ? Au
fait, une pareille rencontre ne doit pas vous étonner... Pour aller de la station au Barral, il fallait
passer par Pierrefitte ou par Saint-Hilaire, et
puisque l'on avait ses raisons pour ne pas traverser Pierrefitte...

— N'importe, mon ami ; je désire éviter, comme

19

tu sais, toute scène désagréable ; continuons notre
chemin.

— Mais c'est ici que nous sommes attendus,
chère maman ; c'est ici que nous rejoindra
Mme Florence ; et tenez, voici sans doute la voiture qui nous conduira au chemin de fer.

Il désignait sous un hangar voisin une espèce
de patache à laquelle était attelée déjà une rosse
poussive. Victor disait vrai. D'ailleurs, Mme Duplessis, en se retournant, aperçut à dix pas de là
Anatole Chamusset qui s'était arrêté de même et
qui, appuyé sur son fusil, ne cessait d'observer
leurs mouvements. Elle ne savait trop quel parti
prendre, quand Félix quitta le voiturier et s'approcha d'un air effaré.

— Est-ce bien vous, madame ? demanda-t-il ;
et monsieur Victor aussi ?... Ma foi ! je ne m'attendais guère à vous trouver seuls et à pied si
loin de la maison !

— Et vous-même, Félix, demanda le lycéen,
que faites-vous là ?

— Je ne sais trop... Il paraît qu'*on* ne veut
pas aller jusqu'au Barral... Je ne comprends rien
à ce qui arrive. Cependant, M. le commandant
m'avait donné l'ordre...

La conversation fut interrompue par l'aubergiste.

— Madame, dit-il à Ernestine, c'est vous sans
doute qui avez retenu ma voiture pour vous transporter à la station avec tout votre monde ? Je
suis prêt, et nous partirons quand vous voudrez.

— Il y a encore une personne à venir, repliqua
Mme Duplessis avec distraction.

L'aubergiste s'inclina et se retira un peu à
l'écart. Comme Ernestine allait adresser de nouvelles questions au domestique, la porte de la
maison s'ouvrit, et deux religieuses, l'une jeune
et l'autre vieille, mais portant l'une et l'autre
le costume des sœurs grises ou sœurs de charité, parurent sur le seuil. La plus jeune salua
Mme Duplessis par un sourire mélancolique.

— Entrez, madame, lui dit-elle ; c'est la Pro-
vidence qui vous amène en ce moment.

Ernestine regarda d'un air interdit la personne
qui parlait. Sous la grande coiffe empesée, elle
reconnut les traits pâles, quoique toujours énergiques, de Claudine Pichard.

— Vous, mademoiselle ? balbutia-t-elle ; vous,
et sous cet habit ?

— Cet habit sera désormais le mien, répliqua
Claudine ; je n'ai pas perdu de temps pour m'en
revêtir, et aussitôt que mes épreuves ont été
finies, je me suis empressée, selon l'autorisation
que j'en avais reçue... Mais entrez, de grâce,
bonne et chère madame... La sœur Élisabeth et
moi, nous serons heureuses que vous nous ac-
cordiez vos conseils et votre appui.

Toutes les préventions d'Ernestine tombèrent
instantanément. Elle ne pouvait conserver contre
« sœur Claudine » les sentiments de défiance et
de colère que lui inspirait la belle et séduisante
Mlle Pichard.

— Soit ! répliqua-t-elle ; de quoi s'agit-il ?

Elle marcha vers la maison, et Victor se mit en
devoir de l'accompagner ; mais Claudine, en aper-

cevant le jeune Duplessis, ne put cacher un mouvement douloureux, et détourna la tête.

— Victor, dit Ernestine à son fils, reste dans
la cour pour attendre Mme Florence.

Un signe de la main acheva sa pensée. Victor
comprit et alla auprès de Félix, dont il espérait
tirer quelques éclaircissements.

On entra dans une pièce assez pauvre, qui semblait être le salon de l'auberge. Il y avait du feu
dans la cheminée ; sur une table on voyait une
lettre commencée, qui sans doute avait été interrompue par l'arrivée de la mère et du fils.

Claudine offrit à Mme Duplessis une chaise de
paille et s'assit elle-même, tandis que la vieille
religieuse prenait place discrètement à l'autre bout
de la salle.

— Madame, dit Mlle Pichard avec un air de
franchise modeste, je n'ai pas besoin de vous
rappeler les lugubres événements arrivés depuis
peu... J'avais fait vœu, si mon innocence était
reconnue, de me consacrer pour toujours à Dieu
et aux bonnes œuvres, ainsi que vous le dira
cette digne sœur qui m'a assistée, soutenue, en-
couragée dans mes moments les plus difficiles.
Hier, aussitôt après mon acquittement, j'ai reçu
une dépêche de M. le commandant Duplessis, qui
m'annonçait qu'une voiture m'attendrait à la station voisine pour me transporter au Barral, où
l'on m'offrait obligeamment une retraite. Des devoirs importants, en effet, m'appellent dans ce
pays, qui est le mien ; mais je ne veux ni me
rendre à Pierrefitte, où je serais exposée à de

cruels déchirements de cœur, ni me rendre au Barral pour... d'autres motifs. Je ne pouvais néanmoins, sans ingratitude, repousser trop sèchement l'invitation de M. le commandant Duplessis qui, au milieu de mes épreuves, m'a témoigné tant de sollicitude, tant de dévoûment, et qui a été lui-même victime de la dernière et épouvantable catastrophe... Je suis donc montée dans la voiture ; mais je n'entends pas aller plus loin que cette maison, où je vais m'arrêter seulement quelques heures et régler les affaires qui m'amènent. Aussi étais-je en train d'écrire à M. le commandant Duplessis pour le remercier et lui présenter mes excuses.

— Fort bien, mademoiselle, reprit Ernestine, dont la physionomie s'éclaircissait de plus en plus ; vous ne pouviez pourtant ignorer que j'étais au Barral, et comme je vous avais donné déjà des preuves d'intérêt...

— Il est vrai, et je n'oubliais pas avec quelle bonté vous m'avez traitée quand tout m'accablait ; mais je savais aussi rencontrer au Barral d'autres personnes dont la vue, bien qu'elles aient obéi peut-être à une inexorable nécessité, ne pouvait que m'inspirer de l'effroi...

— Eh ! mademoiselle, c'est à leur intervention que vous devez d'être maintenant libre et réhabilitée. Mais était-ce là le seul motif de votre réserve ? poursuivit Ernestine en fixant sur la jeune novice un regard perçant.

— Non, madame ; s'il faut le dire, je craignais aussi que ma présence là-bas n'encourageât certaines espérances qui ne peuvent avoir aucun résultat.

Mme Duplessis saisit la main de la jeune fille et la pressa avec force.

— Bien, bien ! s'écria-t-elle, et moi qui croyais... qui supposais... Claudine, il est certain qu'à cause de vous, le commandant Duplessis a négligé des obligations sacrées. S'il vous a montré de l'amitié, de l'abnégation, il n'a eu que de l'indifférence et de la froideur pour des personnes qui devaient attendre de lui des sentiments d'une autre nature.

Claudine regarda Mme Duplessis avec étonnement.

— Madame, dit-elle, je regrette beaucoup d'avoir été la cause involontaire... Eh bien ! raison de plus pour moi de ne pas pousser jusqu'au Barral... Seulement je vous prierai de m'excuser auprès de M. Duplessis, qui sans doute est encore souffrant de sa blessure.

— Il est guéri ; mais je ne saurais, ma pauvre enfant, me charger de votre commission. S'il faut le dire, je viens de quitter moi-même le château avec mon fils, et, selon toute apparence, nous n'y retournerons jamais.

— Est-ce possible ? Et me permettrez-vous de vous demander où vous allez ?

— A Paris ; la voiture de l'aubergiste va nous conduire à la station aussitôt que nous aurons été rejoints par Mme Florence.

— Quoi ! Florence aussi quitte le Barral ? s'écria Claudine. Madame, madame, je vous en conjure, ne me cachez rien... Ne serait-ce pas la nouvelle de mon arrivée qui vous aurait poussés tous à cette détermination ?

— Je l'avoue ; nous ne pouvions prévoir... Mais le mal est fait, et il est irréparable.

La jeune novice paraissait désespérée.

— Mon Dieu ! disait-elle, est-il donc vrai que je porte malheur à tout ce qui me témoigne de l'affection ?... Sans le vouloir et sans le savoir, je suis cause... Quel parti prendre maintenant ?

Son chagrin était si vif, que Mme Duplessis allait lui adresser des consolations, quand tout à coup une altercation violente s'éleva au dehors. On entendait des voix irritées dont le diapason montait peu à peu d'une manière menaçante.

— Jésus ! mon Dieu ! s'écria sœur Élisabeth, qu'est ceci ?

Mme Duplessis et Claudine écoutaient de leur côté.

— Je reconnais la voix de Victor ! dit Ernestine avec inquiétude.

Et elle courut vers la porte.

— Moi, dit Claudine à son tour avec émotion, j'ai cru distinguer... Non, non, l'homme indigne dont j'ai tant à me plaindre ne saurait être ici !

Elle suivit Mme Duplessis ; mais elle s'arrêta à la porte, tandis qu'Ernestine se précipitait vers le théâtre de la querelle.

C'était, en effet, une nouvelle querelle qui venait d'éclater entre Victor et Anatole.

Mme Duplessis, à la vue de Claudine Pichard, avait complètement oublié Chamusset. Quant à

Victor, obligé de rester hors de la maison, il ne tarda pas à être offusqué par cette espèce d'ombre, immobile et silencieuse à quelques pas, et, n'y tenant plus, il l'aborda d'un air résolu :

— Monsieur, dit-il, que me voulez-vous? Je n'aime pas qu'on m'espionne..... Passez votre chemin.

— Monsieur, répliqua l'autre fièrement, le chemin m'appartient comme à vous, et je n'agis qu'à ma guise... Vous ne seriez pas fâché de me glisser entre les doigts comme l'autre jour; mais je tiens à savoir si vous partez réellement et où vous allez... Je ne bougerai pas d'ici avant d'avoir une certitude à cet égard.

— Je vous ai dit déjà, monsieur, que j'allais à Paris, et il n'a pas tenu à moi que, ces derniers temps, vous ne m'ayez trouvé au château du Barral... Maintenant, laissez-moi en paix, et décampez, je vous le répète.

Victor fit un geste menaçant. Anatole se mit sur la défensive et s'écria :

— Ne m'approchez pas, monsieur, ou, de par le diable! je vous tuerai comme vous avez tué Baptiste Pichard.

Cette allusion à l'événement récent fit bondir Victor Duplessis.

— Je suis curieux de voir cela! répliqua-t-il; je n'ai pas peur de votre fusil comme l'autre jour vous aviez peur du mien.

Et il s'avança pour enlever son arme à Anatole qui, dans un mouvement de colère ou de frayeur, pouvait succomber à la tentation de s'en servir. Mme Duplessis s'écria tout à coup derrière lui :

— Ah! Victor, encore toi!... toujours toi !

Le lycéen s'arrêta confus.

— Chère maman, dit-il, je ne peux pourtant pas tolérer des insolences...

— Tu as tort, mon fils, et ton humeur intraitable me cause de vifs chagrins... Vous, monsieur, continua Mme Duplessis en s'adressant à Anatole, ne tenez pas compte des paroles de ce jeune étourdi ; c'est sa mère qui vous le demande.

Anatole Chamusset avait, dès à présent, atteint le but auquel il visait, c'est-à-dire qu'il avait obtenu le petit scandale qu'il croyait nécessaire à sa considération. Outre Félix et l'aubergiste qui écoutaient, des gens étaient sortis des maisons voisines et s'informaient des causes de cette dispute. Il voulut pourtant abuser de la situation.

— Tout le monde est témoin, reprit-il à haute voix, que Mme Duplessis-Barral me demande pardon pour les grossières incartades de son fils... J'aurais donc mauvaise grâce à ne pas mépriser les injures d'un écolier !

— Cet écolier vous a pourtant déjà rossé, s'écria Victor, et il est prêt à recommencer... Quant à Mme Duplessis-Barral, c'est une bonne et timide mère qui aime son fils ; mais, sachez bien, monsieur, qu'elle ne *demande pardon* à personne... à vous moins qu'à tout autre !

Anatole était blême de colère.

— Nul ne pourra croire, reprit-il, que j'aie la moindre crainte de cet enfant querelleur... Il assassine, mais c'est par surprise et quand on ne le voit pas venir.

Victor se serait élancé sur lui, si Ernestine ne se fût cramponnée à son bras.

— Monsieur, dit-elle à Chamusset, vos paroles sont aussi odieuses qu'injustes, et vous dépassez toutes les bornes... Retirez-vous, je vous en conjure encore une fois... Vous le voyez, ce malheureux garçon est hors de lui et résiste même à sa mère !

En effet, Victor, sans oser déployer toute sa vigueur, essayait énergiquement de se dégager.

— J'ai regret de ne pas obéir à une dame, répondit Anatole, mais l'honneur me défend... Allez, sa colère n'est qu'une comédie; il y regardera à deux fois avant d'attaquer un homme armé, qui l'attend de pied ferme !

Et il se tenait en garde.

Cette attitude redoublait la rage de Victor, en même temps qu'elle augmentait les alarmes de Mme Duplessis. La pauvre femme, à bout de forces, sentait que le bouillant jeune homme allait lui échapper. Félix et le voiturier s'étaient bien approchés; mais le respect les empêchait de porter les mains sur le lycéen, comme Chamusset l'espérait peut-être.

Tout à coup Claudine, suivie de la vieille religieuse, sa compagne, marcha vers Anatole et lui dit avec un accent d'autorité :

— Retirez-vous, monsieur; n'avez-vous pas fait assez de mal? Il n'y a plus que trouble et désastre partout où vous avez passé !

Anatole envisagea avec stupeur la personne qui parlait. Il avait peine à reconnaître sous ses austères vêtements la jeune fille qui était autrefois l'ornement du pays.

— Quoi! mademoiselle Claudine, est-ce vous? dit-il enfin d'une voix tremblante. Je suis heureux de vous voir libre, et je vous félicite...

— Merci de vos félicitations, répliqua Claudine avec ironie; mais ce n'est pas votre faute si le jour a fini par luire sur de lugubres vérités... N'importe! Avant de prononcer des vœux éternels et de quitter le monde, mon devoir est de vous dire que je vous pardonne et que je prierai pour vous... A présent, que rien ne vous retienne ici. Partez, et puisse Dieu vous donner l'intelligence et le regret des fautes que vous avez commises!

Tel était l'intérêt puissant qui s'attachait à cette fortuite rencontre de l'accusateur et de l'accusée, que tous les assistants demeuraient profondément attentifs. Victor lui-même avait cessé ses efforts pour se délivrer. Anatole Chamusset était maintenant très-rouge; une sueur abondante baignait son visage. Il avait conscience de l'odieux de son rôle et ne pouvait cacher son malaise. Néanmoins, son sot orgueil ne fléchit pas.

— Mademoiselle, répliqua-t-il, les yeux baissés, vous ne pouvez me garder rancune pour m'être acquitté d'un douloureux devoir... Quant à exiger que je cède aux injonctions de ce jeune homme, vous ne le connaissez donc pas? Vous ignorez que c'est lui, Victor Duplessis, qui...

— Je sais, répliqua Claudine d'un ton sombre,

qu'il a servi d'instrument à la vengeance de Dieu…
Mais je sais aussi, Anatole Chamusset, qu'il a été
moins fatal que vous à ma pauvre famille.

Anatole continuait de rester sourd aux supplica-
tions comme aux reproches, quand il sentit qu'on
lui arrachait son fusil, et une personne qui s'était
approchée furtivement lui dit d'un ton railleur :

— Ah çà! en finirons-nous? Partez, monsieur Chamusset; partez vite, ou sinon vous allez
vous-même faire connaissance avec cette arme
dont vous osez menacer Mme Duplessis-Barral et
M. Victor.

Anatole se retourna furieux; mais, voyant le
bout du fusil braqué sur son visage, il fit un saut
de côté en poussant un cri d'épouvante.

La personne qui l'avait désarmé pouvait pourtant ne pas sembler bien redoutable: c'était
Mme Florence qui venait de se glisser inaperçue
parmi les assistants. Un coup d'œil rapide, quelques mots échangés à voix basse avec Félix,
avaient suffi pour la mettre à peu près au courant
de l'état de choses. Avec cette promptitude de décision qui la caractérisait, elle avait passé derrière
Anatole, et elle était parvenue à opérer la diver-
sion dont nous connaissons le résultat.

Le cri d'Anatole avait été répété par Mme Duplessis et par quelques autres personnes. On
craignait que la gérante n'accomplît sa menace,
et Chamusset la croyait sans doute fort capable
d'en venir à cette extrémité, car il balbutia :

— Prenez garde, madame; la justice saura…
Vous allez commettre un crime !

— Et qu'alliez-vous donc faire vous-même? reprit Florence; mais si ce bout du fusil vous fait peur, que dites-vous de l'autre? Il est assez bon pour vous.

Elle renversa prestement le fusil et lui en porta la crosse au visage. Anatole recula de nouveau; mais comme la terrible veuve ne cessait d'avancer, il céda à une irrésistible frayeur et prit la fuite à toutes jambes.

Florence le poursuivit, en criant pour augmenter son effroi, tandis que Félix, le voiturier et aussi les voisins, ne se gênaient pas pour pousser des huées. Quoique le malencontreux rodomont redoublât de vitesse, il ne gagnait pas de terrain. La gérante ne cherchait plus à employer la crosse du fusil, mais elle diligentait la fuite de Chamusset au moyen de sa grosse chaussure ferrée, ce qui permettait de voir le solide pantalon d'homme qu'elle avait revêtu pour le voyage; ils ne tardèrent pas à disparaître tous deux dans le brouillard. Pendant que les assistants observaient avec des sentiments divers les phases de cette scène tragi-comique, Claudine murmurait, l'œil fixe et l'air abattu :

— Voilà donc l'homme que j'ai aimé, que j'aime peut-être encore... l'homme qui a causé tous mes malheurs et ceux de mes proches!... Ce n'est qu'un fat et un lâche !

Bientôt Mme Florence, les vêtements un peu en désordre et toute haletante, revint de l'expédition où elle avait été victorieuse.

— En voilà toujours un à la raison, dit-elle,

et il pourra conter la chose, s'il le veut, à son papa M. le maire... Mais, bon Dieu! que se passe-t-il ici?... Mlle Pichard en religieuse!... Ma maîtresse qui n'a plus l'air de songer à partir!.. M. Victor qui se querelle avec le fils Chamusset!...

— Oui, oui, que se passe-t-il? demanda une voix nouvelle avec un accent de surprise; quoi! mademoiselle Claudine?

C'était le commandant Duplessis qui parlait ainsi. Nous savons comment il avait suivi Florence de loin, et il arrivait sans se douter des événements.

L'embarras d'abord fut général. Enfin Claudine dit avec fermeté :

— Nous ne saurions rester ici au grand air et au froid... Rentrons... Aussi bien tout le monde ne doit pas nous entendre.

Elle s'appuya sur la vieille religieuse, car elle avait peine à se soutenir, et se dirigea vers la maison. Le commandant l'accompagna, ainsi qu'Ernestine, qui avait repris le bras de Victor, par crainte de quelque nouvelle algarade de son fils, et Mme Florence marcha derrière eux.

Comme l'on franchissait la porte, le voiturier-aubergiste s'approcha de la gérante.

— Eh bien! madame, dit-il à demi-voix, ne partons-nous pas? L'heure presse, et le train du chemin de fer n'attend personne.

— Prenez patience, monsieur Bernard, répliqua Florence en clignant des yeux; ce ne sont pas quelques minutes de plus ou de moins... Qui sait même si nous partirons?

XXVI

DERNIERS ADIEUX.

Claudine s'était assise à moitié évanouie, et Mme Duplessis s'empressa de lui faire respirer des sels, tandis que la femme de l'aubergiste lui apportait un verre d'eau. Ces simples remèdes suffirent pour la ranimer, et après avoir donné l'ordre à l'hôtesse d'aller lui préparer une chambre, elle promena un long regard autour d'elle.

Mme Duplessis, qui se tenait à son côté, paraissait calme, quoiqu'un léger tremblement trahît ses anxiétés secrètes. Le commandant n'avait adressé la parole ni à l'une ni à l'autre, et à peine osait-il les regarder à la dérobée. Interdit, le front baissé, il ne savait quelle attitude prendre au milieu de circonstances si bizarres. Quant à Victor, il s'était assis à l'écart derrière sœur Elisabeth et Mme Florence, s'efforçant de se soustraire aux yeux de Claudine.

Celle-ci se rendit assez exactement compte des sentiments divers qui animaient les assistants et reprit, après un silence :

— Je ne suis venue dans ce pays, monsieur le commandant, que pour vous dire, ainsi qu'à tous mes autres amis, un adieu qui doit être éternel.

— Éternel ! répliqua Charles Duplessis en tressaillant.

— Je n'appartiens déjà plus à ce monde; je
dois rompre avec tout ce qui m'y rattache encore... Néanmoins, monsieur, tant qu'il me restera un souffle de vie, je garderai la mémoire
des services que vous m'avez rendus dans mon
malheur et dans mon abaissement... Pardonnez-
moi vos souffrances; pardonnez-moi les chagrins
que j'ai pu vous causer involontairement, et pensez quelquefois à moi, qui prierai pour mes amis
et mes ennemis.

Le commandant n'était pas préparé sans doute
à cette solution et avait peine à secouer la stupeur
qu'elle lui causait. Cependant il balbutia :

— Votre détermination est trop prompte pour
être irrévocable. Je vous conjure de réfléchir
encore, mademoiselle Pichard...

— Appelez-moi « sœur Claudine, » répliqua
la jeune fille; ce nom me plaît dans la bouche de
ceux qui m'ont aimée. Quant à ma détermination,
elle n'est pas précipitée, comme vous paraissez le
croire; au contraire, plus j'y réfléchis, plus je suis
convaincue que la vie religieuse seule sera pour
moi un asile sûr contre les dégoûts, les amertu-
mes, les humiliations que me réserverait le monde.
Dieu m'appelle; personne ne doit m'empêcher
d'aller à lui... J'ai donc hâte d'en finir avec les intérêts humains. Je vais mander M. Briffaut, le notaire, et je lui donnerai mes pleins pouvoirs pour
vendre les propriétés dont je suis maintenant l'unique héritière; le produit de ces biens sera remis
aux pauvres, et je ne me réserverai qu'une modeste dot pour mon entrée au couvent... Je vous

prie, monsieur le commandant, de faciliter cette tâche au notaire, en tout ce qui dépendra de vous.

Charles Duplessis fit un signe d'assentiment.

— Une chose me préoccupe encore, poursuivit Claudine; mon... le malheureux qui a si cruellement expié ses crimes a exprimé en mourant un vœu que je désire réaliser : c'est celui de reposer dans un de ces champs dont la possession l'a entraîné à tant d'excès, à tant d'injustices. Je souhaite donc qu'on prenne des mesures afin que son corps soit exhumé et enterré au Bois-Garet, comme il en a témoigné le désir... Je compte aussi sur votre bonne volonté pour le prompt accomplissement des formalités nécessaires.

Le commandant s'inclina de nouveau.

Mlle Pichard s'était arrêtée, comme si la voix lui manquait. En ce moment, la maîtresse de l'auberge se montra à la porte et fit signe que la chambre était prête. Claudine se leva.

— Je prie madame Duplessis et monsieur le commandant de m'excuser, reprit-elle avec émotion, mais je ne pourrais rester ici davantage sans leur donner le spectacle de ma faiblesse... Recevez encore une fois mes adieux... Puissent toutes les bénédictions célestes descendre sur vous... et sur ceux qui vous sont chers !

Elle s'approcha d'Ernestine et l'embrassa; puis elle tendit sa main au commandant, qui la saisit convulsivement dans les siennes et s'écria avec explosion :

— Claudine ! Claudine ! c'est impossible... Vous n'ignorez pas...

20

La novice retira vivement sa main.

— Monsieur, murmura-t-elle, vous m'avez fait entendre plusieurs fois qu'il vous restait de grands devoirs à remplir envers votre famille et que seule j'étais un obstacle... L'obstacle disparaît... Que la paix et le bonheur reviennent parmi vous !

Elle adressa un signe amical à Mme Florence, une salutation embarrassée à Victor ; puis, soutenue par sœur Elisabeth et par la femme de l'aubergiste, elle se retira dans la chambre qu'on lui avait préparée à l'autre extrémité de la maison.

— Pauvre fille ! murmurait Mme Florence, et nous qui la croyions capable... c'est un ange d'honnèteté et de dévoûment !

— Elle est encore plus belle et plus poétique que la morte ! pensait Victor tout rêveur.

Mais Ernestine n'avait plus d'attention que pour le commandant, qui, les coudes appuyés sur la table, se cachait le visage dans ses mains. Bientôt des sanglots soulevèrent la poitrine de Charles, et des larmes s'échappèrent à travers ses doigts crispés.

Mme Duplessis fit signe à Florence de sortir sans bruit, et elle attendit avec son fils que cette première douleur eût eu son cours.

Au bout d'un moment, elle s'approcha du commandant, qui peut-être se croyait seul, et lui dit avec un accent plein de douceur et de tristesse :

— Nous aussi, Charles Duplessis, nous devons vous faire nos adieux !

Le commandant releva vivement la tête et montra son visage bouleversé.

— Ernestine! Victor! s'écria-t-il avec une sorte d'égarement, allez-vous m'abandonner à votre tour? Que deviendrai-je si vous vous éloignez de moi? Vous vous indignez d'une faiblesse qui convient si peu à mon âge, à mon caractère; vous avez raison, et je m'en indigne moi-même... Eh bien! ajouta-t-il avec résolution en se levant et en écrasant avec ses poings les larmes qui perlaient encore dans ses yeux, la faiblesse est finie; l'accès de folie est passé... Il n'y a plus une femme dans cette religieuse, et son cœur s'est pétrifié au milieu de ses propres souffrances; je ne dois plus la voir; je ne dois plus penser à elle, et je reprends possession de ma volonté... Chère Ernestine, mon fils Victor... restez!

En écoutant ce langage si nouveau, Victor et sa mère échangèrent un regard. Toutefois, Ernestine craignit que Charles Duplessis ne cédât à un sentiment de dépit contre lequel il ne manquerait pas de réagir bientôt.

— Cousin Charles, dit-elle, depuis longtemps déjà, mon fils et moi, nous déplorions la situation fausse et inacceptable que nous avions chez vous. Les convenances exigent donc impérieusement....

— Mais vous savez bien, Ernestine, interrompit le commandant avec chaleur, que cette situation devait se régulariser dans un bref délai! Telle était mon intention en vous priant de venir demeurer au château. Seulement, à raison des fu-

nestes dissensions d'autrefois, je croyais avoir besoin d'employer de grands ménagements pour
vous amener à ce qui était l'objet de mes vœux.
Ainsi s'explique ma réserve première à votre
égard... Je l'avoue, cette réserve est devenue
bientôt excessive et coupable; j'étais aveuglé par
la passion insensée à laquelle je viens d'échapper.
Je m'efforçais de trouver des prétextes pour me
soustraire à une obligation de conscience, et je
vous en demande pardon à tous les deux; j'ai
voulu un moment... Mais, encore une fois, le
charme est détruit, et si vous consentez, chère
Ernestine, à réaliser certains projets...

— Vous l'avez dit vous-même, Charles, il ne
nous est pas permis de résister aux injonctions de
notre conscience... Et voici Victor qui nous le
rappellerait peut-être, si nous étions capables de
l'oublier !

— Il aurait raison, Ernestine, et moi je veux
pouvoir le nommer hautement mon fils. Cependant, avez-vous bien réfléchi... et, cette fois, Dieu
m'en est témoin, ce n'est pas un prétexte de retard
que je cherche... avez-vous bien réfléchi aux
conséquences possibles de ce mariage ? Ne crai-
gnez-vous pas que le souvenir de ce premier mari
qui s'est montré si généreux pour vous, qui vous
a fait une existence si brillante, ne vous donne tôt
ou tard des regrets, peut-être des remords?

— Je vous comprends, répliqua Ernestine;
mais mon esprit est tranquille sur ce point, car,
s'il faut le dire, j'ai l'assentiment de l'homme
supérieur et excellent dont vous parlez. Plu-

sieurs fois, pendant sa maladie, il fit allusion à vous, Charles ; il paraissait être au courant de tout ce qui vous concernait, quoique pendant de longues années nous n'eussions prononcé votre nom. Enfin, peu de temps avant la dernière crise qui devait l'emporter, un jour qu'il me parlait de sa fin prochaine et de l'état fâcheux où j'allais rester avec mes enfants, il me prit la main et me dit : « Tu sais bien que Victor est en droit de compter sur un protecteur... Et toi-même, si jamais ce protecteur réclamait d'anciennes promesses, ne le repousse pas, Ernestine ; c'est moi qui te conseille... » Une pression de main compléta sa pensée. Voilà pourquoi, Charles Duplessis, je n'ai pas repoussé vos avances, pourquoi vos projets ont trouvé si peu d'opposition de ma part... J'obéissais encore à une volonté que je suis habituée à chérir et à respecter.

Le commandant demeura un moment pensif. Enfin il se tourna vers le lycéen :

— Et vous, Victor, reprit-il, verrez-vous sans peine l'accomplissement de mes désirs ? Vous êtes ardent, impétueux... Hélas ! je sais de qui vous tenez ce caractère emporté qui fait commettre tant de fautes !... Vous aviez d'abord conçu contre moi des préventions funestes ; mais je dois avouer que, du jour où vous avez connu le lien qui nous unit l'un à l'autre, un changement complet s'est produit en vous. Vous m'avez sauvez la vie dans ma lutte contre Pichard ; tandis que ma blessure me clouait sur un lit de douleur, vous m'avez soigné avec un dévoûment tout filial, et jamais

20.

plus, malgré mes nouveaux torts, malgré ma
persistante ingratitude, vous ne m'avez adressé
un reproche, une parole amère... Maintenant,
Victor, pourrez-vous vraiment ne voir en moi
qu'un père qui vous aime, qui, à votre insu, vous
a toujours aimé, nonobstant vos défauts, peut-
être même à cause de vos défauts ?

Victor s'approcha, les yeux humides.

— Ni vous ni ma mère, dit-il, ne condamne-
rez, j'ose le croire, le sentiment de reconnaissance que je conserve au fond du cœur pour
l'homme généreux que j'ai cru longtemps... Tous
les deux vous aurez, désormais, une part égale
dans mon respect et ma tendresse.

Duplessis l'embrassa; puis vint le tour d'Ernestine; tous pleuraient.

— Ma femme... mon fils, reprit le commandant avec abandon, serrez-vous autour de moi,
soutenez-moi, aimez-moi... Grâce à vous, je serai
fort, j'en suis sûr.

Il ajouta, après un nouveau silence :

— Chère Ernestine, dans un mois vous devez
quitter le deuil; il faut que, peu de jours plus
tard, notre mariage soit accompli. En attendant,
Victor se rendra au lycée pour reprendre ses
études; mais il reviendra, afin d'assister à la cérémonie, puis, tous ensemble, nous le ramènerons
à Paris avec sa sœur, qui va aussi être ma fille...
Cet arrangement vous convient-il ?

On causa quelques instants avec la plus cordiale
affection et le plus parfait accord ; puis le commandant se leva.

— Rentrons au Barral, dit-il avec une sorte de brusquerie ; il est temps.

Il prit le bras d'Ernestine, et, comme il était affaibli par sa blessure, ainsi que par sa course du matin, il s'appuya de l'autre côté sur Victor.

Ce fut ainsi groupés qu'ils sortirent dans la cour, où attendaient les voitures.

Aussitôt qu'ils se montrèrent, l'aubergiste, derrière lequel se tenait Mme Florence, attentive et inquiète, s'approcha d'Ernestine et lui rappela que l'heure du train était proche.

— Eh bien ! le train partira sans nous, répliqua Ernestine avec gaîté. Félix, poursuivit-elle en s'adressant au domestique de la maison, prenez nos paquets... Vous allez nous ramener tous au château.

La gérante sauta de joie.

— Voilà ce que j'espérais ! s'écria-t-elle ; allons, monsieur Bernard, on vous paiera double la course que vous ne faites pas... Réservez-vous, ajouta-t-elle à voix basse, pour conduire « les religieuses » à la station... le plus tôt possible.

Tandis que l'on chargeait les bagages sur la voiture et que Mme Florence se disposait à prendre gaillardement place sur le siége, à côté de Félix, elle se trouva en face du commandant, qui lui dit avec un léger sourire :

— Je ne vous en voudrai jamais, ma chère, de vos conseils... un peu rudes. Vous frappez fort, mais je dois reconnaître que vous frappez juste.

— Tout est donc à merveille, répliqua résolu-

ment la gérante ; et moi j'aurai pour vous le dévoûment que j'ai pour ma maîtresse lorsque vous
serez mon maître.

On monta en voiture. Le commandant était
redevenu visiblement agité. Plusieurs fois il leva
les yeux à la dérobée vers une fenêtre, qui devait être celle de la chambre où se tenait Claudine. Cette fenêtre était close, et le rideau, soigneusement baissé, ne trahissait par aucun tremblement qu'une personne fût cachée derrière.

Comme la voiture partait, Charles Duplessis
jeta un dernier regard de ce côté et poussa un
soupir. Ernestine et Victor, assis l'une à sa droite,
l'autre à sa gauche, lui tenaient les mains et
l'observaient avec un reste d'inquiétude.

— Oh ! pardonnez-moi, murmura-t-il ; c'est
fini... bien fini, et cette fois il n'y aura pas de rechute !

La voiture s'avança lentement vers l'extrémité
du village. Le brouillard s'était en partie dissipé,
et le soleil apparaissait comme un boulet de fer
rougi à travers les lambeaux de brume. La Jeangagne s'était installée sur sa terrasse pour jouir
de ces rayons bienfaisants. Comme les portières
demeuraient ouvertes, la tireuse de cartes reconnut les voyageurs. Elle les salua et, se soulevant
à demi, elle cria à Ernestine :

— Ah ! madame la *Préfette*, ne voulez-vous
pas entrer chez moi pour que je vous fasse « une
réussite ? »

— C'est inutile à présent, mère Jeangagne,
répliqua Ernestine avec gaîté ; je ne crains plus

ni « la femme brune » ni « l'homme de la campagne; » je suis au comble de mes désirs.

Et la voiture passa.

Deux jours plus tard, Victor partait seul pour Paris, après avoir attendu vainement des nouvelles d'Anatole.

Il y avait eu, en effet, grand conseil dans la famille Chamusset pour savoir quelle conduite on devait tenir à raison des outrages subis par le fils et l'héritier du maire de la commune. Anatole criait bien haut qu'il voulait se battre contre Victor; mais on disait que le commandant était disposé à prendre parti pour son jeune parent, et cela défrisait beaucoup le petit crevé campagnard. De son côté, M. le maire voulait déposer une plainte en coups et blessures contre Victor, contre Mme Florence, contre tous les témoins de la querelle, réputés plus ou moins coupables pour avoir vu et entendu; mais alors il fallait reconnaître en public que mons Anatole avait été battu par un enfant, par une femme, et sa réputation, non plus que la considération de la famille, ne devait rien gagner à cette publicité, sans compter que le nom de Mlle Rose, la doyenne des vierges de Pierrefitte, pouvait se trouver compromis dans la bagarre. Aussi, tout bien examiné, se rangea-t-on à l'avis de Mme Chamusset mère, personne prudente et discrète, qui proposa de dédaigner des injures « parties de si bas, » et on ne fit rien.

Cependant, de cette aventure et de certaines autres, on tira la conclusion qu'il importait de

marier au plus vite le bel Anatole, et on le ma-
ria... avec la comtesse de Châteaurocher, une
dame veuve de cinquante ans, dont le fils était
beaucoup plus âgé que le nouvel époux. Le jour
de la cérémonie, Mlle Rose, qui avait tenté de s'as-
phyxier dans sa chambre, ne fut sauvée que par
un miracle.

Déjà Charles Duplessis et Ernestine avaient été
mariés à l'époque convenue, et, aussitôt après,
ils étaient partis pour Paris. Comme peu de personnes connaissaient maintenant les anciennes
rivalités du défunt préfet et de Charles, cette
union, toute de raison et de bienséance appa-
rentes, obtint l'approbation générale. Du reste,
rien n'en troubla la sérénité. Les époux avaient
trop d'expérience l'un et l'autre pour ne pas comprendre les délicatesses et les ménagements que
leur imposait le passé. Ils vivaient d'habitude six
mois à Paris et six mois au Barral, dont Mme Florence avait repris la gérance et qu'elle adminis-
trait avec le même zèle qu'autrefois.

Quant à Claudine Pichard, elle avait tenu parole. Le lendemain même du jour de sa rencontre
au village de Saint-Hilaire avec la famille Duplessis, elle était repartie pour un couvent de L***,
après avoir donné ses instructions et ses pleins
pouvoirs au notaire Briffaut, et n'était jamais revenue. On prétendait bien que, le jour où feu
Baptiste Pichard avait été transporté dans son
tombeau du Bois-Garet, à la diligence du notaire,
on avait vu une femme, vêtue de noir et voilée,
s'avancer tout à coup, s'agenouiller sur le petit

monument et rester longtemps en prière. Mais cette femme avait disparu mystérieusement comme elle était venue, et personne n'osait affirmer d'une manière certaine que c'était Claudine Pichard.

Quoi qu'il en fût, Claudine employa le reste de sa vie en bonnes œuvres. Ayant prononcé des vœux dans l'ordre de Saint-Vincent-de-Paule, elle se consacra entièrement aux pauvres et aux malades. Lors de la funeste invasion qui couvrit la France de sang et de ruines, elle suivit les armées pour soigner les blessés, et mourut obscurément, dans une ambulance, d'une maladie épidémique qu'elle avait contractée en exerçant sa mission de charité.

Victor Duplessis, qui est aujourd'hui capitaine d'état-major, s'est bravement battu pendant la dernière guerre; et chaque fois qu'il vient en congé au Barral, il a de longues conversations avec son père au sujet de « la revanche. » Ernestine les écoute tristement, et Mme Florence serre les poings sans rien dire.

FIN DU CRIME DE PIERREFITTE.

TABLE

E. DENTU, LIBRAIRE-ÉDITEUR

NOUVELLE BIBLIOTHÈQUE CH...

EN VENTE

Alfred Assollant. . .	Une ville de garnison
	Un Mariage au Couvent
Élie Berthet. . . .	Richard le Fauconnier.
F. du Boisgobey. . .	La Peau d'un Autre.
	Une Affaire Mystérieuse.
Alexis Bouvier. . . .	Monsieur ...neau.
Champfleury. . . .	Les Bourgeois de Molinchard.
	Chien-Caillou.
Jules Claretie. . .	Mademoiselle Cach...
Ernest Daudet. . .	Une Femme du Mon...
	Un Martyr d'Amour
Charles Deslys. . .	Les Dix-sept ans de ...
	La Fille à Jacques.
Charles Dickens. . .	Le Crime de Jasper
Étienne Enault et ... Judith.	Le ...mond.
	L'Homme de Minuit.
J. Féval. . . .	Le Bol de Sareth...
Émile Gaboriau. . .	Le ...
Constant Guéroult.	Aventure ...
	La Bourgeoise ...
Emman. Gonzalès. .	Les sept Baisers ...
	Les Mémoires ...
	Les Frères ...
H. Escoffier. . .	Le Mercier de Lyon.
Charles ...	...
G. de ...	...
Al...	...
Xa...	... fleur aux enf...
...	... Régente.
Paul de ...	Une Vie du Diable.
Vie...	... Feux de Paille.
...	Histoire d'un honnête homme et
	d'une méchante femme.
Émile ... et H. ...	Les ... de Paris.
... Richebourg.	Histoire d'un Avare, d'un Enfant
	et d'un Chien.
... Révillon.	Le bon Monsieur Jonvencaux.
Paul Saunière. . .	Un Gendre à tout prix.
	Le Capitaine Belle-Humeur.
Albéric Second. . .	La Jeunesse dorée.
Frédéric Thomas. .	Un Coquin d'Oncle.
Pierre Zaccone. . .	Les Aventuriers de Paris.
	La Dame d'Auteuil.

EN PRÉPARATION

ROMANS ET NOUVELLES

MM. Alfred Assollant, Élie Berthet, F. du Boisgobey, Champfleury, J. Claretie,
E. Daudet, Charles Deslys, Étienne Enault, Paul Féval, Émile Gaboriau,
Emmanuel Gonzalès, Ch. Jollet, Henry de Kock, Constant Guéroult, Victor
Perceval, Émile Richebourg, Michel Masson, G. de La Landelle, Xavier de
Montépin, Paul Saunière, Frédéric Thomas, Paul de Musset, Auguste Maquet,
Paul Perret, Tony Révillon, Albéric Second, Pierre Zaccone, etc.

Paris. — Imp. de E. DONNAUD, rue Cassette. 4.